Madame Marie Grubbe

Jens Peter Jacobsen

Madame Marie Grubbe

Traduit du danois par Mlle T. Hammar
Préface d'André Bellessort

Les Éditions du

Préface

Jens Peter Jacobsen est le plus remarquable représentant littéraire de la jeunesse danoise entre 1870 et 1890. Il est un des plus grands coloristes des pays scandinaves. Il est celui qui reflète le mieux l'influence de l'école naturaliste française et particulièrement de Flaubert. Et J.-P. Jacobsen fut un infortuné.

Il était né en 1847 à Thisted, petite ville située sur le Limfjord dans l'âpre et mélancolique Jutland. La maison de son père, un gros marchand paysan, se distinguait des autres par son toit d'ardoises. Tout en jouant avec ses camarades, il étudiait la vie des crabes et celle des plantes, et ce goût de l'histoire naturelle le suivit à Copenhague quand il vint en 1863 y continuer ses études. Il les acheva sans grand succès, fort peu scholar de sa nature et travaillant surtout à ce qui lui plaisait. Il lisait beaucoup, et Sainte-Beuve ne l'enthousiasmait pas moins que Darwin. « Il y a des moments, écrivait-il dans son journal, où je crois que l'étude de la nature est la vocation de ma vie et d'autres où je voudrais me consacrer tout entier à la poésie. »

Ce fut par la poésie qu'il commença. En 1868, il porta ses premiers vers à un éditeur qui les refusa. Il choisit les meilleurs et les soumit à Georg Brandès. Brandès s'imagina que ce Jacobsen était un certain Jacobsen qui avait eu l'audace de le caricaturer dans une comédie. Il aurait pu s'en expliquer ou simplement décliner l'honneur que le jeune homme lui faisait en le prenant pour juge. Il préféra lui rendre son manuscrit sans l'avoir lu, et il n'eut aucun scrupule à lui déconseiller d'écrire des vers. Mais, trois ou quatre ans plus tard, avec cette nervosité et cette intempérance qu'il a toujours apportées dans l'éloge comme dans la critique, il vaticinait que Jacobsen serait le premier poète des temps modernes. Il avait entre temps reconnu son quiproquo, et il admirait d'autant plus le jeune écrivain qu'il le savait Darwiniste convaincu et néophyte en libre-pensée. Jacobsen venait en effet de donner une série d'articles sur Darwin; il traduisait L'Origine des espèces *et* La Descendance de l'homme, *et, en 1873, l'Université lui décernait une médaille d'or pour une thèse intitulée :* Aperçu systématique et critique sur les algues du Danemark. *Elle fit sensation chez les botanistes. Elle eût fait également sensation chez les hommes de lettres s'ils s'étaient donné la peine de la lire, car l'écrivain, le styliste, y apparaissait comme bientôt le naturaliste reparaîtra dans ses œuvres d'imagination.*

Ces travaux ne l'avaient point détourné de la poésie, et ses plus beaux vers datent de cette époque. Ils se ressentent de la lecture de Henri Heine et de Baudelaire, mais avec un accent personnel, une grâce fiévreuse et je ne sais quel charme aigu. Ils sont tristes et sensuels jusqu'à l'énervement. Ils vous produisent le même effet que des yeux extraordinairement pensifs dans un pâle et fin visage dont la préciosité a quelque chose de douloureux et dont le sourire même vous donne envie de pleurer. La langueur des âmes du Nord s'est rarement traduite sous une forme plus concise et plus brûlante. Tantôt c'est une courte chanson qui commence comme de légers trilles et qui tout à coup s'achève comme un cri passionné au bord d'un lac désert :

Soulier de soie sur forme dorée! — J'ai pris une belle petite fiancée. — Personne n'est comme elle sur la terre ensoleillée de Dieu. — Pas une seule! — Comme le ciel au sud, comme la neige au nord — Elle est pure. — Mais il y a une joie terrestre dans mon ciel et il sort des flammes de ma neige. — Et il n'y a pas de rose d'été plus rouge — Que son œil n'est noir!

Tantôt c'est une « orientale » qui nous envoie une bouffée de serre chaude :

Dans le jardin du sérail, les roses baissent leur tête lourde de rosée et de parfums. Les pins parasols se balancent silencieux et las dans l'air tiède. Les sources roulent leur argent lourd dans un calme engourdi. Les minarets pointent vers le ciel. Le croissant chemine d'un pas égal dans un bleu égal, et baise les roses et les lys et toutes les fleurs dans le jardin, dans le jardin du sérail.

Le chef-d'œuvre est peut-être, dans Les Chansons de guerre, *la plainte du roi Valdemar, qui a vu mourir sa petite Tové, une fille du peuple qu'il aimait, cette Tové qui chantait :* « Toutes mes roses, je les ai tuées de baisers en pensant à toi... » *Le roi Valdemar s'adresse à Dieu :* « Seigneur, sais-tu ce que tu faisais quand tu m'enlevais ma Tové ? Sais-tu que tu me chassais de mon dernier refuge ? Seigneur, ne rougis-tu pas de honte ? C'était l'unique agneau du pauvre. Seigneur, moi aussi, je suis souverain : j'ai appris sur le trône qu'on ne prend pas à ses sujets la dernière lueur de soleil... C'est ainsi qu'on écrase ; ce n'est pas ainsi qu'on gouverne. Seigneur, tes cortèges d'anges te remplissent l'oreille de louanges. Tu n'as aucun ami qui te blâme quand tu as besoin d'être blâmé. Hélas ! personne n'est toujours sûr de ce qu'il fait. Seigneur, laisse-moi être ton bouffon. »

L'étrange plainte douloureuse et maniérée où tremble une lueur de folie !

Le paganisme des sens traverse cette poésie d'ardentes hallucinations :

« T'es-tu égaré dans les sombres forêts ? Connais-tu Pan ? Je l'ai senti, mais pas dans les forêts sombres où tout ce qui est muet parle. Non, ce Pan, je ne l'ai jamais connu. Mais le Pan de l'amour, je l'ai senti. Alors, tout ce qui a une voix se tait. Dans les contrées chaudes de soleil pousse une plante rare. Elle n'ouvre sa fleur qu'une seconde sous le plus profond silence et sous mille rayons de feu. Elle ressemble à l'œil d'un homme fou... » *On comprend que Brandès ait pu comparer la poésie de Jacobsen à un flot dont chaque goutte serait aussi forte qu'une goutte d'élixir ou de poison, aussi parfumée qu'une goutte d'essence. Mais, si sensuel qu'il soit, comme le poète rencontre vite au bout de ses sensations l'éternelle vanité des apparences et le sentiment qu'il leur est supérieur par la conscience de les*

*réfléchir! Je traduis presque exactement cette rêverie brève,
une de ses pièces les plus scandinaves, qui exprime avec la
mélancolie de ne rien savoir la fantastique beauté de la vie
intérieure :*

Notre monde est bercé sur les flots de l'éther,
Comme une feuille errante au hasard de la mer,
Et je ne suis qu'un pauvre atôme de poussière,
Qui reflète ici bas Dieu sait quelle lumière.
Que sont pourtant tous les soleils et tout l'essaim
Des astres que l'éther berce en son vaste sein?
Sur la mer de mon âme un frisson qui l'irise,
Rien qu'un rien frissonnant Dieu sait à quelle brise.

*Les vers de Jacobsen sont connus de toute la Scandinavie :
j'en ai entendu chanter au soleil des nuits d'été dans les forêts
laponnes et sur les rivages des flots polaires.*

En 1873, il avait déjà conçu son roman Madame Marie
Grubbe, *mais il l'interrompit et partit pour son premier
voyage. Il visita Dresde, Munich, l'Italie du Nord, Milan,
Bergame. Son séjour dans cette petite cité pittoresque, dont
les vieux remparts dominent la plaine lombarde, lui inspira
une étonnante nouvelle qu'il n'écrivit que huit ans plus tard :*
La Peste à Bergame.

*La ville était ravagée par le fléau et, comme la Florence de
Boccace, livrée à toute la démoralisation que provoque la pa-
nique de la mort, quand elle vit monter vers elle un cortège
de pénitents. Chacun d'eux tenait une discipline dans sa
main. Des pluies de feu étaient peintes sur leurs bannières
rouges. Au-dessus des têtes se balançaient des croix noires. Et
ils chantaient le* Miserere. *On les accueillit avec des rires et*

des brocards. Ils traversèrent la place, suivis d'une foule qui les parodiait et qui, derrière eux, s'engouffra dans l'église. Un jeune moine, pâle comme un linge et les yeux noirs brillants, se leva pour parler. Il parla du Golgotha ; mais arrivé au moment où le Christ va mourir, il s'écria : « Alors le noble fils de Dieu insulté ressentit une grande colère. Il comprit que les hommes qui remplissent la terre ne valaient pas la peine d'être sauvés. Il retira ses pieds des clous qui les retenaient, sauta à terre, s'empara si violemment de sa tunique que les dés roulèrent au loin sur la pente de la colline, et remonta au ciel. Et la Croix resta vide. Et l'œuvre de la Rédemption ne fut jamais accompli. Il n'y a pas eu de Christ mort pour nous. » Un gémissement d'angoisse parcourut l'église. Un boucher s'avança les mains hautes et menaçantes et s'écria : « Moine, moine, veux-tu le reclouer à la croix, dis, le veux-tu ? » Et derrière lui des voix enrouées répétaient : « Oui, oui, crucifiez-le ! » Et de toutes les bouches retentit comme un tonnerre ce même cri : « Crucifiez-le ! » Et l'on entendit une voix isolée, claire et vibrante : « Crucifiez-le ! »...

Tel est le pouvoir d'un grand artiste que, lorsque j'ai visité Bergame, le souvenir de cette nouvelle m'était plus vivant à l'esprit que l'histoire de cette ville dont j'avais les monuments sous les yeux ; et les voûtes de Santa Maria Maggiore me semblaient encore résonner des cris de cette foule désemparée à l'idée qu'un Dieu n'était pas mort pour elle et qui voulait, qui suppliait, qui exigeait qu'on remît Jésus en croix.

À Venise, Jacobsen tomba malade ; mais il se rétablit et continua son voyage par Bologne, Ravenne et Florence. Là il fut pris de crachements de sang. Il aurait pu dire comme

Keats le soir où il vit son mouchoir rouge : « Cette goutte de sang est mon arrêt de mort. » S'il ne le dit pas, il le pensa. Le premier mouvement d'un enfant blessé est de courir à sa mère. Il eut hâte de revenir dans sa patrie. Le médecin de Thisted jugea qu'il en avait à peine pour deux ans. Il lutta onze années contre la mort, onze années qui furent, selon son expression, une course lente vers l'agonie. Il changeait continuellement de demeure, comme ces pauvres souverains qui ne couchent jamais deux nuits de suite dans la même chambre. Mais l'ennemi qu'il avait à ses trousses, rien ne le déroute.

Il était rentré à Copenhague où il achevait le roman commencé avant son départ, Madame Marie Grubbe. *Il le construisait lentement, obligé de dépouiller toute une bibliothèque sur le dix-septième siècle et contraint d'éviter tout ce qui pouvait être une fatigue. En 1875, malgré toutes ses précautions, malgré ses promenades sur le Sund et les soins qu'une famille amie lui prodiguait, les crachements de sang reprirent. Le livre parut cependant l'année suivante. Les journaux jetèrent des cris d'admiration. L'écho de ce grand succès ne parvint à Jacobsen que le jour de Noël, dans sa petite ville natale où la neige, depuis un mois, le séparait du reste de l'univers. Il l'attendait si peu, dit-il, qu'il se sentit monter en ballon.*

Il avait déjà conçu un nouveau roman : Niels Lyhne. Madame Marie Grubbe *n'était pour lui « qu'une broderie de perles ». Dans* Niels Lyhne *il se proposait d'étudier la génération antérieure à la sienne, cette génération pour qui la pensée libre avait été souvent un fardeau trop lourd, génération encore romantique d'imaginaires qui ne se consolent* pas de constater que la vie est inférieure à leur rêve et qui, dans leur impuissance de réagir contre le malheur, font le geste ancestral de joindre les mains devant un ciel qu'ils croient vide. Il quitta une seconde fois le Danemark et s'en alla à Montreux où il écrivit les premiers chapitres. Il y vécut une période de sept mois, la plus heureuse peut-être de sa vie. Il s'y était lié d'une amitié amoureuse avec une Russe, un peu plus âgée que lui, qui lui chantait des chansons danoises. Mais cette liaison ne fut qu'un aimable intermède, incapable de lui faire oublier qu'il était entraîné irrévocablement et qu'il ne pouvait s'attacher à rien. D'ailleurs, si c'est bien elle qu'on retrouve dans Niels Lyhne sous le personnage épisodique de Mme Odero, il semble que leur liaison se soit terminée sur une légère déception de sa part, et qu'il ait entrevu, soupçonné, à travers les gestes, les attitudes et les paroles mélancoliques dont se parait cette charmante femme, la barbare qu'elle était en réalité.

Il repartit bientôt pour l'Italie, son dernier voyage avant celui dont on ne revient pas. Il traversa Marseille, Nice, Pise, descendit jusqu'à Rome où il rencontra Ibsen, et il alla passer le mois de mai à Capri. Mais sa santé était toujours chancelante. Il regagna Thisted, et, après une absence de cinq ans, la ville de ses désirs, Copenhague. Niels Lyhne avait paru. Le succès, qui fut réel, ne répondit pas à son attente. Le public qui avait admiré Madame Marie Grubbe fut un peu désorienté, non que la manière de l'auteur eût changé ou que son talent se fût affaibli, mais parce que du roman historique il était brusquement entré dans le roman contemporain, et que, si son indifférence à la morale, quand il peignait le dix-septième siècle, pouvait se décorer du nom *d'impartialité, elle frisait l'audace et la provocation quand il touchait aux mœurs d'aujourd'hui. Des voix très âpres protestèrent contre les tendances irréligieuses du livre. Le désappointement de Jacobsen fut compensé par l'enthousiasme que lui témoignèrent le grand romancier norvégien Kielland et Ibsen, qui s'était écrié que* Niels Lyhne *était le meilleur livre du siècle (jugement assez osé de la part d'un homme qui se vantait de n'avoir rien lu de George Sand et d'ignorer la littérature française).*

À Copenhague, Jacobsen vivait dans un petit groupe d'artistes et d'admirateurs qui essayaient d'égayer son pauvre logis et de le rendre plus confortable. Ses livres ne l'avaient point enrichi. Toutes ses ressources lui venaient des bourses de voyage que le gouvernement lui avait accordées et de l'argent que lui envoyaient ses parents sans se faire prier, car le père avait un grand respect du talent de son fils. Il ne sortait guère de sa tristesse que pour raconter les contes des Mille et Une Nuits *aux enfants de ses amis. Les enfants, et les femmes aussi, aimaient ce grand jeune homme maigre, dont le regard à travers le lorgnon était ardent et pensif, et dont la moustache tombante sous un nez aquilin assez fort recouvrait le grave sourire. Il écrivit sa dernière nouvelle au printemps de 1882 :* Madame Fons. *Le jour où il l'avait achevée, il dînait dans une famille qui le traitait comme un de ses membres. On le vit arriver tout ému : il raconta qu'il avait terminé* Madame Fons *par une lettre d'adieu si poignante qu'il avait pleuré en l'écrivant. « Vous savez, dit-il, que ce genre de lettres n'est pas facile à faire. »*

L'histoire de Madame Fons *est très simple. Elle a été mariée ; elle a eu deux enfants, puis son mari est mort, et elle rencontre celui qui l'avait aimée et qu'elle avait tant aimé. Comme elle a eu raison de ne jamais désespérer de la vie, et de croire que le bonheur était de ce monde ! Elle l'épouse malgré ses enfants qui ne lui pardonnent point. Elle suit son mari à l'étranger, et cinq ans après, elle meurt en Espagne. Mais avant de mourir, elle écrit à son fils Tagé et à sa fille Elliner. Voici cette lettre :*

Mes chers, très chers enfants, vous lirez cette lettre, je le sais, qui ne vous parviendra que lorsque je ne serai plus. N'ayez pas peur : je ne vous adresse aucun reproche. Puisse-t-elle ne contenir que tout ce qu'il m'est possible de vous exprimer d'amour ! Là où l'on s'aime, Tagé et Elliner, chère petite Elliner, il faut toujours que celui ou celle qui aime le plus s'humilie ; et je viens à vous pour la dernière fois, comme je viendrai en pensant à vous, à chaque heure du jour, jusqu'à la fin. Quand on se meurt, on est bien pauvre, mes chers enfants. Moi, je suis bien pauvre, car ce monde si beau, cette vie belle, riche et de tant d'années bénie, on me les prend. Ma chaise sera vide. La porte de la vie se fermera sur moi, et jamais plus je ne parviendrai à y mettre le pied. Je regarde autour de moi ; je regarde toutes les choses qui m'environnent pour implorer encore un peu d'amour, et je viens à vous et je vous supplie de m'aimer de tout votre amour passé, car pensez qu'il ne me reste plus au monde que de vivre dans votre souvenir, rien de plus. Je n'ai jamais douté de votre tendresse : je sais très bien que c'est votre grande affection qui a fait naître votre grande colère. Si vous m'eussiez moins aimée, vous m'auriez laissé partir plus facilement. Il se peut qu'un jour un homme vienne chez vous, triste, accablé de douleur, pour vous parler de moi et pour se consoler. Qu'il vous souvienne alors que personne ne m'a jamais aimée comme lui et que tout le bonheur qu'on peut imaginer, il me l'a donné. Bientôt, à l'heure suprême, quand m'enveloppera la grande obscurité, il me tendra la main, et je l'entendrai me parler pour la dernière fois. Je vous dis adieu ; mais ce n'est pas encore le dernier adieu : je ne vous le dirai qu'à la minute dernière qui contiendra tout mon amour pour vous, les regrets des années écoulées, les souvenirs de votre jeunesse, mille souhaits et mille remerciements. Adieu, Tagé, adieu Elliner ; adieu, jusqu'à l'adieu suprême. Votre mère.

Je ne connais pas dans le roman de page qui vous donne l'impression plus directe de la vérité, et je n'en connais pas de plus émouvante. Le sentiment de l'art disparaît dans cette simplicité. Elle est unique chez Jacobsen. Il y a mis, avec la discrétion du grand artiste, tout ce que sa pudeur d'homme l'empêchait d'exprimer sous une forme personnelle : son amour de la vie, son désespoir de n'avoir plus la force d'étreindre les bonheurs et les jouissances qu'elle promet, sa détresse en regardant ses mains vides sur le seuil de la grande obscurité. Quand il se sentit aussi pauvre que Mme Fons, il dit adieu à Copenhague et retourna à Thisted. C'était vers la fin de 1884. Dans une de ses premières poésies, il avait souhaité de mourir par une sombre nuit d'automne, au bruit de la tempête et des vagues furieuses. Le 30 avril 1885, la tempête ne soufflait pas ; les vagues

*murmuraient à peine; sur la petite ville silencieuse tom-
baient des ondées printanières lorsqu'il rendit le dernier soupir et qu'on mit les drapeaux en berne. M. Bing, le directeur
de la célèbre fabrique de porcelaines, me racontait qu'il s'était
rendu à son enterrement avec quelques amis. Le cercueil fut
déposé au tombeau de la famille, tout près de l'église parfumée de ces fleurs du printemps, son dernier amour, celui qui
lui mettait encore de la joie dans les yeux, quand tous les
autres l'avaient quitté. Et la cérémonie funèbre fut suivie du
dîner traditionnel présidé par le père et la mère. Selon l'usage,
on porta des toasts à la famille, aux hôtes, et en particulier, à
ceux qui étaient venus de Copenhague. Puis on les reconduis-
sit à la gare. « Sauf les hurrahs! me disait M. Bing, tout était
comme un jour de fête. Et nous étions saisis par le contraste
entre le génie si délicat et si raffiné du mort et le caractère an-
tique et campagnard de ses funérailles. »*

L'œuvre de Jacobsen se compose donc d'un volume de vers,
de quelques nouvelles et de ses deux romans, Madame Marie
Grubbe *et* Niels Lyhne. *J'ai longtemps préféré* Niels Lyhne,
*et je crois qu'il sera toujours préférable pour ceux qui vou-
dront étudier l'âme scandinave et ce que j'ai appelé ailleurs*
l'hamlétisme *des peuples du Nord. C'est un des plus curieux
documents que nous possédions.*

Niels Lyhne *a pour père un homme chez qui le souvenir
des pays étrangers et les rêveries de la jeunesse ont fait place
à un esprit flegmatique et positif, et pour mère une femme
qui n'a point pardonné à la vie d'avoir déçu ses chimères ro-
manesques. Son premier maître a été une sorte de génie imaginaire, un mélange, de cuistrerie solennelle et de fantaisie
bizarre. Il a grandi dans une atmosphère d'irréalité où l'âme*

s'excite, s'exténue et se fait des parfums de la vie autant de poisons subtiles. Il s'est peu à peu dépouillé de ses croyances religieuses, mais il n'y a substitué que des songes, de vagues théories, une poésie fausse, une mélancolie consumante. Niels prendra perpétuellement son élan pour un bond qu'il n'exécutera jamais. Cet éternel velléitaire s'épuise à force de rêver qu'il pourrait agir et se dégoûte de la vie avant d'avoir appris à en user. Son histoire n'est qu'un long avortement. Il aime une femme assez étrange, au passé trouble, Mme Boyne, qui s'est libérée de tous les préjugés et de toutes les conventions, mais qui ne garde pas moins au fond d'elle-même le goût de la correction mondaine et qui, des régions douteuses où elle s'est aventurée, se hâte, à la première occasion, de rentrer dans la société bourgeoise. Elle n'est pas plus faite pour être une demi-mondaine ou une rebelle que Niels pour être un athée. Mais elle est moins sincère que lui. Bien qu'elle vienne de se fiancer à un autre, elle se laisse tomber dans ses bras, et, se ressaisissant aussitôt, elle se dérobe en comédienne à sa molle étreinte. Il s'en va plus irrité que désespéré et moins brisé qu'allégé. Sa passion n'était qu'un accès de mauvais lyrisme. Plus tard, il aime une belle fille qui prend ses rêves sensuels pour un idéal. Son plus intime ami l'épouse ; et deux ans après le mariage elle devient sa maîtresse. Une nuit qu'elle attend son amant, une lettre lui annonce que son mari est tombé de voiture et s'est écrasé à l'angle d'une rue. Quand Niels apparaît, elle se précipite à sa rencontre, et, pour exorciser sa honte de l'adultère, elle le chasse. Il s'en va dans la nuit d'hiver sans plus de douleur réelle que le jour où Mme Boyne a claqué la porte derrière lui, mais avec la conscience amère de sa vie manquée.

Il revient chez lui, sur ses terres; il connaît enfin la joie tranquille du travail et des tâches quotidiennes. La fille d'un conseiller de chancellerie s'éprend de lui; il s'attache à elle et l'épouse. Comme elle veut tout partager avec son Niels, il l'amène à son athéisme. Mais, atteinte aux sources de la vie et sur le point de mourir, la jeune femme éprouve un tel sentiment de solitude et de détresse, que Niels s'empresse d'appeler le pasteur. Elle lui laissait un enfant qui meurt à son tour; et, devant le berceau où le pauvre petit tord ses mains blanches aux ongles bleus, le père jette vers le ciel cet appel désespéré que, depuis des milliers d'années, jette en sanglotant la race humaine. Pourtant il est convaincu que Dieu n'existe que dans nos rêves. Seul, désormais, il emporte dans son deuil l'humiliation d'avoir au plus fort de la bataille déserté ce qu'il nomme le drapeau de la vérité. Quand la guerre éclate contre la Prusse, il s'enrôle parmi les volontaires. Une balle lui traverse le poumon, et il s'éteint dans d'affreuses souffrances en songeant qu'il serait bon d'avoir un Dieu vers qui gémir et prier. « La dernière fois que son ami Hjerrild s'approcha de son lit, il délirait, parlant de son armure et jurant qu'il voulait mourir debout. » Niels Lyhne est mort sur une réminiscence de drame romantique.

« Il n'est pas prudent de se brouiller avec la vérité qui règne au nom de la vérité future. » Ce mot d'un des personnages du livre pourrait en être la conclusion. Mais il en est une autre moins ironique et plus évidente : c'est que l'athéisme est lourd à porter pour ceux qui rêvent la vie au lieu de la vivre et qui sont à peine capables de soulever le noble poids du labeur humain. Est-il plus léger pour les

autres ? Je vois bien que Jacobsen dénonce surtout la débilité des âmes qui se croient affranchies et qui ne le sont pas, parce qu'elles ont l'horreur de la réalité. Mais qu'est-ce que la réalité ? Et comment l'acceptation de l'existence telle qu'elle est nous affranchirait-elle de l'angoisse religieuse ? J'intitulerai volontiers ce roman Niels Lyhne *ou la* Condamnation de l'athéisme par un athée.

Il est très remarquable. Je crains cependant qu'il ne vieillisse plus vite que Madame Marie Grubbe. *On est frappé de la disproportion qui éclate entre la médiocrité des âmes et des circonstances et la somptuosité du style et des images. Projets et théories des personnages, autant d'embryons morts que l'auteur se plaît à emmailloter de pourpre et de broderies. C'est son grand défaut : il fait continuellement le morceau d'anthologie. Il traduit par les images les plus riches les sentiments et les pensées les plus pauvres de ses héros. Il les force de sentir et de penser en poètes lyriques. Il y a là un abus de virtuosité et un contresens de psychologie. Cette virtuosité, je l'attribue en grande partie à la façon dont Jacobsen composait ses livres, fragments par fragments, avec le désir de se donner tout entier dans chacune de ses pages et la crainte qu'elle ne fût la dernière. Quant au contresens psychologique, si étonnant chez un homme dont l'observation est d'ordinaire assez profonde et va très loin dans l'inconscience des instincts charnels, tout romancier le commettra quand il aura l'imprudence de prêter à des personnages qui ne sont pas lui sa sensibilité et son imagination. Jacobsen a tant de choses à nous dire et une telle hâte de les dire, qu'il ne résiste pas au besoin de s'exprimer sur leurs lèvres. Son Niels est un poète raté, et il doit l'être. Mais il est aussi*

Jacobsen en personne. Il parle comme Jacobsen. Il sent comme Jacobsen. Et la vérité morale de cet étrange héros est étrangement amoindrie.

Décidément j'aime mieux Madame Marie Grubbe. *Le sujet lui en était fourni par l'histoire, et voici ce que l'histoire nous apprend. Marie Grubbe était la troisième fille d'Erik Grubbe, seigneur du manoir de Tjele, dans le Jutland. Sa mère morte, ses sœurs mariées, l'enfant grandit près de son père qui vivait ouvertement avec une servante dont il avait eu une autre fille. Elle avait reçu de la nature un visage ensorcelant, une imagination vive et beaucoup d'esprit. Bien que son éducation eût été négligée et son instruction assez rudimentaire, elle possédait le sens inné de toutes les élégances et parlait admirablement la langue française. Il arriva un jour où l'adolescente ne put supporter davantage la grossièreté et l'insolence de la servante maîtresse; et Grubbe qui avait à Copenhague une sœur, Mme Rigitze, lui envoya Marie. Ce fut là qu'elle connut le fils naturel de Frederik III, Ulrik Frederik Gyldenlœve, beau garçon, brave capitaine et coureur de cotillons. Cet Ulrik était né d'une Allemande, Margreta Pape de Holstein; il avait été élevé en Allemagne et, sous ses dehors de galant cavalier, il était assez lourd d'esprit et naturellement goujat comme un Allemand. Avant de connaître Marie, il s'était amouraché de la fille du maréchal du Royaume, Sophie Urne, un peu plus âgée que lui, et, à l'insu du roi et de la reine, il l'avait épousée. Elle lui avait donné deux fils qui furent plus tard déclarés seigneurs libres*

danois; mais, trois mois après la naissance du second, le mariage fut annulé aussi secrètement qu'il avait été célébré, Sophie Urne fut reléguée on ne sait où; et, le 16 décembre 1660, avec l'approbation royale, Ulrik épousait Marie Grubbe. Le roi composa lui-même un épithalame en allemand qui fut imprimé.

Le jeune couple semblait réunir toutes les chances de bonheur. Ulrik avait vingt-deux ans; Marie, seize ou dix-sept. Ils étaient beaux, bien portants, amoureux. Marie apportait une grande dot; Ulrik, déjà colonel et maître de chasse du royaume, la faveur, toutes les faveurs royales. Mais Ulrik jugea bientôt que le Danemark était un trop petit théâtre pour un homme comme lui. Il se fit envoyer à l'étranger, et Marie ne l'accompagna pas. Pendant deux ans, il mena la fête au Brabant, en France, à Madrid, où il fut nommé Grand d'Espagne, et il revint enflé d'honneurs. Marie n'avait pas accepté sans révolte ce veuvage précoce et ce jeûne de plaisirs. On dit qu'elle s'était déjà plu, un peu trop, dans la société de son beau-frère, Sti Hœg. Mais le ménage paraissait encore uni lorsque, l'année suivante, Ulrik fut appelé au gouvernement de la Norvège.

Là, les choses se gâtèrent. Ulrik ne fut point un mauvais gouverneur, et les Norvégiens s'entichèrent même de ce rude gaillard. Mais Marie ne pensait pas comme les Norvégiens. Délaissée, rongée d'ennui, humiliée, sans enfants, pleine d'un mépris implacable pour ce mari qui la traitait moins bien que ses filles de cuisine et qui avait failli crever de débauches, elle eut recours à son beau-frère dont l'appui lui facilita la fuite. Sti Hœg fut envoyé en exil, et Marie regagna Tjele. Son père, furieux de voir sa fille déchue d'un si haut rang, essaya du moins de rattraper sa dot. Gyldenlœve, harcelé par ce vieux renard, dut restituer jusqu'au dernier rixdaler. Il se remaria, cinq ans plus tard, à une comtesse d'Aldenburg et continua sa vie de paillardise. À cinquante ans, il était un vieillard. À soixante, il se retira de toutes ses grandeurs et alla vivre à Hambourg dans une extraordinaire lésinerie. La mort, qui entra chez lui subitement, ne trouva à emporter près d'un feu de pauvre qu'un vieux pandour devenu fesse-mathieu.

Marie Grubbe, elle, aussitôt le divorce obtenu, avait fait ses malles, et affamée de plaisir et de liberté, elle était partie pour les pays étrangers avec sa dot de douze mille rixdalers. Deux ans après, elle revint à Tjele portant toute sa fortune sur son dos. « Je la reçus, dit Erik Grubbe, qui n'avait cessé de pester contre son départ, je la reçus, parce qu'elle me promit de s'amender. » Mais ces deux êtres ne pouvaient vivre ensemble ; et Grubbe s'occupa activement à passer sa fille à un autre mari. Son choix s'arrêta sur un propriétaire des environs, Palle Dyre, un petit homme lourd, sec, avare et morose comme son pays de landes. Le contrat ne fut pas une mince affaire. Palle Dyre voulait bien endosser le passé de Marie, mais à la condition qu'on y mît le prix. Pour elle, ce mariage ou plutôt ce marché n'était qu'un moyen de quitter le manoir paternel. Les deux époux s'installèrent à la ferme seigneuriale de Trinderup, à dix kilomètres environ de la petite ville de Hœbro. Ils y demeurèrent douze ans, pendant lesquels la brillante jeune femme du gouverneur de Norvège s'épaissit et s'alourdit. Puis ils vinrent à Tjele où le vieil Erik s'était enfin débarrassé de sa maîtresse et avait besoin qu'on l'aidât. Dès leur arrivée

*Marie s'éprit violemment, irrésistiblement, d'un fils de pay-
san, Sœren Mœller, qui était cocher et qu'on avait promu à
l'inspection des granges. Leur liaison fut bientôt la fable et
le scandale du pays. Le mari fermait les yeux; mais le père
les tenait ouverts. Exaspéré, il écrivit au roi, le priant d'ordonner une enquête et de déporter dans l'île de Bornholm
cette fille rebelle et dévergondée. « Je lui ai reproché sa vie,
écrivait-il, et elle m'a répondu en effrontée : "Voyez ce
gâteux! Il ne sait même pas ce qu'il dit." … Elle m'a traité
comme un valet de chiens… » Palle Dyre, qui avait tous les
jours avec son beau-père d'ignobles scènes, fut obligé de lui
emboîter le pas. L'enquête eut lieu. Les domestiques parlèrent. On sut qu'en l'absence du mari, Sœren se promenait
fier comme un paon, coiffé d'un bonnet que madame lui
avait brodé. Madame le recevait dans sa chambre. La fille
de service les avait surpris au lit. Le juge ordonna une per-
quisition chez le beau-frère et la sœur de Mœller qui
s'étaient enfuis. On trouva chez eux des nappes de damas,
des dentelles précieuses, des cuirs odorants, des coussins et
même des livres :* Les Voix diverses des douze mois de l'année *et le* Livre des compliments *que Marie avait donnés à
son amant pour lui apprendre le bon ton et les belles manières. Le divorce fut prononcé, et le tribunal décida que
Marie resterait à Tjele, prisonnière. Des paysans armés la
surveillaient. Le vieil Erik eut pitié d'elle et demanda au
roi de lui accorder la liberté. Une fois de plus le monde s'ouvrait devant ses pas. Elle rejoignit Sœren et l'épousa.*

*Ils vécurent quelque temps en Allemagne. Quand ils
revinrent au pays, ils étaient si dénués, qu'ils se firent musi-
ciens des rues. Chassés des églises, partout insultés et honnis,*

ils disparurent. On les retrouve dans l'île de Falster, tenant une auberge non autorisée où ils vendaient aux pêcheurs de la bière et de l'eau-de-vie. Sœren était le passeur. Il avait la plus mauvaise réputation et battait sa femme. À la suite d'une histoire de cochon perdu, dans une saoulerie, il lâcha sans le vouloir un coup de fusil qui tua un patron de navire. Le meurtre commis, il s'endormit et, à son réveil, il s'écria : « Ô ma chère et pauvre femme, quelle vilaine affaire! » Marie plaida sa cause devant le chef du district et lui écrivit même une lettre touchante. Sœren n'en fut pas moins condamné à mort. Mais la cour d'appel l'acquitta ; et la Cour suprême lui infligea définitivement trois ans de fers à Bornholm. La vieille Marie Grubbe, demeurée seule, continua le commerce et conduisit le bac. Ce fut alors que le futur fondateur du théâtre danois, le disciple et l'imitateur de Molière, Holberg, la connut. Il en était encore aux années d'apprentissage, étudiant l'histoire, voyageant, curieux des mœurs et des hommes. La peste l'avait chassé de Copenhague. Il se réfugia dans l'auberge de Falster, car il était pauvre, et s'intéressa à cette vieille femme taciturne, aux yeux noirs, qui avait l'air si crâne et qui dirigeait si fermement son bac avec ses petites mains aux ongles rongés. Le soir de l'Épiphanie, elle lui raconta quelque chose de ses aventures : « Un exemple de l'histoire de notre temps, dit-il, c'est cette dame très noble, animée d'un insurmontable dégoût pour son premier mari. Le troisième la maltraitait tous les jours ; mais elle me déclara qu'elle était plus heureuse avec lui qu'avec le gouverneur de Norvège. » On ignore si Sœren mourut en prison. On sait seulement que Marie Grubbe s'éteignit en juin 1718 très âgée, dans la plus noire misère.

Jacobsen n'était pas le premier écrivain danois que ce sujet avait tenté. *Steen Blicher, poète et romancier de la première partie du dix-neuvième siècle, l'avait traité dans une nouvelle qui m'a paru d'une sentimentalité romantique et fausse, mais dont les Danois font grand cas ; et Andersen dans le plus médiocre de ses contes :* La Famille de la Grethe aux poules. *Mais aussi qu'allait faire sur cette galère sinistre le délicieux conteur de* La Petite Sirène *? Le seul grand historien et peintre de Marie Grubbe est et restera probablement Jacobsen. On a dit qu'il avait été gêné par l'histoire. C'est une erreur. Il l'a été si peu que, sans l'autorité de l'histoire, nous ne lui pardonnerions pas d'avoir imposé à une fille de son imagination une aussi vile déchéance. Nous n'acceptons les données de son roman que parce qu'elles sont historiques.*

L'histoire lui fournissait ses décors, ses personnages, leurs aventures, leur atmosphère. Je ne lui reprocherai que de l'avoir reconstituée dans un goût et avec un luxe de couleurs trop romantiques, et, ce qui est le grand travers du romantisme, de l'avoir marquée d'un caractère artificiel par le perpétuel mélange du pastiche et de l'impressionnisme moderne. L'œuvre n'est pas harmonieuse. Les sensations du peintre d'aujourd'hui ne s'accordent pas au langage et à l'état d'esprit des personnages d'autrefois. Il leur a communiqué un sentiment puissant et raffiné de la nature, et il s'arrête trop complaisamment devant un pittoresque qui n'est dû qu'au recul des temps et qui par conséquent ne les frappait point. Il semble d'ailleurs que ce défaut soit inhérent aux romans historiques. Je n'en vois pas – sauf peut-être la Chronique *de Mérimée –*

où l'auteur n'ait un peu l'air de se promener dans un musée. La composition du livre est également romantique. Ce n'est pas un récit ; c'est une galerie de tableaux dont le manque d'unité est plus sensible que la variété. Nous n'avons pas le temps de nous attacher à des personnages qui, aussitôt apparus, disparaissent, et que nous ne reverrons plus. J'admets que les Danois les connaissent, et je veux bien que Jacobsen nous en dise assez pour que nous arrivions à les situer et à comprendre leur importance ; mais il ne nous le dit pas immédiatement et nous oblige ainsi à un effort que tous les lecteurs étrangers ne sont pas disposés à faire.

Il serait pourtant regrettable qu'ils ne le fissent pas — et l'histoire que je viens de leur raconter le leur rendra plus facile — car il y a dans ce roman décousu et de tons trop heurtés des scènes dont l'éclat et la vraisemblance morale n'ont été surpassées, à mon avis, dans aucun roman historique. La soirée au manoir de Tjele où Erik Grubbe et le pasteur s'enivrent en tête-à-tête ; les rues de Copenhague pendant et après le siège ; la mort du héros Gyldenlœve dont les pasteurs essaient d'arracher l'âme à la damnation ; le retour d'Ulrik, Grand d'Espagne, brutalisant sa jeune femme dans ses caresses d'homme ivre et l'accablant de sa grandeur et même de sa grandesse ; les fêtes de la Cour qui nous reportent au temps où les petits comme les grands souverains copiaient Versailles ; l'auberge où, sous les yeux de Marie, Sti Hœg et deux Allemands se battent comme des charretiers ; le bouge où Sœren, pour la première fois, rosse sa femme ; l'entretien de Marie et de Holberg : toutes ces pages égalaient le jeune homme qui les écrivait aux plus fameux peintres du romantisme.

Mais son originalité était surtout dans le réalisme psychologique que l'on sentait sous ces peintures. Il garde au milieu d'une orgie de couleurs le sang-froid de l'observateur et le souci de la vérité morale. Il n'idéalise pas, ne s'indigne pas, ne juge pas. Je ne sais exactement ce qu'il pense de Marie Grubbe ; mais il nous l'a rendue intelligible. Il ne cherche point à la justifier ; elle ne lui sert de prétexte à aucun défi, à aucun paradoxe. Dans l'histoire, elle nous apparaît comme la pire des déclassées ; dans le roman, comme une malheureuse qui conserve encore jusqu'à sa dernière heure un rien de ce qui l'a perdu : sa supériorité sur son entourage, mais une supériorité que ne soutenait aucune discipline morale ou religieuse. Plus que Mme Bovary, elle était en effet supérieure à son milieu par la délicatesse de sens et par celle de l'esprit. La vie, hélas ! s'est acharnée à la diminuer et à la salir. Jeune fille, elle a vu son père acoquiné à une servante ; jeune femme, elle a entendu de sa chambre son mari, le gouverneur de Norvège, faire ripaille avec des ribaudes. Des bras de ce rustre allemand elle a passé dans ceux d'un homme qu'elle croyait intelligent et qui n'était qu'un comédien blasé, immoral et cruel. Elle s'est remariée et n'a trouvé à son nouveau foyer qu'un intérêt cupide et une suffisance méprisante.

Une autre se fût peut-être résignée ; mais Marie avait hérité des Grubbe leur tempérament violent. Elle était bien la fille d'Erik. Elle avait sous sa grâce et sa finesse les mêmes emportements que lui (comme notre Eugénie Grandet, sous sa douceur et son obéissance, la même opiniâtreté que son père). Une des scènes les plus fortes est celle où, sans le vouloir et sans que rien dans son attitude pût faire prévoir un *tel acte, brusquement elle frappe d'un coup de couteau son mari qui l'avait abreuvée de dégoût. Elle le frappe alors qu'elle est près de lui à une fenêtre, très lasse, et qu'il lui disait des fadeurs. Son geste, jailli des profondeurs insoupçonnées de son être, l'épouvante elle-même à ce point qu'elle s'évanouit. Plus tard, en Norvège, mais très consciemment, elle fouaillera la maîtresse que le drôle a installée dans sa propre chambre. Puis, après son voyage en France, après ses déceptions, sa fortune gaspillée et son second mariage, elle s'affaisse, se néglige, s'abandonne aux goûts matériels, « se ruine comme un noble et bel édifice aux mains des barbares ». Mais il lui reste au fond du cœur et dans la chair un désir de jouissance encore inassouvi. Et ce qu'elle n'avait jamais connu jusque-là, la passion, une passion brutale, inexorable, consomme sa déchéance. C'est une déchéance plus sociale que morale. Moralement, le paysan Sœren n'est pas inférieur au gouverneur de Norvège.*

Mais du jour où elle n'est plus que la femme de l'ancien cocher, pas une plainte ne lui échappe. Dégradée, elle garde du moins tout ce qu'elle peut garder de fierté dans sa dégradation ; et elle se relève autant qu'elle peut se relever par l'acceptation silencieuse du labeur et de la misère. On sent que l'esprit n'est pas mort chez elle. Comme sa rencontre, sur le bac où elle rame avec son ancien amant Sti Hœg, est donc impressionnante ! Par son accent volontairement rustique et son humilité feinte, elle maintient la distance entre elle, pauvre passeuse, et lui, vieilli et ravagé, mais toujours grand hobereau. Elle n'avait pas plus de tact jadis aux fêtes de la Cour. « Croyez-vous à la Résurrection ? lui demande Holberg. — Et comment ressusciterai-je ? lui répond-elle.

Comme la jeune fille innocente que j'étais autrefois, ou comme la favorite du roi et l'ornement de la Cour, ou comme la vieille Marie, la passeuse ? Et dois-je répondre, moi, des péchés commis par l'enfant et par la femme ardente ou l'une d'elles répondra-t-elle pour moi ? — Mais vous n'avez pourtant eu qu'une âme, petite mère ? — Croyez-vous ? fit Marie en s'absorbant dans ses pensées... » L'art de Jacobsen a été de nous rendre sensible et claire l'évolution tragique de cette âme...

Pendant que je voyageais au Danemark, j'ai voulu voir Tjele. Après la mort d'Erik Grubbe, son domaine, un des plus anciens du pays, qu'il avait acheté en 1636, passa au mari de sa fille aînée, le conseiller d'État Jœrgen Arnfeld, qui a laissé le souvenir d'un impitoyable chasseur de sorcières. Il le vendit au capitaine de cavalerie Diderick von Lewitzau, fameux aussi par ses désordres et son cynisme. Il s'était fait élever dans sa chapelle un sarcophage de marbre, où étaient sculptées des sirènes nues, symboles de ses bonnes fortunes. Il y amenait souvent ses convives au sortir de l'orgie, et souvent, dit-on, le pasteur et lui, assis dans son futur cercueil, buvaient, comme le vieil Erik et le prêtre de Jacobsen, jusqu'à l'ivresse. Les paysans ont cru longtemps que son fantôme y revenait. À sa mort, le général major Christian Ditlev von Lüttichau acheta Tjele.

C'était à un de ses descendants, chambellan et ancien ministre des Finances, que des amis de Copenhague m'avaient adressé. Il était le président de cette Société des Landes qui, après la guerre contre la Prusse et l'annexion du Slesvig, avait pris pour mot d'ordre « qu'il fallait conquérir à l'intérieur autant de pays qu'on en avait perdu à l'extérieur ».

Naguère, les terres fertiles de ce district étaient entrecoupées de mornes landes. Aujourd'hui on a planté des sapins là où ne croissaient que des bruyères; et le chambellan, fier de son œuvre, m'en faisait respirer les arômes avec délices. Le pays de Marie Grubbe n'a plus rien de sauvage. Son château reblanchi a perdu le doux éclat des vieilles briques qu'on nomme « briques de moines ». Il n'y a que de beaux vieux tilleuls qui semblent n'avoir pas changé. Et encore je cherchai vainement l'allée où l'adolescente, les mains derrière le dos, dans sa robe d'un bleu de lavande, marchait à petits pas gracieux, un nœud de ruban rouge sur la poitrine et des nœuds de ruban rouge sur ses souliers... On me dit dans la famille des Lüttichau que cette allée n'avait jamais existé et que Jacobsen n'était jamais venu à Tjele. J'ai beaucoup de peine à le croire. Mais, au surplus, l'important pour lui n'était point d'y venir : c'était d'y faire venir les autres.

ANDRÉ BELLESSORT.

I

L'air qui reposait sous la couronne des tilleuls avait passé et ondulé sur la lande brune et les champs altérés. Chaud de soleil, alourdi de la poussière des grandes routes, l'épaisse ramure l'avait tamisé ; la fraîcheur des feuilles l'avait attiédi ; et les fleurs jaunes des arbres, en l'imprégnant de leur humide senteur, lui avaient donné toute sa plénitude. Il reposait maintenant heureux, tranquille, et vibrait doucement sous la voûte verte et claire, caressé par le tremblement des feuilles et par les coups d'ailes scintillants des papillons blancs.

Les lèvres qui le respiraient étaient pleines et fraîches ; la gorge qu'il soulevait était jeune et délicate. La gorge était délicate et le pied délicat ; la ceinture mince, la taille souple, mais avec une certaine force maigre et nerveuse dans toute la ligne du corps. Seuls, les cheveux étaient luxuriants : des cheveux d'or sombre, qui se déroulaient, à demi dénoués, car le petit bonnet de velours bleu avait glissé et, retenu par ses brides de rubans, pendait sur le dos, comme un petit capuchon de moine. D'ailleurs, il n'y avait rien de monacal dans ce costume. Un large col de toile aux angles droits se rabattait sur une robe très simple et d'un bleu de lavande, dont les manches étaient courtes, larges et fendues. Il en sortait d'autres manches de fine toile hollandaise. Un nœud de ruban d'un rouge éclatant était posé sur la poitrine, et des nœuds de ruban rouge éclataient sur les souliers.

Elle marchait, les mains nouées derrière le dos, la tête inclinée en arrière, à petits pas gracieux et joueurs. Elle montait lentement l'allée, mais en faisant de grands zig-zags, comme si elle allait tantôt se heurter contre un des arbres, et tantôt sortir de leur rangée. De temps en temps, elle s'arrêtait, secouait ses cheveux sur ses joues et regardait vers la lumière. L'éclat du jour à travers les branches donnait à son visage d'une enfantine blancheur une teinte d'or mat qui amincissait les ombres bleuâtres sous ses yeux. Ses lèvres roses devenaient pourpres, et ses grands yeux bleus presque noirs. Elle était jolie, jolie… : un front uni, un nez d'une légère courbure, la lèvre inférieure courte et nettement découpée, un menton fort et rond, une joue finement arrondie et de toutes petites oreilles, et des sourcils d'un dessin net et pur. Elle marchait avec un sourire léger, sans pensées : elle ne pensait à rien, et souriait en harmonie avec tout ce qui l'entourait. Elle arriva au bout de l'allée, s'arrêta et se mit à tourner sur le talon, à droite, à gauche, toujours les mains derrière le dos et la tête en arrière, le regard levé ; et elle chantonnait, d'une voix monotone, s'interrompant à la mesure de son balancement.

Il y avait deux marches de granit qui descendaient au jardin et vers la forte lumière du soleil. Le ciel sans nuage, d'un bleu pâle, y dardait ; et le peu d'ombre s'y pressait au pied des buis taillés. Les yeux en étaient éblouis : la haie même réfléchissait la lumière et ses feuilles lisses la rejetaient en mille étincelles. Derrière la rangée de lavande, les pois et les haricots se laissaient glisser le long des échalas, sous la chaleur ; les chrysanthèmes, exténués, regardaient le soleil droit au visage ; mais les pavots avaient dépouillé leurs larges pétales rouges et ne présentaient plus que leur tige nue.

L'enfant qui jouait dans l'allée de tilleuls sauta les marches, traversa en courant le jardin ensoleillé, la tête penchée en avant, comme on traverse une cour sous la pluie. Elle se dirigea vers un triangle de sombres ifs, se glissa derrière, et entra sous la grande tonnelle de verdure qui datait des Below. On avait formé un dôme en enlaçant un cercle d'ormes ; mais le sommet, où les rameaux n'atteignaient pas, était fermé d'un treillage. Des rosiers grimpants et des chèvrefeuilles poussaient dans le feuillage et avaient bien clos les ouvertures, sauf d'un côté où le houblon, qu'on avait planté ensuite, étouffait les branches sans dissimuler la brèche. Devant l'entrée de la tonnelle, deux chevaux marins étaient peints en blanc ; à l'intérieur, une longue banquette en bois et une table. Le dessus de la table était de pierre : il avait été grand et ovale mais gisait maintenant par terre, presque tout entier : seul un quart en restait encore sur le cadre. L'enfant s'assit à côté, mit ses jambes sur la banquette, s'appuya en arrière et croisa les bras. Elle ferma les yeux et demeura immobile.

Il lui vint deux petites rides au front. Par moments, elle remuait les sourcils et souriait vaguement.

« Dans la pièce aux tentures de pourpre, à l'alcôve dorée, Griseldis, à genoux, se traîne aux pieds du margrave, mais il la repousse. Il vient de l'arracher de la couche tiède, et il ouvre la petite porte, et l'air froid se jette sur la pauvre Griseldis, qui se traîne par terre et pleure. Il n'y a, entre le froid de la nuit et son corps blanc, que la chemise mince, mince. Mais il la chasse et ferme la porte sur elle ; et elle presse son épaule nue contre la porte glacée. Elle l'entend marcher mollement sur les tapis du parquet, et, par le trou de la serrure, la lumière du flambeau sort et met un petit soleil rond sur son sein découvert. Elle se sauve et descend le sombre escalier de marbre. Tout est silencieux : elle n'entend que le bruit mou de ses pieds nus sur les marches glacées. Et voilà qu'elle se trouve dehors. La neige... non, il pleut, il pleut à verse, et l'eau froide et lourde tombe sur ses épaules. La chemise se colle à son corps, et l'eau coule le long de ses jambes nues. Et elle marche avec ses pieds délicats dans la boue qui s'évase. Et le vent... les buissons l'égratignent et déchirent sa jupe... Non, elle n'avait pas de jupe... Comme ils déchiraient ma robe brune. — Il doit maintenant y avoir des noisettes dans le bois de Fastrup... Comme il y avait des noisettes à la foire de Viborg !... Dieu sait si Ane enfin ne souffre plus des dents !... — Non ! Brunhild... le cheval féroce galope... Brunhild et Grimmild... La reine Grimmild fait signe aux hommes et s'en va. On entraîne la reine Brunhild et un petit homme noir aux longs bras – un comme Bertel dans la maison de la barrière – lui arrache sa ceinture et lui enlève sa robe et son jupon. Et de ses mains noires il fait glisser les bracelets d'or de ses bras blancs et souples... Et elle est jetée dans la poussière du chemin... Et on noue la queue du cheval autour de ses chevilles... »

Ici les rides revenaient et se creusaient à son front. Elle secoua la tête et prit un air de plus en plus dépité. Enfin elle rouvrit les yeux, se redressa à demi et regarda autour d'elle, ennuyée et lasse.

Les moucherons dansaient dans la brèche de la tonnelle, entre les houblons. Et du jardin venaient, par bouffées, des parfums de menthe et de mélisse et par moments des senteurs d'anis. Une petite araignée jaune, maladroite, courut sur sa main en la chatouillant et la fit se lever de la banquette. Elle alla vers l'entrée et se tendit vers une rose au milieu du feuillage. Mais elle ne pouvait l'atteindre. Alors elle sortit et se mit à cueillir des roses grimpantes. Plus elle en cueillait, plus elle avait la fièvre d'en cueillir. Et bientôt sa jupe fut pleine. Elle les emporta sous la tonnelle et s'assit devant la table. Une à une, elle les prit sur ses genoux et les posa sur la dalle de pierre, l'une touchant l'autre. Et bientôt la pierre fut cachée sous une couche rose pâle et parfumée.

La dernière rose prise, elle lissa les plis de sa jupe, secoua les pétales et les feuilles vertes qui s'étaient attachées au poil de l'étoffe, et resta assise, les mains tombantes, les yeux fixés sur cette floraison de roses. Flot parfumé dont les ondulations de lumière et d'ombre allaient du blanc qui rougit au rouge qui bleuit, d'un rose humide et presque lourd à un lilas si léger qu'il semble onduler comme un souffle de l'air... chaque pétale délicieusement recourbé, si tendre à l'ombre, mais scintillant à la lumière de mille étincelles presque invisibles... et puis le lourd parfum très doux, les effluves du nectar rouge qui bouillonne aux veines des fleurs.

Vivement elle retroussa ses manches et mit ses bras nus dans la douce fraîcheur humide des roses et les retourna dans l'éparpillement des pétales embaumés qui jonchèrent alors le sol. Puis, elle sauta sur ses pieds et, d'un revers de son bras, elle balaya toutes les fleurs qui restaient sur la table et sortit dans le jardin en rajustant ses manches. Les joues brûlantes, à pas rapides, elle descendit les allées et suivit le fossé du jardin jusqu'à la route des voitures. Là, près de l'entrée de la cour, un chariot de foin avait chaviré : plusieurs chariots, arrêtés derrière, ne pouvaient passer. Le premier valet frappait le cocher avec un bâton brun dont le vernis luisait au soleil.

Le bruit des coups fit une horrible impression sur l'enfant. Elle se boucha les oreilles et monta vivement vers la maison. La porte de la buanderie était ouverte ; elle s'y glissa et la referma sur elle.

C'était Marie Grubbe, âgée de quatorze ans, fille de M. Erik Grubbe, de la maison seigneuriale de Tjele.

☆

La lueur bleue du crépuscule reposait sur Tjele. La rosée était tombée ; les transports de foin s'étaient arrêtés ; les filles de la ferme étaient allées à l'étable traire les vaches ; les hommes circulaient sous le hangar des voitures et dans la pièce des harnais ; les journaliers, en troupe, attendaient devant la porte qu'on leur sonnât l'heure du souper.

Par la fenêtre ouverte, Erik Grubbe regardait la cour. Lentement, l'un après l'autre, les chevaux sortaient de l'écurie, sans mors, désharnachés, et s'en allaient à l'abreuvoir. Au milieu de la cour un valet en bonnet rouge se tenait près d'une borne et s'occupait à mettre de nouvelles dents à un râteau, et, plus loin, deux jeunes lévriers jouaient à s'attraper, autour de la meule à aiguiser.

Au fur et à mesure que le temps passait, les hommes se montraient plus nombreux sous les portes de l'écurie ; ils regardaient autour d'eux et se retiraient en sifflant et en chantonnant. Une bonne, avec un seau de lait tout plein, traversa la cour d'un petit pas rapide, et les journaliers commençaient à entrer, comme pour hâter la cloche du souper. Là-bas, dans la cuisine, les baquets, les plats et les plateaux firent un bruit plus fort ; puis deux coups furent tirés à la cloche, et elle laissa tomber deux notes rouillées qui se mouraient vite dans le bruit des portes et le piétinement des sabots frottant contre le plancher. Puis la cour devint déserte : seuls, les deux chiens aboyaient à l'envi devant le seuil.

Erik Grubbe ferma la fenêtre et s'assit l'air pensif. Il était dans la chambre d'hiver : on s'y tenait d'ailleurs hiver comme été ; c'était la « salle de tous les jours », la salle à manger. On ne se tenait presque jamais dans d'autres pièces. C'était une vaste salle, avec de hauts lambris de chêne sombre. Les murs étaient en faïence hollandaise, glacée, avec de grandes roses bleues sur fond blanc. La cheminée était faite de briques : devant l'ouverture de la cheminée, on avait placé un coffre de bois pour empêcher le courant d'air, quand on entrait ou sortait. Une table en chêne poli avec deux grands battants ovales qui pendaient presque à terre ; quelques chaises à haut dossier et aux sièges en cuir dur, poli par l'usage, et une petite armoire peinte en vert accrochée très haut au mur : tel était tout l'ameublement.

Comme Erik Grubbe était assis là, dans la pénombre, sa gouvernante, Ane Jensdatter, entra, une chandelle dans une main et un gobelet de lait nouvellement trait dans l'autre. Elle plaça le gobelet devant lui et s'assit elle-même à la table, la bougie posée en face d'elle, sans pourtant lâcher le chandelier qu'elle garda dans sa grosse main rouge où brillaient des quantités de bagues et de grosses pierres.

« Ah... ah... ah... dit-elle en s'asseyant. Ah ! voilà !

— Qu'y a-t-il ? dit Erik Grubbe en la regardant.

— Ah ! mon Dieu ! il y a de quoi soupirer, quand on a besogné jusqu'à ce qu'on ne se porte plus sur ses jambes.

— Oui, des temps durs !... Il faut bien que les gens ramassent pendant l'été la chaleur qui les chauffera pendant l'hiver.

— Vous parlez ! Il devrait y avoir mesure à tout. C'est mal conduire pour le roi que d'embourber les roues du chariot et de casser les brancards. On est seul à tout faire. Les bonnes ne sont que des fainéantes. On n'entend que des bavardages sur leurs amoureux et des caquets du village. Voilà tout ce qu'elles font. Et si elles font quelque chose, c'est salement fait. Mais, comme il faut que ça se fasse, c'est toujours moi qui dois marcher. Wulborg est malade, Stine et Budel sont deux lourdaudes. Elles jacassent et laissent brûler les plats. On aurait pourtant pu avoir un peu d'aide de Marie, si vous aviez voulu lui parler. Mais elle ne doit pas toucher à quoi que ce soit.

— Voyons, voyons, tu parles à perdre haleine et jusqu'à oublier la langue du pays. Ne t'en prends pas à moi, mais à toi-même. Si tu avais eu de la patience avec Marie, cet hiver, et si tu lui avais dit comment faire, elle t'aurait maintenant rendu service. Mais tu n'en avais pas, et l'enfant s'est butée : vous en étiez à vouloir vous arracher les yeux. Tu devrais plutôt me remercier d'y avoir mis fin.

— Oui, oui : défendez Marie. Aussi bien vous êtes le mieux placé pour cela. Mais si vous défendez votre fille, moi, je défendrai la mienne. Que vous en soyez ou non fâché, il est bon que vous sachiez que cette enfant-là a une nature plus emportée qu'il ne faut pour passer commodément sa vie. Jamais elle ne peut laisser tranquille petite Ane, jamais! Elle la harcèle, elle est toujours après elle, la journée durant, avec des coups, des bousculades, de vilains mots, en sorte que cette pauvre petite devrait souhaiter de n'être jamais née, et moi aussi je devrais le souhaiter pour elle, et je le souhaite, si triste que ce soit. Ah! Dieu miséricordieux, recevez-nous en grâce! Mais vous n'êtes pas le même père pour les deux enfants. D'ailleurs, ça se comprend; ce n'est que juste. Le péché des pères doit retomber sur les enfants jusqu'à la troisième, oui, la quatrième génération, et les péchés de la mère aussi. Et la petite Ane n'est qu'une bâtarde, une fille de ribaude, oui, je le dis tout crûment, elle n'est pour Dieu et pour les hommes qu'une enfant de ribaude! Mais, vous, son père, vous devriez avoir honte, que je vous dis! Et je le dirai même si vous me battez, comme le jour de la Saint-Michel, il y a deux ans! Vous devriez avoir honte! Ah! fi! Laisser comprendre à sa propre enfant qu'elle a été conçue en péché! Et vous le lui faites comprendre, vous et Marie, et à moi aussi. Battez-moi si vous voulez, mais vous le lui faites comprendre... »

Erik Grubbe se leva brusquement en tapant du pied.

« Sang de bourreau! Tu es donc folle à lier, femme! Tu es ivre : voilà ce que tu es. Va te coucher, et que ta bile et ton ivresse s'évaporent dans ton sommeil. Tu mériterais une danse! Non! Pas un mot de plus : Marie partira; elle partira dès demain. Je veux la paix et je l'aurai. »

Ane éclata en sanglots.

« Ah Dieu, Dieu, qu'une chose pareille puisse arriver, quelle misère! M'accuser de boire, moi! Ai-je jamais bu? M'a-t-on jamais vue ivre? M'avez-vous entendue divaguer? Où est la place où vous m'avez trouvée tombée? Voilà le remerciement qu'on reçoit : va te coucher et dormir! Dieu veuille que je m'endorme pour toujours! Dieu veuille que je tombe morte devant vous, vous qui m'insultez... »

Les chiens se mirent tout à coup à aboyer et des coups de sabots retentirent sous la fenêtre. Ane s'essuya les yeux très vite. Erik Grubbe ouvrit la fenêtre et demanda qui était là.

« Courrier à cheval de Fovsing, dit un valet.

— Prends son cheval et fais entrer l'homme. »

Et la fenêtre se referma.

Ane se redressa sur sa chaise et mit la main devant ses yeux rouges. Le courrier entra, apportant le salut et l'amitié de la part du grand bailli Christian Skeel de Fovsing et Odden ; ce jour-même, une estafette lui avait annoncé que la guerre avait été déclarée le 1er juin. En conséquence, il devait se rendre à Aars et, de là, vraisemblablement à Copenhague. Il faisait demander à Erik Grubbe s'il voulait se réunir à lui, aussi longtemps que les circonstances le permettraient. Ils pourraient ainsi arranger les affaires qu'ils avaient avec les gens de Aarhus. Le bailli savait d'ailleurs qu'Erik Grubbe avait plus d'une raison pour aller à Copenhague. En tout cas, Christian Skeel serait à Tjele environ sur les quatre heures de l'après midi, le lendemain.

Erik Grubbe répondit qu'il serait prêt pour le voyage.

Le messager s'en retourna avec cette réponse.

Ane et Erik Grubbe parlèrent alors longuement de ce qu'il y aurait à faire pendant son absence. Et il fut aussi décidé que Marie accompagnerait son père à Copenhague, et qu'elle resterait auprès de sa tante Rigitze, une ou deux saisons.

La séparation prochaine les avait rendus plus calmes tous les deux, mais la vieille dispute était sur le point de renaître, quand il fut question des bijoux de sa mère et des vêtements que Marie devait emporter. Cela se décida pourtant à l'amiable, et Ane s'en alla se coucher de bonne heure, puisqu'il fallait certainement que le lendemain fût rendu aussi long que possible.

Peu après, les chiens annoncèrent de nouveaux visiteurs.

Cette fois, ce n'était que le pasteur de la paroisse de Tjele et de Vinge, M. Jens Jensen Paludan.

Il entra avec un « Bonsoir dans la maison ! »

C'était un homme large d'épaules, aux fortes articulations, aux membres longs et à la tête penchée : il avait le dos voûté, et ses grands cheveux grisonnants étaient embroussaillés comme un nid de corbeaux ; son visage avait une curieuse couleur, égale, rose pâle, étrangement pure, qui n'allait pas bien avec ses gros traits et ses sourcils touffus.

Erik Grubbe l'invita à s'asseoir et lui demanda où il en était de la rentrée des foins. La conversation tourna un moment autour des principaux travaux des champs et s'acheva dans un soupir sur la mauvaise moisson de l'an passé.

Le pasteur louchait furtivement vers le gobelet et il dit :

« Son Excellence est toujours extrêmement sobre et s'en tient aux boissons naturelles ? D'ailleurs c'est ce qu'il y a de plus sain. Le lait nouvellement trait est une chose bénie, c'est certain, et pour le mauvais estomac, et pour la poitrine oppressée.

— Oui, les dons de Dieu sont tous bons, qu'ils viennent d'une vache ou d'un tonneau. Vous allez maintenant me goûter une barrique de momme de Brunswick que nous venons d'aller chercher à Viborrig. Cette boisson est bonne et allemande bien que je n'y voie pas la marque du douanier. »

On apporta des pots à bière et une grande cruche en bois d'ébène cerclée d'argent.

Et ils burent à la santé l'un de l'autre.

« Heydenkamper ! du vrai, du noble Heydenkamper ! » s'écria le pasteur d'une voix qui tremblait d'émotion et de ravissement.

Et quand, béat, il se laissa retomber sur sa chaise, il eut presque les larmes aux yeux.

« Vous êtes un connaisseur, monsieur Jens, dit en souriant Erik Grubbe.

— Oh! quel connaisseur! Nous sommes d'hier et nous ne connaissons rien, dit le pasteur, distrait; mais, je songe, continua-t-il en élevant la voix, que c'est peut-être vrai, ce que j'ai entendu dire sur la brasserie de Heydenkamper. C'est un maître franc qui me le raconta une fois, là-bas, à Hanovre, à l'époque où je voyageais avec le jeune noble Jœrgen. Il me disait qu'on commençait toujours à brasser une nuit de vendredi; mais, avant que personne eût la permission de toucher à rien, chacun devait aller près du doyen des compagnons et poser la main sur la grande balance, et jurer sur le feu, le sang et l'eau qu'il n'avait point en lui de mauvaises pensées de haine; car cela porterait dommage à la bière. Il me conta aussi que, le dimanche matin, quand les cloches des églises commençaient à sonner, ils ouvraient toutes grandes, portes, fenêtres et lucarnes, afin que le carillon sonnât sur la bière. Mais l'essentiel, c'était quand la bière allait fermenter : alors le patron lui-même venait avec un superbe coffret, d'où il retirait de pesants anneaux d'or et des chaînes et des pierres précieuses sur lesquels il y avait de curieuses inscriptions, et l'on jetait tout cela dans la bière, et il est facile de comprendre que d'aussi nobles richesses doivent donner à la boisson une partie des forces secrètes que la nature a déposées en elles.

— Oui : on n'en sait trop rien, répondit Erik Grubbe. Moi, j'ai plus de foi dans le houblon de Brunswick et dans les autres herbes qu'on y mêle.

— Ah! répondit le pasteur, sérieux, en secouant la tête, nous ne devons pas parler ainsi. Il y a beaucoup de secrets dans le royaume de la nature : c'est certain. Chaque chose morte ou vivante porte son *miraculum* en soi. Il ne s'agit que d'avoir la patience de chercher, et des yeux ouverts, pour trouver. Ah! dans les temps jadis, quand le Seigneur Dieu n'avait pas, depuis si longtemps, retiré sa main de la terre, toute chose était encore si chargée de la force divine qu'il en sortait des baumes et tout ce qu'il y a de bien pour le corps et pour l'âme... Maintenant que la terre n'est plus ni pure ni neuve, mais souillée par les péchés de multiples générations, ce n'est qu'en des occasions extraordinaires qu'on le remarque, à de certaines heures et à de certaines places, quand se montrent d'étranges signes, célestes. Je viens de le dire au forgeron, il y a un moment. Nous parlions des terribles lueurs qui ont dansé à l'horizon ces dernières nuits. Tout justement une estafette passait, allant chez vous.

— En effet, monsieur Jens, dit Erik Grubbe.

— Il n'apportait que de bonnes nouvelles, j'espère ?

— La nouvelle que la guerre vient d'être déclarée.

— Seigneur Jésus, que dites-vous là!... Oui, cela devait arriver.

— Mais du moment qu'ils ont attendu si longtemps, ils auraient pu attendre que les gens eussent engrangé leur récolte.

— Ce sont naturellement les Scaniens qui ont amené le mal. Ils ressentent encore l'âpre brûlure de la dernière guerre et ils espèrent que cette guerre sera comme de se gratter où ça démange.

— Oh! ce ne sont pas les Scaniens seuls. Les gens de Seeland veulent toujours la guerre, car ils savent bien qu'il y a du bon temps pour les aventuriers, quand les conseillers du royaume sont tous également fous...

— Mais le connétable n'en était nullement partisan.

— Que le diable le croie! Et, d'ailleurs, c'était prêcher le calme dans une fourmilière. Et ça ne sert à rien. La guerre est là... Il s'agit maintenant pour chacun de défendre ce qu'il possède. »

La conversation tomba ensuite sur le voyage prochain. On parla des mauvais chemins. Puis elle revint à Tjele, aux bêtes qu'on engraisse et aux fourrages. Et elle repartit. Cependant ni l'un ni l'autre ne négligeaient la cruche. La bière leur avait fortement monté à la tête. Et Erik Grubbe, qui parlait de son voyage à Ceylan et aux Indes, sur le navire la *Perle*, arrivait difficilement à s'exprimer, tant la drôlerie de ses propres histoires le faisait rire.

Le pasteur devenait de plus en plus sérieux. Il était affaissé sur sa chaise mais, de temps à autre, il branlait la tête et regardait devant lui avec des yeux durs, en remuant les lèvres. En même temps il gesticulait d'une main jusqu'à taper contre la table. Alors il s'affaissait de nouveau et jetait un regard effrayé sur Erik Grubbe. Enfin, comme celui-ci s'était embarrassé dans la description d'un marmiton extraordinairement grotesque, le pasteur parvint à se lever et se mit à parler d'une voix sourde et solennelle.

« En vérité, dit-il, en vérité, je vais témoigner de ma bouche – de ma bouche – que vous êtes un scandale, un objet de scandale – qu'il vaudrait mieux être jeté au fond de la mer – en vérité avec une pierre de meule et deux tonneaux de malt – vous me devez ces deux tonneaux de malt et j'en témoigne solennellement de ma bouche – deux tonneaux pleins de malt dans mes propres sacs – c'étaient mes sacs! – vous avez gardé mes sacs neufs… et vous m'en avez donné des vieux… et c'était du malt gâté. En vérité! Voyez l'horreur de la désolation! Et les sacs m'appartiennent – le jugement m'appartient, je vous dis. – Ne tremblez-vous pas sur vos vieilles jambes, vieux paillard? Vous devriez vivre chrétiennement. – Est-il chrétien de vivre avec Ane Jens-datter? et de la laisser escroquer un pasteur chrétien? Vous êtes un… vous êtes un… un paillard chrétien – Oui… »

Erik Grubbe, au commencement du discours du pasteur, avait souri de tout son visage en lui tendant amicalement la main par-dessus la table. Puis il poussa du coude un compagnon invisible pour qu'il vît combien le pasteur était ivre et impayable. Peu à peu, il dut vaguement comprendre, car, tout à coup, il devint blanc comme de la craie, saisit la cruche et la lança contre le pasteur qui tomba en arrière sur la chaise et, de là, sur le parquet. D'ailleurs seule la frayeur l'avait fait choir; car la cruche ne l'avait pas atteint. Elle resta renversée au bord de la table; le contenu inondait la table et se répandait en minces filets sur le plancher et sur le pasteur.

La chandelle avait brûlé jusqu'au bout dans le chandelier et sa flamme vacillait de sorte que, tantôt la pièce était claire, tantôt si sombre que la pointe du jour bleu apparut par les fenêtres.

Le pasteur parlait encore, d'une voix tour à tour profonde et menaçante, geignante et coupée de sanglots.

« Vous êtes là, assis dans l'or et dans la pourpre, et je suis couché ici et les chiens lèchent mes plaies. Et qu'avez-vous déposé dans le sein d'Abraham? Quelle offrande avez-vous donnée? Et maintenant vous souffrez des tourments, mais personne ne trempera son doigt dans l'eau pour vous (et il frappa du poing dans la flaque de bière). Mais je m'en lave les mains, les deux mains. Je vous ai averti… Vous allez, couvert d'un sac et vêtu de cendre… Mes deux sacs neufs! – Du malt…! »

Il murmura encore un moment puis il s'endormit. Erik Grubbe, pendant qu'il parlait, faisait de vains efforts pour se lever. Il saisit vigoureusement les bras du fauteuil, et s'efforça de donner un violent coup de pied dans la table avec l'espoir que c'était le pasteur.

Bientôt rien ne remua plus, on n'entendit que le ronflement des deux vieillards et le monotone clapotement de la bière qui continuait à dégoutter.

II

La veuve de Hans Ulrik Gyldenlœve, Mme Rigitze Grubbe, avait sa maison située à l'angle de Œstergade et Pilestræde.

À cette époque Œstergade était une rue assez aristocratique. Là demeuraient les membres des familles Trolle, Rosenkrantz et Krag.

Joachim Gersdorff était voisin de Mme Rigitze et, dans la nouvelle maison rouge de Carl van Mandern logeaient le plus souvent deux ou plusieurs résidents étrangers. Cependant un seul côté de la rue était si noblement habité. Du côté de Saint-Nicolas, les maisons étaient basses, occupées surtout par des artisans, des marchands, des patrons de vaisseaux et quelques hôteliers.

C'était un dimanche matin au commencement de septembre.

À la fenêtre mansardée de la maison de Mme Rigitze, Marie Grubbe regardait : pas une voiture ; aucun mouvement, rien que des pas tranquilles et graves, et la mélopée d'un marchand d'huîtres. Le soleil tombait en pluie sur les toits et les pavés. Et toutes les ombres se dessinaient nettes et fortes. L'horizon était enveloppé d'une légère brume de chaleur, d'un bleu de fumée.

« Garde à vous ! » cria derrière elle une voix de femme qui imitait avec beaucoup de succès une voix qui se-rait enrouée à force de commander.

Marie se retourna.

C'était la femme de chambre. Elle était restée un bon moment assise, tranquille, sur le coin d'une table, regardant d'un œil critique ses jambes assez bien faites.

Enfin elle s'en était fatiguée et avait lancé cet appel. Et maintenant, toujours assise et riant comme une folle, elle balançait ses jambes de toutes ses forces.

Marie haussa les épaules et, avec un sourire de mauvaise humeur, se retourna vers la fenêtre. Mais Lucie sauta à terre, la saisit par la taille et la força de s'asseoir sur un petit tabouret.

« Mademoiselle, vous ne savez pas ?

— Eh bien, quoi ?

— Vous oubliez d'achever votre lettre, et à une heure et demie nous aurons des invités : vous avez à peine quatre heures devant vous. Savez-vous ce qu'il y aura : une soupe dorée, des soles, des poulets rôtis et du gâteau avec une gelée de perdrigon. C'est fin, mais Dieu sait que ce n'est pas gras ! L'amoureux de Mademoiselle viendra aussi.

— Quelle sottise ! s'écria Marie, dépitée.

— Dieu me garde, mais il n'y a ni fiançailles ni publications de bans, parce que je dis cela. D'ailleurs je ne comprends pas que Mademoiselle ne fasse pas plus de cas de son parent. C'est le plus bel homme et le plus charmant que je connaisse. Oh! quel pied il a! Du sang royal coule en ses veines. On le voit rien qu'à ses mains, à ses petites mains, si bien moulées. Et songez à ses ongles, pas plus grands que cela..., si ronds, si rouges. Et les belles jambes! Ce sont comme des ressorts d'acier quand il marche. Oh! Et ses yeux, ils brillent, ils étincellent... »

Elle plia vivement le bras autour de Marie et l'embrassa dans le cou, si brusquement et si follement que l'enfant rougit et, en se tortillant, se dégagea de son étreinte.

Lucie se jeta sur le lit, riant comme une folle.

« Que tu es bizarre aujourd'hui! dit Marie. Si tu continues, je descends.

— Mais pourquoi, mon Dieu? Il faut bien qu'on s'amuse quelquefois. Il y a assez de tristesse de par le monde et, pour ma part, j'en ai plus qu'il ne m'en faut. Mon fiancé est à la guerre : il doit souffrir du mal et du pire! C'est une vraie pitié d'y songer. Pensez donc : si un coup de fusil le tuait ou l'estropiait! Dieu ait pitié de moi, pauvre fille! Je ne saurais plus alors ce que c'est que la gaieté. »

Elle cacha son visage dans l'oreiller en sanglotant.

« Oh, non, non! mon cher Lorens, je te serai fidèle, fidèle, si seulement le bon Dieu te laisse revenir entier, intact. Ah! mademoiselle, que tout cela est dur à supporter! »

Marie essaya de la calmer avec des paroles et des caresses. Et elle parvint à la faire se redresser en s'essuyant ses yeux.

« Oui, Mademoiselle, personne ne peut savoir combien j'ai du mal avec moi-même. On n'est jamais comme on devrait être! J'ai beau prendre la résolution de ne pas faire attention à tous ces jeunes gens : s'ils viennent avec des plaisanteries et des compliments, il m'est impossible de leur tourner le dos, quand bien même il irait de ma vie. La langue me démange de leur répondre, et ça va plus loin que je ne le voudrais, car ce n'est plus défendable aux yeux de Lorens, et, lorsque je songe aux dangers qu'il court, j'en éprouve une confusion inimaginable; je l'aime, mademoiselle, et lui seul, croyez-moi! Ah! le soir, quand je suis couchée et que la lune éclaire ma chambre, je deviens une tout autre personne; tout me paraît si triste! et je pleure, je pleure... j'en ai la gorge serrée comme si j'allais étouffer. C'est une vraie torture. Je me tourne et me retourne dans mon lit et je prie le bon Dieu. Je sais à peine ce que je lui demande, et, par moments, je ne sais plus ce que je fais, et alors je me dresse sur mon séant et je prends ma tête dans mes mains, et j'ai horriblement peur de perdre la raison. Seigneur Dieu, Mademoiselle... Mais vous pleurez... Est-ce que vous soupirez secrètement après quelqu'un, toute jeune que vous êtes? »

Marie rougit et eut un faible sourire. Il y avait quelque chose de flatteur pour elle dans la pensée qu'elle pourrait être amoureuse et soupirer.

« Non, non, dit-elle, mais c'est si triste ce que tu dis là. C'est comme si tout n'était que peines et tristesses.

— Mais non, mais non : il y a autre chose aussi », dit Lucie en se levant, car on l'appelait d'en bas, et elle partit en adressant à Marie un signe de tête espiègle.

Marie soupira, alla vers la fenêtre et regarda dehors. Elle promena ses yeux sur le cimetière verdoyant et frais de Saint-Nicolas, sur les murs rougeâtres de l'église et sur le château au toit de cuivre vert-de-grisé : et, là-bas, le Sund bleu s'unissait au ciel bleu, où des masses de nuages blancs, de formes molles, roulaient lentement vers la côte de Scanie.

Elle était depuis trois mois à Copenhague. Lorsqu'elle avait quitté la maison, elle avait cru que le simple fait de vivre dans la capitale était quelque chose de bien différent. Aujourd'hui elle était détrompée; elle n'aurait pu croire qu'elle s'y sentirait plus solitaire qu'au domaine de Tjele où, pourtant, sa vie avait été très solitaire. Son père ne lui était d'aucun secours. Il restait toujours si entièrement lui-même qu'il ne pouvait jamais rien être pour autrui; il ne retrouvait pas l'âge de quatorze ans quand il parlait avec une fillette de quatorze ans. Il ne devenait pas femme parce qu'il parlait avec une petite fille. Il se tenait toujours au-delà de ses soixante ans, et il était toujours Erik Grubbe.

Sa concubine, qui régnait comme la dame de la maison, Marie ne pouvait la voir sans que tout ce qu'il y avait en elle de fier et d'amer ne se réveillât. Cette paysanne grossière et dominatrice l'avait si souvent blessée et tourmentée que la jeune fille ne pouvait entendre le bruit de ses pas sans qu'immédiatement et presque inconsciemment elle se fît dure, défiante et haineuse. Sa demi-sœur, la petite Ane, était maladive et comme gâtée à force d'être trop choyée, ce qui ne la rendait pas traitable. Et la mère essayait toujours, près d'Erik Grubbe, d'attaquer Marie au sujet de sa fille.

Quelle société avait-elle eue ? Elle connaissait chaque
sentier et chaque chemin de la forêt de Bigum, chaque
vache qui paissait dans les pâturages, chaque volatile de la
basse-cour ; et, dans le salut amical des domestiques et des
paysans qu'elle rencontrait, elle lisait clairement cette
pensée : « La demoiselle souffre des injustices, et nous le
voyons, et nous en sommes désolés, et nous avons le
même sentiment qu'elle contre la femme de là-haut. »
Mais à Copenhague ? Elle avait Lucie. Elle aimait beaucoup Lucie, mais ce n'était qu'une servante. Elle possédait
toute la confiance et toutes les confidences de Lucie, elle
en était contente ; mais elle ne se confiait point à Lucie.
Elle ne pouvait exhaler ses plaintes devant Lucie ; elle ne
voulait pas qu'on lui dise qu'elle était à plaindre et elle ne
pouvait souffrir qu'une domestique lui parlât de ses ennuis de famille. Elle ne voulait rien entendre, pas même
sur sa tante. Et, cependant, elle n'aimait pas sa tante ; et,
d'ailleurs, elle n'avait aucune raison de l'aimer.

Rigitze Grubbe avait les idées très sévères du temps sur
la nécessité d'une éducation inflexible ; et elle élevait
Marie selon ses principes. Elle n'avait pas d'enfant, n'en
avait jamais eu. L'amour maternel ne lui avait jamais appris les petites adresses qui facilitent le chemin aux enfants et aux éducateurs. Et, cependant, cette éducation
sévère aurait peut-être rendu les plus grands services à
Marie, dont l'esprit et l'âme s'étaient précocement déve-
loppés en dehors de toute discipline et avaient été en
même temps comprimés par des duretés déraisonnables
et capricieuses. L'adolescente aurait pu sentir une espèce
de paix et de soulagement à être dirigée sévèrement et

poussée sur le chemin qu'elle devait suivre, sans faiblesse, par une personne qui ne lui aurait voulu que du bien.

Mais ce ne fut point de cette manière qu'on la gouverna. Mme Rigitze s'occupait tant de politique et se dépensait tant en intrigues! Elle vivait dans les cercles de la Cour, hors de chez elle, des journées entières. À la maison, elle était si prise que Marie pouvait disposer à sa fantaisie d'elle-même et de son temps. Mme Rigitze avait-elle un moment de loisir à donner à l'enfant? Sa propre négligence la rendait doublement âpre et doublement impatiente. Pour Marie, la conduite de sa tante était une véritable absurdité et lui donnait presque l'impression d'être une pauvre créature inutile que tous détestaient, que personne n'aimait.

Comme elle était à la fenêtre, promenant ses regards sur la ville, cette impression d'abandon, de solitude, de détresse la saisit. Elle appuya la tête au rebord de la fenêtre et suivit distraitement les nuages lents qui glissaient sous le ciel. Elle comprenait si bien les tristes paroles que Lucie avait prononcées. C'était comme une intime brûlure, et il n'y avait rien à faire qu'à laisser brûler. Elle connaissait si bien cette sensation! Qu'arriverait-il? Les jours, tous semblables, se succédaient. Rien, rien... rien de quoi se réjouir. Cela continuerait-il? Oui, longtemps encore. Et même quand on aurait seize ans? Ce n'était pourtant pas ainsi pour tout le monde. Il était impossible qu'on la laissât porter le bonnet d'enfant, lorsqu'elle aurait seize ans. Sa sœur aînée, Ane-Marie, ne l'avait pas porté, elle! Elle était mariée maintenant. Et Marie se rappelait si nettement tout le vacarme et toute la gaieté du mariage, qui avaient continué longtemps après qu'on l'eût envoyée au lit. Et la musique! Elle pourrait peut-être aussi se marier, qui sait? avec le frère de son beau-frère. Il est vrai qu'il était horriblement laid, mais, s'il le fallait… Elle ne pourrait pas être heureuse. Mais qu'y avait-il au monde qui valût la peine qu'on se réjouît! Rien à sa connaissance.

Elle quitta la fenêtre, s'assit à la table et se mit à écrire :

Mes très amicales salutations en Notre-Seigneur, chère Ane-Marie, bonne sœur et amie; que Dieu te garde et soit remercié pour tout le bien qu'il nous donne. Je t'écris pour vous congratuler* puisque ton accouchement a été heureux et que tu es remise et en bonne santé. Chère sœur, je suis bien ici et je suis en bonne santé. Notre tante vit, comme tu le sais, en magnificence, et il y a souvent ici beaucoup d'invités.

La plupart sont des cavaliers de la Cour. À l'exception de quelques vieilles dames, il ne vient ici que des hommes. Beaucoup d'entre eux ont connu feu notre mère et font l'éloge de sa beauté et de ses autres vertus. Je suis toujours à table avec les invités, mais personne ne m'adresse la parole, sauf Ulrik Frederik, ce dont je me passerais bien, puisqu'il est toujours plus porté à la chicane et aux railleries *qu'à une conversation raisonnable. Il est encore très jeune, et il n'a pas la meilleure réputation. Il fréquente certainement les auberges, les tavernes et des maisons semblables. Maintenant je ne sais guère d'autres nouvelles, si ce n'est qu'aujourd'hui, il y a réunion ici et qu'il y sera. Chaque fois que je parle français, il se met à sourire et dit que mon français a cent ans, ce qui pourrait être, car M. Jens était très jeune lorsqu'il a voyagé. Autrement il me fait des flatteries sur ce que je sais si*

---

*. En français dans le texte.

bien tourner mes phrases et dit qu'aucune dame de la Cour
ne le fait mieux, mais je crois que ce sont là des compliments.
Depuis quelque temps je n'ai pas de nouvelles de Tjele. Notre
tante jure et s'emporte en termes malséants, chaque fois
qu'elle parle de l'énormité dont notre cher père donne
l'exemple, en vivant comme il le fait avec une femme d'aussi
vile extraction. Je m'en attriste souvent : ce qui ne sert à rien.
Tu ne laisseras pas Stycho voir cette lettre. Salue-le de tout
cœur.

Septembre 1657, ta chère sœur,

MARIE GRUBBE

À noble dame, Mme Ane-Marie Grubbe, femme de Stycho
Hœgh, à Gjordslev, amicalement adressée à ma bonne amie
et sœur…

On s'était levé de table et on avait passé dans le grand
salon où Lucie offrait l'eau-de-vie dorée. Marie s'était réfugiée dans une embrasure de fenêtre où les plis somptueux du rideau la cachaient. Ulrik Frederik alla vers elle,
s'inclina trop galamment, par plaisanterie, et dit avec un
visage extrêmement grave qu'il regrettait d'avoir été à
table placé si loin de mademoiselle. Pendant qu'il parlait,
il posa sa fine main brune sur le bord de la fenêtre. Marie
la regarda et devint rouge comme une goutte de sang.

« Pardon, mademoiselle, je vois que vous devenez toute
rouge de colère, parce que je me permets de vous faire ma
révérence la plus respectueuse. Il est peut-être hardi de

vous demander en quoi j'ai pu si fâcheusement vous déplaire.

— Mais je ne suis ni fâchée ni rouge.

— Il vous plaît d'appeler cette couleur blanche? Bien. Je voudrais savoir comment vous nommez la couleur de cette rose, la rose rouge.

— Vous ne pouvez donc jamais dire un mot sérieux?

— Si, si, je confesse que cela m'est arrivé, mais rarement. »

Et il fredonna en allemand :

Chloé, Chloé ne te fâche pas!
La lumière de tes yeux me brûle!

« En vérité!

— Ah, mademoiselle, vous ne connaissez pas encore la puissance de l'Amour. Le croirez-vous, il y a des nuits où, malade d'amour, j'escalade les remparts du jardin de Christen Skeel, je reste comme une statue entre les roses humides, et je fixe éperdument les yeux sur la fenêtre de votre chambre, jusqu'à ce que la sentimentale Aurore promène ses doigts de rose dans mes cheveux bouclés.

— Ah, monsieur, vous vous trompez... Peut-être s'égare-t-on facilement quand on s'amuse la nuit; mais vous ne vous êtes point trouvé dans le jardin de Christen Skeel. Vous avez été chez Mogens "en Cappadoce" entre des gobelets et des bouteilles et, si vous n'avez pu bouger, immobile comme une statue, ce ne sont pas des pensées d'amour qui vous ont paralysé.

— Vous me faites grandement tort. S'il m'arrive quelquefois d'entrer dans les tavernes, ce n'est point pour le plaisir de boire, mais pour oublier les soucis qui me tourmentent.

— Oh! vraiment!

— Vous n'avez pas confiance en moi; vous n'avez aucunement foi dans la durée de mon amour. Ciel! Voyez-vous cette lucarne de Saint-Nicolas: j'y ai été assis trois jours pour épier votre joli visage, quand vous brodiez au tambour.

— Vous tombez mal. Vous n'ouvrez jamais la bouche sans qu'on puisse vous prendre en flagrant délit de mauvaise plaisanterie. Je n'ai jamais brodé au tambour, du côté de Saint-Nicolas. Connaissez-vous la chanson:

C'était nuit noire — un homme rencontra un troll — l'homme dit au troll — "Si tu veux m'échapper — si tu veux retourner chez toi cette nuit — apprends-moi vite — sans ruse ni trahison — ce que tu sais de plus vrai" — "Écoute!" dit le troll et il ne souffla mot. — L'homme le lâcha et le troll se sauva — Personne au monde — ne put dire au troll qu'il répandait des mensonges.

Ulrik Frederik s'inclina courtoisement devant elle et s'en alla sans mot dire. Elle le suivit des yeux traversant le parquet: la démarche du jeune homme était vraiment élégante; les bas de soie éclataient de blancheur, bien tirés, sans le moindre pli. C'était beau à voir autour des chevilles. Et son soulier long et étroit... C'était amusant à regarder. Et jamais auparavant, elle n'avait remarqué qu'il portait une petite cicatrice rose au front.

Elle jeta un coup d'œil furtif sur ses propres mains, et sourit légèrement. Les doigts étaient trop courts.

.

III

L'hiver arriva. Ce furent des temps durs pour les animaux de la forêt et les oiseaux. Ce fut un pauvre Noël dans les chaumières et à bord des bateaux. La côte de l'ouest était remplie d'épaves, de carcasses couvertes de glace, de mâts brisés, de barques chavirées, de navires morts : toute une richesse roulée dans les brisants, écrasée en petit débris, abîmée, emportée, à moitié ensevelie dans les sables, car la tempête ne cessait pas, la mer restait orageuse, le froid mortel. Les mains des hommes ne pouvaient rien faire. Ciel et terre se confondaient dans les fins tourbillons de la neige, qui s'abattaient sur la pauvreté et les haillons, à travers les volets mal clos et les lucarnes crevassées, et qui se frayaient un passage sous les toits et les portes jusqu'à l'opulence et aux manteaux fourrés. Des mendiants et des vagabonds, des chemineaux égarés mouraient de froid dans les fossés et sur les talus ; et les pauvres gelaient sur leur grabat. Et cela n'allait pas mieux pour le bétail des riches.

Enfin la tempête se calma, et il y eut une gelée tranquille et craquante. Temps durs, coûteux pour les pays et les royaumes. Ce furent des amendes d'hiver à payer pour les folies d'été : l'armée des Suédois traversa à pied les mers danoises. Puis vint la paix, puis vint le printemps aux feuilles claires et au ciel clair. Mais les garçons de Seeland n'apportaient pas à cheval le mai du printemps aux villages. Les soldats suédois étaient partout. On avait la paix, oui, mais avec les fardeaux de la guerre. Et la paix ne semblait pas promise à une longue vie. En effet, elle ne vécut pas. Quand le feuillage printanier se fonça et durcit au soleil de la Saint-Jean, le Suédois s'avança contre les remparts de Copenhague.

Le deuxième dimanche d'août, pendant le service divin de l'après-midi, le bruit se répandit subitement que les Suédois avaient débarqué à Korsœr. Il y eut immédiatement foule dans toutes les rues. Les gens allaient tranquillement, mais parlaient beaucoup. Ils parlaient tous, et le bruit de leurs voix et de leurs pas se mêlait en un seul bourdonnement qui ne devenait ni plus faible ni plus fort, et se poursuivait avec une étrange et lourde monotonie. Le bruit entra dans les églises au milieu du sermon. Dans un rapide murmure essoufflé, il courut des dernières rangées jusqu'aux premières. Les gens se retournaient et faisaient des signes à ceux qui étaient derrière eux. Au haut de l'église il y en avait qui se levaient et qui regardaient inquiets vers la sortie. Bientôt tous les yeux s'étaient détournés du pasteur. On était assis, la tête penchée comme pour se recueillir aux paroles du prêtre. Mais on chuchotait, on s'arrêtait parfois, on écoutait un moment avec une attention tendue, afin de savoir si le prêche était bientôt fini, puis on chuchotait de nouveau. Le murmure de la foule, dehors, dans la rue, était très distinct et insupportable à entendre. Furtivement les paroissiens fourraient leurs livres de cantiques dans leurs poches.

« *Amen !* » Tous les visages se relevèrent vers le pasteur. Pendant les prières qui avaient pour objet l'intérêt général, on se demandait si le pasteur savait quelque chose. Puis vinrent les prières pour la famille royale, les conseillers du royaume, la noblesse, pour tous ceux qui avaient quelque haute fonction ou quelque grand emploi : et alors beaucoup de gens eurent les larmes aux yeux. Lorsqu'on en fut à la dernière partie, quelques-uns commencèrent à sangloter très bas, mais distinctement ; des centaines de bouches murmurèrent l'oraison : « Que Dieu miséricordieux détourne de notre royaume la guerre et le sang, les fléaux pestilentiels et les accidents mortels, la faim et les temps de disette, la tempête et les orages, l'inondation et l'incendie, afin que nous puissions encore, pour cette grâce paternelle, louer et célébrer Son Nom Sacré. » Avant que le psaume fût fini, l'église était vide. Seules les notes de l'orgue y bruissaient.

Le lendemain, la foule qui de nouveau encombrait les rues eut un but, car la flotte suédoise avait, pendant la nuit, jeté l'ancre devant Dragœr, Les gens eurent cependant, ce jour-là, moins d'inquiétude, peut-être parce qu'on savait généralement que deux conseillers d'État étaient partis pour traiter avec l'ennemi, et l'on disait qu'ils avaient des pouvoirs si étendus que la paix ne pouvait manquer d'en résulter. Mais le mardi, quand les conseillers rapportèrent la réponse que la paix était impossible, il y eut un brusque et violent revirement. Ce n'étaient plus des troupes de braves bourgeois tranquilles, un peu secoués par ces graves nouvelles : ce fut tout un malstrom d'étranges figures comme on n'en avait jamais vu entre les remparts de la ville, et qui ne paraissaient pas sortir de ces anciennes et respectables maisons paisibles où se voyaient tous les signes d'une activité égale et quotidienne... Bruit infernal de lèvres farouches, et gestes violents de bras aux manches étroites! Personne ne voulait être seul. Personne ne voulait rester enfermé. Tous descendaient au milieu de la rue avec leur angoisse et leur désespoir, avec leurs gémissements et leurs larmes. Voyez ce vieil homme d'une belle prestance, à la tête découverte et aux yeux injectés. Il tourne son visage d'un gris de cendre vers le mur et y frappe de ses poings fermés. Écoutez les malédictions que le gros équarrisseur jette aux conseillers du royaume et à cette maudite guerre. Voyez comme le sang brûle, là-bas, aux joues des jeunes gens, de haine contre cet ennemi qui amène toutes les épouvantes, déjà subies en imagination. Comme les pauvres gens hurlent da rage, dans leur impuissance! Et, Dieu du ciel, quelles prières, quelles folles prières!

C'était la première peur, la peur instinctive. L'après-midi, elle était passée. On avait été appelé aux remparts. On avait travaillé avec une force qui n'est pas celle de tous les jours. Les fossés s'étaient creusés, les murs s'étaient élevés sous l'effort de la bêche. Des soldats avaient défilé. Des apprentis, des étudiants, des domestiques de nobles montaient la garde avec toutes sortes d'armes étranges.

Des canons avaient été transportés. Le roi avait passé à cheval sur les remparts. Et l'on savait qu'il resterait. Les choses prenaient une tournure normale et l'on était redevenu raisonnable.

Le lendemain, dans l'après-midi, le feu fut mis aux faubourgs. L'odeur de l'incendie se répandait sur la ville et inquiétait la foule et quand, dans le crépuscule, pendant que le feu jetait sa lueur rouge sur les murs de la tour de Notre-Dame et sur les boules dorées des flèches de l'église Saint-Pierre, le bruit courut que l'ennemi descendait la colline de Valdby, un soupir de terreur traversa toute la ville. Dans toutes les rues et les ruelles, on entendait des voix oppressées : « Les Suédois ! Les Suédois ! » Des gens se précipitaient aux portes et regardaient anxieusement vers l'ouest ; les magasins se fermaient ; les marchands de fer rentraient vivement leur marchandise. C'était comme si l'on s'attendait à voir d'un moment à l'autre la puissante armée de l'ennemi inonder la ville. Le long des remparts et dans les rues avoisinantes, c'était noir de monde. Et partout on discutait les chances de la guerre. D'abord, les Suédois passeraient-ils à l'attaque cette nuit ou seulement demain ? Gert Pyper, le teinturier, estimait qu'ils y passeraient dès qu'ils seraient prêts. Pourquoi attendraient-ils ? Un marchand islandais, Erik Lauritzen, était d'avis que c'était une chose bien risquée que de se lancer, dans la nuit et l'obscurité, à l'assaut d'une ville inconnue, où on ne distinguait pas la terre de l'eau.

« L'eau ! s'écria Gert. Dieu veuille que nous soyons aussi bien renseignés sur nos propres préparatifs que l'ennemi ! N'en parlez pas ! Il a ses espions partout, là même où on s'y attendrait le moins. Les Suédois sont habiles dans ce commerce-là, c'est un don naturel. Je le sais bien, car j'ai eu une fois, il y a de cela une dizaine d'années, un apprenti qui avait une mère suédoise, et il s'était mis en tête de savoir ce que j'employais comme mordant pour ma teinture marron. Mais comme je prépare le mordant à huis clos ce n'était pas facile… Or, savez-vous ce qu'il avait imaginé? Il s'était caché dans un des grands sacs de toile où nous suspendons, sous les poutres, les tissus à teindre. Oui, oui, ils sont tous ainsi, les Suédois.

— Vous avez raison. Ce sont des gens terribles. Chez eux ils n'ont rien à se mettre sous la dent. Aussi, quand ils sont ailleurs, ils en profitent et se gavent comme des enfants de pauvres qui mangent pour le présent et pour l'avenir et aussi pour le passé. Voler et piller, c'est leur affaire. Et puis sanguinaires! Ce n'est pas pour rien qu'on dit : avoir le couteau prompt comme le Suédois.

— Et ils sont paillards! interjecta le teinturier. Si jamais vous voyez le bourreau chasser une femme d'une ville à coups de fouet et que vous demandiez ce qu'elle a fait, on vous répondra infailliblement que c'est une donzelle suédoise.

— Oui, le sang des hommes diffère beaucoup. Et les Suédois sont dans le monde ce que les singes sont parmi les animaux. Il y a, dans leurs humeurs, une chaleur et des ardeurs incroyables. »

Le teinturier opina de la tête et ajouta :

« Parfaitement, parfaitement. Aussi les distingue-t-on à l'odeur. Je reconnais tout de suite quand un Suédois est entré dans ma boutique, car il sent la boue ou le poisson.

— Il n'y a rien d'étonnant à ce que le Suédois et le Turc sentent autrement que les chrétiens, interjeta une vieille femme qui les avait écoutés.

— Mais vous croyez donc, Mette, que ce sont des païens? Vous oubliez qu'ils vont à l'église le dimanche comme nous.

— Ah bien, oui. Ils vont à l'église comme les sorcières se rendent aux vêpres à la Saint-Jean, appelées par le diable lui-même qui y dit la messe. Non, non, je vous dis, et c'est pourquoi ni les balles, ni la poudre n'ont prise sur eux; ils ont le mauvais œil. Pourquoi la petite vérole est-elle venue chaque fois que ces maudites gens ont mis le pied ici? Répondez à cela si vous le pouvez, maître teinturier! »

Avant que Gert eût eu le temps d'ouvrir la bouche, le marchand s'écria :

« Chut, chut, Gert Pyper! Qu'est-ce qu'il y a donc là-bas pour que tout le monde y coure! On dirait que c'est quelqu'un qui parle à la foule. »

Ils se hâtèrent de se joindre au rassemblement. Le teinturier reconnut dans l'orateur un certain Jesper Kiim, un pasteur.

C'était un petit homme à tête de bouledogue, avec de longs cheveux noirs et lisses, un visage large et un petit nez épaté et des yeux bruns très vifs. Il était monté sur la marche de pierre d'une maison; et, de là, avec force gestes, il haranguait son auditoire.

« Dans le vingt-sixième chapitre de l'Évangile de saint Mathieu, on lit : *Et voilà qu'un de ceux qui étaient avec Jésus, mettant l'épée à la main, en frappa le serviteur du grand prêtre et lui emporta l'oreille. Alors Jésus lui dit : "Remets ton épée à sa place, car ceux qui se serviront de l'épée périront par l'épée. Penses-tu que je ne puisse pas sur l'heure prier mon Père qui me donnerait plus de douze légions d'anges?"* Comment donc s'accompliront les Écritures qui attestent qu'il en doit être ainsi? Oui, mes chers compatriotes, il en doit être ainsi. Or, en ce moment, devant les faibles remparts de cette ville, une armée puissante et bien outillée attend le signal de son roi pour s'emparer par le fer et le feu, par le siège ou par l'assaut, de cette place et assujettir ses habitants. Et ceux-ci, de leur côté, voyant leur liberté menacée et leur ruine projetée, traînent sur les remparts des canons et d'autres outils de guerre. Et comme Pierre, l'apôtre, ils tirent l'épée. Mais Jésus dit : *"Remets ton épée à sa place, car ceux qui se serviront de l'épée périront par l'épée."* » Et cela semble une étrange parole à ceux que la colère fait déraisonner, et une folie à ceux que la haine aveugle. Mais la divine parole n'est pas un vain bruit comme un son de trompette; elle est chargée de leçons qu'il importe de comprendre.

L'obscurité du soir était presque tombée sur la ville, et la foule, autour du prédicateur, formait une masse noire et compacte, qui ondulait faiblement et s'accroissait toujours. Les derniers venus portaient de petites lanternes et, à mesure qu'ils venaient élargir le rassemblement, il se formait un demi-cercle de petites lumières qui, parfois, éclairaient les murs et les carreaux sombres des maisons, d'une lueur vacillante, et qui parfois semblait se concentrer sur le visage grave du prédicateur.

« Je sais que vous dites dans votre cœur : "Devrions-nous donc nous rendre pieds et poings liés à notre ennemi pour subir le joug de l'esclavage et de l'humiliation?" Oh, mes chers frères, ne parlez pas ainsi. Ne soyez pas de ceux qui doutent que Jésus ne puisse prier son père d'envoyer à son aide plus de douze légions d'anges. N'oubliez pas qu'il a le pouvoir de nous conduire sains et saufs à travers les dangers. Ne peut-il pas changer le cœur de l'ennemi? N'envoya-t-il pas jadis l'ange de la mort an camp de Sennacherib? Ne vous souvient-il donc plus des eaux de la mer Rouge qui se fermèrent sur l'armée de Pharaon? »

La foule avait d'abord écouté le prédicateur avec calme et curiosité; à part quelques sourds murmures menaçants, on n'avait rien manifesté. Mais, soudain, la voix criarde de Mette s'éleva :

« Ne l'écoutez pas! C'est l'argent suédois qui fait parler sa bouche. »

Il y eut un premier moment de stupeur, puis une tempête se déchaîna, des malédictions et des jurons se mirent à pleuvoir sur l'orateur.

« À bas l'espion! à bas l'espion! »

Deux hommes vigoureux s'étaient déjà emparés de lui. Le malheureux se cramponnait à la balustrade du perron.

« Attention, attention! cria soudain une voix. Prenez garde, car voilà Gyldenlœve, voilà le lieutenant-général! »

Une haute figure passait à cheval.

« Vive Gyldenlœve, le brave Gyldenlœve! » hurla la foule.

C'était le lieutenant-général de la milice, colonel à pied et à cheval, Ulrik Christian Gyldenlœve, frère naturel du roi.

La foule s'éparpilla derrière lui. Bientôt il ne resta que le prédicateur assis sur une marche du perron, sa tête douloureuse dans ses mains, et, sur les remparts, les sentinelles qui allaient et venaient, scrutant l'obscurité où tout était silence, bien que des milliers d'ennemis y fussent campés.

IV

Des gerbes de lumière jaune-rouge jaillissaient de la couche de brouillard d'un gris de mer, là-bas à l'horizon; elles illuminaient le ciel d'une douce lueur rose, qui s'étendait toujours plus haut, toujours plus pâle, jusqu'à un nuage étroit et long, dont elles doraient et enflammaient le bord onduleux. La rive de Kallebod était éclairée d'un reflet lilas et rose que renvoyaient les nuages du côté du soleil. La rosée étincelait sur les hautes herbes du Vestervold; les moineaux gazouillaient sur les toits et dans les jardins, et l'air frissonnait, sonore. Une buée de vapeur fine et légère flottait, et les arbres pliaient lentement leurs branches lourdes de fruits au gré de l'air qui venait du Sund.

Un long signal de cor, répété trois fois, sonna de la Porte de l'Ouest et on lui répondit des quatre coins de la ville. Les sentinelles solitaires le long du rempart commencèrent à marcher un peu plus vivement, en secouant leurs manteaux et en redressant leurs casques : elles allaient être relevées.

Sur le bastion, au nord de la Porte de l'Ouest, Ulrik Frederik Gyldenlœve, immobile, regardait les goélands blancs qui, sans battre des ailes, rasaient la surface polie de l'eau du fossé.

Fugitifs et légers, tantôt pâles et embrumés, tantôt éclatants de couleurs fortes, ardents et clairs, ses souvenirs de la vingtième année traversaient son âme. Ils venaient avec un parfum fort de roses et un parfum frais de forêts vertes; ils venaient avec l'éclat des hallalis de chasse, au son des instruments de musique et dans un froufrou de soie bruissante. Sa vie d'enfance, là-bas, dans la ville de Holstein, aux toits rouges, passa devant lui, lointaine, mais ensoleillée; il voyait la haute stature de sa mère, Mme Margrethe Pappens, son livre de messe noir et ses mains blanches; il revoyait la femme de chambre couverte de taches de rousseur, aux chevilles minces, et l'obèse maître d'escrime au visage bleu-rouge et aux jambes torses. Le jardin de Gottorp passa devant lui, et les prés aux meules de foin frais près du fjord : là se tenait le gros Heinrich du forestier, qui savait chanter comme un coq et faisait merveilleusement claquer son fouet. L'église se présenta aussi avec sa pénombre particulière, ses orgues poussives, gémissantes, et la grille de fer mystérieuse de sa chapelle, et le maigre Christ, qui tenait à la main une bannière rouge.

De la Porte de l'Ouest on entendit de nouveau un signal de cor, et, au même moment, le soleil perça, chaud et vif, chassant tous les brouillards et les nuances estompées de la brume.

Il se rappela la chasse où il avait tué son premier cerf; le vieux von Dettmer lui marquait le front avec le sang de l'animal, pendant que les valets essoufflés faisaient retentir des fanfares pareilles à des rires violents. Puis il y avait le bouquet offert à la Malène du gardien du château, et son voyage à l'étranger, et son premier duel, un matin, dans la fraîcheur de la rosée, et les cascades de rires d'Annette, et le ballet chez l'électeur, et sa promenade solitaire hors des portes de la ville, la tête souffrant encore de sa première ivresse. Ensuite il y avait autour de sa vie une brume dorée, traversée par le choc des gobelets et le parfum du vin ; et il y avait des Lotte, et il y avait la nuque blanche de Martha et les bras ronds d'Adélaïde. Enfin, le voyage à Copenhague, la gracieuse réception de son royal père, les jours fastidieux de la Cour et les nuits folles où le vin coulait à torrents et où les baisers furieux pleuvaient, tout cela interrompu par le gai vacarme de splendides fêtes de chasse et les tendres chuchotements des rendez-vous nocturnes dans le jardin d'Ibstrup ou dans les salles dorées du château de Hillerœd.

Mais, plus clairement que tout cela, il se rappelait les yeux noirs et brûlants de Sophie Urne ; bien plus charmé, il se souvenait de sa délicieuse voix voluptueusement douce, qui, assourdie, attirait comme avec des bras blancs et, en s'élevant, ressemblait à un vol d'oiseau qui monte et vous jette le défi de ses trilles moqueuses...

Un froissement dans les buissons qui poussaient sur le talus du fossé le tira soudain de ses rêves.

« Qui vive ? cria-t-il.

— Ce n'est que Daniel, M. Gyldenlœve, Daniel Knopf », répondit une voix. Et un petit homme perclus de rhumatismes sortit des buissons et salua.

« Comment ? c'est vous Daniel ? Que diable faites-vous là ? »

L'homme regarda tristement devant lui.

« Daniel, Daniel ! reprit Ulrik Frederik en riant, vous n'êtes pas sorti indemne du *Four ardent* cette nuit : le cabaretier a du le chauffer trop fort. »

Le petit homme infirme se mit à remonter en rampant le talus. Daniel Knopf était un riche commerçant de vingt et quelques années, aussi connu pour sa richesse que pour sa méchante langue et son habileté à l'escrime. Il fréquentait beaucoup la jeune noblesse, c'est-à-dire une certaine fraction connue sous le nom de *Cercle des mourants*, composée surtout des jeunes gens qui touchaient de près à la Cour. Ulrik Frederik était l'âme de ce cercle, plus avide de jouissances qu'intellectuel, plus fameux qu'aimé, mais, au fond aussi admiré et envié que fameux.

Moitié comme maître d'hôtel, moitié comme bouffon, Daniel vivait parmi ces gens. Il ne les fréquentait pas dans les rues, ni dans les maisons nobles ; mais à la salle d'escrime, dans les tavernes et dans les auberges il leur était indispensable. Personne ne savait parler avec autant de science du jeu de paume et du dressage des chiens, ni avec autant de ferveur des feintes et des parades. Personne n'était meilleur connaisseur en vin. Il avait des théories profondes sur le jeu de dés et sur l'art d'aimer, et savait discourir longuement et savamment sur l'erreur qu'on commet en faisant des croisements de juments danoises avec des étalons de Salzbourg. Il avait des anecdotes à raconter à tout propos et enfin, fait qui en imposait énormément à ces jeunes gens, il possédait des opinions déterminées sur tout. Il était, en outre, fort serviable et conciliant, n'oubliait jamais les distances. Et quel aspect délicieusement grotesque et comique quand, aux heures de gaieté et d'ivresse, on l'affublait de vêtements impossibles! Il se laissait mener et injurier sans se fâcher; il était de si bonne composition que, d'aventure, il se livrait à leur risée pour détourner une conversation qui menaçait de prendre une tournure fâcheuse.

Ces qualités lui permettaient de fréquenter les jeunes nobles; et les fréquenter lui était un besoin: pour lui, bourgeois infirme, ils étaient des demi-dieux; eux seuls, ils vivaient; sur leur existence étaient répandus un jour de clarté et un océan de parfums, alors que les autres conditions humaines traînent une vie crépusculaire et pauvre de couleurs, dans un air enfumé. Il maudissait sa naissance obscure plus que son infirmité, et s'en plaignait en lui-même avec une amertume et une violence qui frisaient la folie.

« Eh bien, Daniel, dit Ulrik Frederik quand le petit homme l'eût rejoint, il faut qu'il y ait eu un fameux brouillard devant vos yeux cette nuit pour venir échouer ici, à Vestervold; à moins qu'un déluge d'eau-de-vie ne vous y ait transporté comme l'arche de Noé au sommet du mont Ararat.

— Prince des Canaries, vous vous trompez si vous croyez que j'ai été des vôtres cette nuit.

— Mais que diable avez-vous? s'écria Ulrik Frederik impatienté.

— M. Gyldenlœve, répondit Daniel gravement en levant sur lui ses yeux pleins de larmes, je suis un malheureux.

— Vous êtes un chien de marchand, voilà ce que vous êtes. Vous craignez que les Suédois vous capturent un bateau de harengs? Est-ce l'arrêt de votre commerce qui vous désole? Vous avez peut-être peur que votre safran s'évente ou que la moisissure attaque vos grains de poivre et vos grains du paradis? Vous avez une âme de vieux liardeur. Comme si un bon citoyen ne devait pas avoir d'autres soucis que la perte de ses viles marchandises à un moment où le roi et tout le royaume courent peut-être à leur perte!

— M. Gyldenlœve!

— Allez au diable avec vos gémissements!

— Non, monsieur Gyldenlœve! riposta Daniel d'un ton solennel et en faisant un pas en arrière. Je ne me plains ni de l'arrêt du commerce, ni de la perte de l'argent; au diable le hareng et le safran! Mais se voir écarter comme un lépreux ou un criminel tant par les officiers que par les hommes de troupe, c'est un crime et un péché envers moi, monsieur Gyldenlœve. C'est pourquoi j'ai pleuré, couché dans l'herbe, ici, comme un chien qu'on a chassé. Et j'ai demandé des comptes au Dieu du ciel qui permet que moi seul je sois méprisé, que mon bras soit jugé inapte à porter un sabre ou un fusil, maintenant qu'on arme les domestiques et les valets...

— Mais qui diable te l'a refusé?

— On me l'a refusé, monsieur Gyldenlœve. J'ai couru aux bastions, moi comme les autres; mais à droite on ne pouvait être plus nombreux, et à gauche on me répondait en raillant que ce n'était pas la place des nobles et des gens de la haute, et autres moqueries semblables. Il y avait aussi des endroits où on ne voulait point avoir affaire à des infirmes, vu que cela porte malheur et attire les balles. Alors je suis allé supplier le général Ahlefeldt, mais il s'est mis à rire : on n'était pas encore si mal en point qu'on eût besoin de recourir à des bouts d'hommes aussi piteux qui gêneraient plus qu'ils ne serviraient.

— Mais pourquoi n'êtes-vous pas allé trouver un des officiers que vous connaissez ?

— Je l'ai fait, monsieur Gyldenlœve. J'ai pensé tout de suite au cercle, et j'ai vu deux des « Mourants », le Roi Cotillon et le Chevalier Doré.

— Eh bien, ils vous ont aidé ?

— Ils m'ont aidé ! Oui, monsieur Gyldenlœve, ils m'ont aidé d'une façon que Dieu leur rende ! Daniel, m'ont-ils dit, rentrez chez vous ; Daniel, va trier tes pruneaux ! Ils avaient pensé, m'ont-ils dit, que j'aurais assez de jugement pour ne pas les importuner à un pareil moment de mes singeries. J'étais assez bon pour eux comme comédien et boute-en-train devant un gobelet de vin, mais quand ils étaient dans l'exercice de leur fonction, je devais m'ôter de leur vue. Qu'est ce que vous en pensez, monsieur Gyldenlœve ? Et je ne demandais, en somme, que la permission de risquer ma vie, côte à côte avec les autres bourgeois de la ville.

— Je comprends, oui, répondit Ulrik Frederik en bâillant, je comprends votre dépit quand vous vous voyez en dehors de ce qui se passe. Le temps vous serait long à suer sur votre comptoir, pendant que l'avenir du pays se joue ici sur les remparts. Mais vous y serez car... »

Il jeta soudain un regard soupçonneux à Daniel.

« Vous ne cachez aucune perfidie dans votre jeu, maître Daniel ? »

Le petit homme se mit à trépigner de rage à cette supposition ; son visage devint blanc comme le mur et ses dents crissèrent les unes contre les autres.

« Bon, bon, reprit Ulrik Frederik, j'ai confiance en vous. Mais, quand même, vous ne pouvez pas exiger que je vous croie comme si vous aviez une parole de gentilhomme à me donner. Et rappelez-vous que les vôtres ont été les premiers à vous renvoyer et... »

Un coup de canon tonna, envoyé par un des bastions de la Porte de l'Est, le premier tiré pendant cette guerre.

Ulrik Frederik se redressa, le sang lui monta aux joues, ses yeux suivirent avidement et fixement la fumée blanche, et lorsqu'il reprit la parole, sa voix avait un étrange tremblement.

« Daniel, dit-il, dans la matinée vous pourrez venir chez moi, et ne pensez plus à ce que j'ai dit. »

Puis il s'éloigna rapidement le long du rempart.

Daniel le suivit d'un regard plein d'admiration, soupira profondément, s'assit dans l'herbe et se mit à pleurer comme pleure un enfant malheureux.

C'était dans l'après-midi. Un vent inégal et fort soufflait à travers les rues de la ville, faisant tourbillonner des nuages de copeaux de bois, de brins de paille et de poussière. Il arrachait des tuiles, refoulait la fumée dans les cheminées et dérangeait les enseignes des magasins. Il lançait très haut dans l'air, en courbes sombres, les longues draperies bleu foncé des teinturiers, les déployait violemment en ondulations noires et les enroulait ensuite autour des bâtons qui ployaient. La roue des tourneurs se balançait en avant, en arrière; les enseignes des fourreurs faisaient danser les queues des peaux; et le splendide soleil de verre des vitriers tournait avec des clignotements inquiets.

Dans les arrière-cours, des vantaux et des volets battaient; les poules se réfugiaient derrière des tonneaux et des caisses; et les cochons même s'agitaient dans leurs étables, quand le vent entrait en sifflant à travers les fentes et les jointures illuminées de soleil. Malgré le vent, une chaleur suffocante régnait : il soufflait de la chaleur. Dans les maisons les gens haletaient; seules les mouches bourdonnaient vivement dans un air de feu.

Il était impossible de rester dans les rues; aussi tous ceux qui avaient des jardins s'y réfugiaient-ils. Dans le grand jardin, derrière la maison de Christoffer Urne, une jeune fille était assise à l'ombre des grands érables. Elle cousait.

C'était une personne de taille haute et élancée, elle était presque maigre, mais sa gorge était large et pleine. Son teint, très pâle, semblait encore plus pâle à cause de ses cheveux noirs abondants et bouclés, et ses yeux étaient démesurément grands et noirs. Le nez était dur, mais fin, la bouche grande, mais pas pleine, avec une douceur maladive dans le sourire. Les lèvres étaient très rouges; le menton un peu pointu, mais pourtant fort et d'un dessin vigoureux. Elle portait un costume assez négligé : une vieille robe de velours noir avec une broderie d'or foncé, un chapeau de feutre vert, tout neuf, orné de grandes plumes d'autruche blanches, des souliers de cuir aux bouts roux d'usure. Elle avait des duvets dans les cheveux; ni son col ni ses longues mains blanches n'étaient tout à fait nets.

C'était Sophie, la nièce de Christoffer Urne. Ses parents étaient morts : son père, le conseiller d'État et maréchal Jœrgen Urne d'Alslev, chevalier de l'ordre de l'Éléphant, pendant qu'elle était encore enfant; sa mère, Mme Margrethe Marsvin, depuis quelques années. Elle avait alors vécu chez son vieil oncle, et, comme il était veuf, elle était, au moins de nom, celle qui gouvernait la maison.

Elle cousait et chantonnait en cousant, tout en balançant en mesure un de ses souliers au bout du pied.

Au-dessus de sa tête, les riches feuillages des arbres s'agitaient et murmuraient dans le vent violent avec un son d'eaux bruissantes. Les hautes roses trémières berçaient leurs sommets couronnés de fleurs à une cadence indécise, comme saisies d'inquiétude; et les framboisiers pliaient, rabougris, découragés, et tournaient à la lumière le dessous pâli de leurs feuilles. Des feuilles sèches flottaient dans l'air. L'herbe se couchait au ras du sol, et, sur les vagues de verdure claire des buissons de spiréas, la blanche écume des fleurs chatoyait.

Phillis voguait dans une barque — Coridon joua de la flûte — si fort que Phillis l'entendit et ne toucha plus aux rames. — La barque dériva sur un banc de sable. La barque dériva…

Entré par la grille à l'autre bout du jardin, Ulrik Frederik s'approcha. Sophie regarda un moment, stupéfaite, puis elle se pencha de nouveau sur sa couture et continua de chantonner.

Ulrik Frederik monta, en flânant, l'allée, s'arrêta de temps à autre pour contempler les fleurs ; il faisait semblant de ne pas avoir remarqué qu'il y avait quelqu'un dans le jardin.

Il s'engagea un instant dans une allée latérale, où s'arrêtant derrière un grand buisson il ajusta son uniforme et sa ceinture ; il enleva son chapeau et se passa les doigts dans les cheveux, puis il continua son chemin.

Le sentier faisait une courbe et débouchait juste en face de Sophie.

« Ah ! bonjour mademoiselle Sophie ! s'écria-t-il très surpris.

— Bonjour », dit-elle aimablement et tranquillement, en piquant soigneusement son aiguille dans l'ouvrage, qu'elle lissa ensuite de la main ; puis, avec un sourire, et un signe de tête, elle leva les yeux vers lui : « Soyez ici le bienvenu, monsieur Gyldenlœve.

— Voilà ce que j'appelle une chance, dit-il en allemand, et il s'inclina. Je m'attendais seulement à trouver monsieur votre cousin, mademoiselle. »

Sophie lui jeta un regard rapide et sourit :

« Il n'est pas ici, dit-elle en secouant la tête.

— Non », dit Ulrik Frederik, en fixant le sol.

Après un petit silence, Sophie soupira et dit :

« Quelle chaleur lourde il fait aujourd'hui !

— Cela finira probablement par un orage, si le vent se calme.

— Oui, dit Sophie, en regardant distraitement la maison.

— Avez-vous entendu le coup de canon ce matin ? demanda Ulrik Frederik, se redressant comme pour partir.

— Oui. Nous allons au-devant des temps durs. Il y a de quoi perdre la raison quand on songe à tous les périls qui menacent les gens et les biens, et quand, comme moi, on a tant de chers parents et de bons amis qui, tous, sont engagés dans cette malheureuse affaire et exposés à y laisser leur vie ou l'usage de leurs membres.

— Ah, chère mademoiselle Sophie ! Pour l'amour de Dieu, il ne faut pas se laisser aller aux larmes ! Vous voyez tout sous une couleur trop sombre. »

> *Tousiours Mars ne met pas au jour*
> *Des objeĉts de sang et de larmes*
> *Mais…*

Il saisit sa main et la porta à ses lèvres :

> *… Tousiours l'Empire d'amour*
> *Est plein de troubles et d'alarmes.*

Sophie leva sur lui un regard naïf.

Comme elle était séduisante ! Il admirait la profonde nuit attirante de ses yeux où le jour jaillissait en essaims d'étincelles, comme un diamant noir au soleil ; la courbe douloureusement belle de ses lèvres, la fière pâleur liliale de sa joue passant doucement à un rose nuancé d'or comme un nuage qu'éclaire le soleil du matin, et enfin, veinées comme des pétales délicats, ses fines tempes qui se perdaient mystérieusement dans ses cheveux sombres.

Elle retira sa main qui tremblait, froide comme du

marbre, dans celle d'Ulrik et elle baissa les yeux. L'ouvrage glissa à ses pieds. Ulrik Frederik mit un genou à terre pour le ramasser et resta dans cette pose.

« Mademoiselle Sophie! » dit-il.

Elle posa la main sur la bouche du jeune homme et le regarda avec une douceur grave, presque douloureuse.

« Cher Ulrik Frederik! supplia-t-elle, ne m'en veuillez pas si je vous conjure de ne pas vous laisser aller à un sentiment passager, et de ne rien faire pour changer les rapports agréables qui ont jusqu'ici régné entre nous. Cela ne pourrait que nous causer des ennuis.

» Quittons cette attitude si peu raisonnable et asseyez-vous comme il faut, ici, à côté de moi, sur la banquette, pour que nous causions tranquillement.

— Non, je veux voir régler ce jour même le livre de comptes de ma destinée, dit Ulrik Frederik, et il demeura à genoux. Vous ignorez combien est grand et brûlant l'amour que je vous porte, si vous croyez que je me contente d'être purement et simplement votre ami. Par la sueur de sang du Christ, je vous conjure de ne pas croire à une chose aussi absolument impossible! Mon amour pour vous n'est pas une pauvre étincelle ou une braise qui couve sous des cendres et que vous pouvez allumer ou éteindre au souffle de votre bouche. Non, par Dieu! C'est un feu qui flamboie et consume, mais il dépend de vous qu'il s'éparpille en mille petites flammes errantes et vacillantes, ou qu'il continue de brûler, ardent et calme, s'élevant haut et lumineux vers le ciel.

— Ah, cher Ulrik Frederik, soyez charitable et ayez pitié de moi. Ne m'induisez pas en une tentation à laquelle je ne pourrai résister, car vous pouvez être persuadé que vous êtes très cher et précieux à mon cœur, et, pour cela même, je me garderai avec un soin extrême de vous mettre dans une situation fausse et déraisonnable que vous ne pourriez pas fidèlement maintenir. Vous avez presque six ans de moins que moi, à ce que je crois ; et ce qui, en ce moment-ci, vous plaît dans ma figure, l'âge pourra bien l'effacer ou le changer en laideur. Vous souriez, mais supposez qu'à l'âge de trente ans vous ayez à traîner derrière vous, comme femme, une vieille sorcière ridée, qui ne vous aura apporté qu'une faible dot et qui n'aura rien ajouté à votre fortune, ne croyez-vous pas qu'alors vous souhaiterez d'avoir épousé à vingt ans une jeune princesse, ainsi qu'il convenait à votre âge et votre haute naissance ? Elle vous aurait mérité une place qu'une jeune fille de simple no-blesse ne pourra jamais vous assurer. Cher Ulrik Frederik, vos parents royaux vous parleraient comme moi. Mais ce qu'ils ne pourraient pas vous dire, c'est que la demoiselle noble, plus âgée, que vous auriez épousée, vous tourmen-terait et vous étoufferait par sa jalousie ; jalouse, elle le se-rait de chacun de vos regards, oui, de vos pensées les plus intimes ! Par cela même qu'elle saurait tout ce que vous au-riez abandonné pour elle, elle s'évertuerait à faire que son amour fût pour vous le monde entier. Croyez-moi, elle vous enfermerait dans sa tendresse idolâtre et passionnée comme dans une cage de fer, et, si elle sentait seulement que vous soupirez après un instant de liberté, elle se tor-turerait des nuits et des jours, et sa tristesse méfiante vous rendrait chaque heure amère. »

Elle se leva et lui tendit la main.

« Adieu, Ulrik Frederik. Il est âpre comme la mort de se séparer, mais quand des années se seront écoulées et que je serai devenue une vieille fille fanée ou la vieille femme d'un vieillard, vous avouerez que Sophie Urne avait raison. Que le bon Dieu vous protège ! »

Elle le regarda au fond des yeux et se détourna pour s'éloigner, mais Ulrik Frederik lui retint la main.

« Vous voulez donc me rendre entièrement et absolument fou ? Ai-je besoin de te dire que maintenant, depuis que je sais que tu m'aimes, nulle puissance de la vie ne pourra plus nous séparer ? Ne comprends-tu donc pas qu'il est insensé et inutile de parler de ce que tu *veux* ou de ce que je *veux* ? Mon sang n'est-il pas comme saturé de toi ? Suis-je le maître de moi-même ? Tu me possèdes, et quand même tu détournerais ton cœur de moi, tu serais cependant à moi, en dépit de toi, en dépit de moi ! Je t'aime comme si je te haïssais... Je ne songe point à ton bonheur ; que m'importe que tu vives en malheur ou en bonheur, pourvu que j'aie ma part de ta joie, pourvu que j'aie ma part de ta passion, pourvu que moi... »

Avec un geste violent, il l'entraîna, la jeta contre lui et la serra sur sa poitrine. Lentement, elle leva vers lui son visage, et les yeux inondés de larmes, elle le regarda longuement ; puis elle sourit et murmura :

« Comme tu veux, Ulrik Frederik ! »

Elle l'embrassa passionnément, plusieurs fois de suite.

Trois semaines plus tard leurs fiançailles furent célébrées avec beaucoup de pompe. Le roi avait facilement donné son consentement pour mettre fin à la vie de garçon trop dissipée d'Ulrik Frederik.

V

Après les grands assauts du 2 Septembre et du 20 Octobre, la ville était remplie de la renommée d'Ulrik Christian Gyldenlœve, le colonel Satan, comme les bourgeois l'appelaient. Son nom était sur toutes les lèvres ; il n'y avait pas d'enfant dans la ville qui ne connût Bellarina, son alezan aux pattes blanches ; et quand il passait à cheval, les jeunes filles regardaient, pleines d'admiration, sa haute stature souple, sous l'uniforme bleu aux grands revers blancs et le large ceinturon. Elles se sentaient heureuses, lorsque leurs jolis visages leur valaient une salutation ou un coup d'œil de l'insolent soldat. Oui, même les pères de famille raisonnables et les matrones qui, cependant, connaissaient tant d'histoires sur lui, échangeaient entre eux des signes de tête satisfaits et discutaient longuement ce que serait devenue la ville, s'il n'avait pas été là.

Les soldats l'adoraient : ce n'était pas étonnant, car il avait les qualités populaires de son père, le roi Christian. Mais il en tenait de lui d'autres encore : il avait son emportement facile et son intempérance, et aussi un peu de son intelligence, de sa résolution, de sa sûreté de coup d'œil. Il était franc et droit. Un séjour de plusieurs années dans des cours étrangères n'avait pas fait de lui un courtisan ; il n'était pas même bien élevé : dans la vie ordinaire sa taciturnité avait quelque chose de blessant, et dans le service il n'ouvrait la bouche que pour sacrer et jurer comme le dernier des matelots.

Mais il était soldat. Malgré son jeune âge – il n'avait que vingt-huit ans – il dirigea la défense de la ville et commanda les sorties, si dangereuses à la fois et si importantes, avec une habileté supérieure et une grande maturité.

Il était donc naturel que son nom éclipsât tous les autres, et que le chœur des poètes, dans leurs récits versifiés des assauts, l'appelât : « Ô Gyldenlœve victorieux, salut du Danemark ! Mars du Nord ! » et que tout poème s'achevât par le souhait que sa vie fût une corne d'abondance remplie de roses, de gloire, de santé et de bonheur. Il était naturel aussi que, dans plus d'une famille, le soir, on priât pour que Dieu soutînt le seigneur Ulrik Christian.

Marie Grubbe était fort occupée de ce proche parent de sa tante. Le hasard avait voulu qu'elle ne l'eût jamais encore rencontré ni chez Mme Rigitze, ni ailleurs. Une fois seulement, au crépuscule, Lucie le lui avait montré dans la rue.

Tout le monde parlait de lui. Presque chaque jour, on citait de nouvelles preuves de son courage. Elle entendait dire, et elle lisait qu'il était un héros, et le murmure flatteur, qui avait parcouru la foule dans ce crépuscule ou il passait, l'avait fortement impressionnée. Son grand nom de héros le mettait au-dessus des autres hommes. Elle n'avait jamais imaginé le héros comme les autres hommes. Le roi Alexandre, Olger Danske, le chevalier Bayard, voilà des héros, de hautes figures, lointaines, éblouissantes, et plutôt des exemples que des êtres humains. Petite, elle n'avait jamais cru que personne pût arriver à écrire aussi élégamment que les modèles d'écriture ; et de même il ne lui était jamais venu à l'idée que personne pût arriver à être un héros. Les héros appartenaient aux temps passés. Rencontrer un héros, un vrai, le rencontrer à cheval dans la grande rue des Teinturiers, c'était comme un rêve fou. La vie lui parut soudain tout autre. Ce qui est grand, beau, merveilleusement riche, ce dont on parle dans les chansons et dans les livres d'histoires, on pouvait donc le rencontrer ! Il y avait donc des choses où l'on pouvait aspirer de toute son âme ; toutes ces paroles dont les gens et les livres étaient remplis avaient donc un sens ; il y avait un sens aussi dans ses rêves et ses vagues désirs. Elle n'était pas seule à les sentir ; les grandes personnes y croyaient. La vie était riche, splendidement riche. Elle n'en avait que le pressentiment ; elle ne pouvait pas encore en avoir la sensation. La présence de ce héros la persuadait que c'était vrai, lui était une garantie qu'elle ne se trompait pas.

Aussi ses pensées et ses rêves tournaient toujours et éternellement autour de lui, et souvent elle courait à la fenêtre, quand elle entendait le trot d'un cheval ; et lorsqu'elle sortait avec Lucie, elle faisait un détour pour descendre vers le château. Mais jamais elle ne le rencontrait.

Un des derniers jours d'octobre, vers le soir, elle était assise, en train de travailler à une dentelle au fuseau, dans une des vastes embrasures des fenêtres de la grande pièce. Mme Rigitze, assise devant le feu de la cheminée, avait près d'elle un petit plateau, plein de braises, sur lesquelles, de temps à autre, elle jetait des fleurs séchées et de la poudre de cannelle. L'air de la pièce basse était surchauffé, étouffant et doux : entre les larges rideaux à fleurs sombres et bariolées, très peu de lumière entrait. De la pièce voisine on entendait ronfler un rouet, et, de temps en temps, Mme Rigitze s'assoupissait dans son fauteuil capitonné.

La chaleur alanguissait Marie Grubbe. Elle essaya de rafraîchir ses joues brûlantes contre les petits carreaux couverts de buée, regardant en même temps la rue, où une mince couche de neige nouvellement tombée donnait à l'air une clarté crue. Quand ses yeux se reportaient sur la pièce, il y faisait deux fois plus sombre et lourd. Tout à coup Ulrik Christian entra. Mme Rigitze eut un sursaut. Il ne vit pas Marie et s'assit près de la cheminée. Il s'excusa en quelques mots de ne pas être venu depuis si longtemps ; il était très fatigué, disait-il. Puis il se mit à cheval sur sa chaise, la joue appuyée à sa main et il écouta en silence, un peu distraitement, la vive conversation de Mme Rigitze.

Marie Grubbe était devenue toute pâle d'émotion. Un instant elle ferma les yeux, comme saisie de vertige ; puis elle devint rouge comme une braise, et la respiration lui manqua. Elle avait la sensation que le parquet s'affaissait sous elle ou que toute la pièce, avec les chaises, les tables, les personnes, s'effondrait doucement : tout avait un aspect très net et très précis et cependant très nouveau, très étranger. Mais cela ne dura pas longtemps : elle se ressaisit. Le voilà donc, lui! Elle aurait voulu être loin, ou seulement là-haut dans sa petite chambre, sa petite chambre paisible. Elle avait si peur! Elle remarqua que ses mains tremblaient. Pourvu qu'il ne s'en aperçût pas!

Elle s'enfonça silencieusement dans l'embrasure de la fenêtre, et seulement alors elle fixa ses regards sur l'hôte de sa tante.

C'est ainsi qu'il était! Pas plus grand, pas beaucoup plus grand que ça? Et ses yeux n'étaient pas du tout noirs et brillants : ils étaient bleus, merveilleusement bleus et mélancoliques; jamais elle ne l'aurait cru. Il était très pâle; il avait l'air triste. Puis il sourit, mais sans gaieté, et ses dents étaient très blanches; et comme sa bouche était petite et fine!

Plus elle le regardait, plus il lui semblait beau; elle commença à s'étonner d'avoir pu l'imaginer plus grand ou autrement. Elle oublia même sa peur et ne songea qu'aux éloges qu'elle avait entendu faire de lui. Tout le temps elle le regarda; elle se l'imaginait à la tête de ses troupes, chevauchant entouré de l'acclamation des hommes; et tout cédait devant lui ou s'écartait comme les vagues contre le large poitrail d'un voilier. Les gros canons tonnaient, les sabres brillaient, les balles sifflaient dans la fumée noire comme un orage; mais il lançait son cheval en avant, hardi et droit, « entraînant la victoire attachée à son étrier », selon le mot des chroniques qu'elle avait lues.

Pleins d'admiration et d'exaltation, ses yeux brillaient, fixés sur lui.

À un mouvement subit qu'il fit, il saisit ce regard. Il tourna la tête, baissa un instant les paupières, éteignant, non sans quelque peine, un sourire de triomphe. Puis il se leva et fit semblant de découvrir Marie Grubbe.

Mme Rigitze dit que c'était sa petite nièce, et Marie fit une révérence.

Ulrik Christian fut très surpris, même un peu déçu, en apprenant que les yeux qui l'avaient regardé ainsi appartenaient à une enfant.

« *Ma chère*, dit-il un peu malicieusement en regardant la dentelle, vous êtes fort habile dans l'art de travailler silencieusement. On n'a point entendu les fuseaux de votre métier.

— Ah! répliqua Marie qui comprit son intention, quand j'ai vu M. le lieutenant-général – et elle repoussa dans l'embrasure de la fenêtre le lourd coussin – je me suis rappelé que les temps étaient venus de s'occuper de charpie plutôt que de dentelles.

— Je pense, moi, que les coiffes de dentelles sont aussi seyantes et charmantes en temps de guerre, dit-il en la regardant.

— Oui, mais qui pourrait s'y intéresser aujourd'hui?

— Bien des personnes, répondit-il, amusé de sa gravité, et moi entre autres.

— Oui, je comprends, dit Marie en lui lançant un regard sérieux, c'est à une enfant que vous parlez. »

Elle fit une révérence cérémonieuse et étendit la main vers son ouvrage.

« Attendez un peu, mademoiselle.

— Mais non, ne vous laissez plus importuner par moi.

— Écoutez, dit-il, en lui saisissant rudement le poignet par-dessus la table et en l'attirant vers lui, vous êtes, par Dieu, une personne difficile, mais, chuchota-t-il, quand on m'a souhaité le bonjour avec un coup d'œil comme celui que vous m'avez lancé, je n'admets pas que, l'instant d'après, on me dise un si pauvre adieu, je ne le veux pas ; embrassez-moi ! »

Les larmes aux yeux, Marie pressa ses lèvres tremblantes contre les siennes, puis il la lâcha, et elle s'affaissa près de la table, la tête sur ses bras.

Marie était comme étourdie. Et ce jour-là, et le lendemain, elle garda une sensation sourde de servitude, la sensation de ne plus être libre. Il lui sembla qu'un pied s'était posé sur sa nuque, qu'elle était foulée dans la poussière et ne pourrait plus jamais se relever. Mais ce n'était pas un sentiment amer, il n'y avait pas de dépit dans ses pensées, pas de souhaits de vengeance dans son cœur. Un étrange repos était entré en elle. Plus de procession de rêves bariolés ; plus de vagues aspirations. À l'égard d'Ulrik Christian, elle n'éprouvait aucun sentiment net : elle savait seulement que s'il disait : « Viens ! » elle devait venir ; s'il disait : « Va ! » elle devait s'éloigner. Elle ne comprenait pas, mais c'était ainsi, ce serait toujours ainsi ; ce ne pouvait être autrement.

Elle travailla à sa dentelle et à sa couture toute la journée avec une persévérance rare, et en travaillant, elle chantonnait toutes les chansons qu'elle connaissait : sur les roses de l'amour, dont la couleur pâlit et qui ne refleurissent jamais; sur le jeune homme qui devait quitter sa mie et s'en aller en pays étranger d'où jamais, jamais il ne reviendrait... Elle chanta ces chansons et d'autres encore; et tantôt elle soupirait, tantôt elle était prête à pleurer, de sorte que Lucie la crut malade et voulut qu'elle mît des feuilles de plantin dans ses bas.

Quand, quelques jours plus tard, Ulrik Christian revint et lui parla d'une manière aimable et douce, elle fut, elle aussi, comme s'il n'y avait rien eu entre eux; mais elle regarda avec une curiosité enfantine ses grandes mains blanches qui l'avaient si durement empoignée, et elle chercha ce qu'il y avait eu dans sa voix et dans ses yeux, qui avait pu ainsi la maîtriser; et la bouche aussi, avec les étroites moustaches pendantes, elle la regarda, mais furtivement, avec une peur secrète qui la faisait frissonner.

Les semaines suivantes, il vint tous les jours ou tous les deux jours; et Marie Grubbe fut de plus en plus occupée par lui. Quand il était parti, la vieille maison lui semblait déserte et inanimée; elle soupirait après lui comme une personne sans sommeil après l'arrivée du jour; mais quand il arrivait, la joie de Marie n'était jamais pleine et entièrement libre : elle se sentait intimidée devant lui.

Une nuit, elle rêva qu'elle le voyait traverser à cheval la rue bondée de monde où elle l'avait rencontré la première fois, mais aucune allégresse n'y régnait, et tous les visages le regardaient froidement et avec indifférence. Elle eut peur elle-même de ce silence et n'osa pas lui sourire, et elle se cacha derrière la foule. Alors, la cherchant d'un regard étrangement mélancolique, il promena les yeux autour de lui et les arrêta sur elle; elle se fraya un passage à travers la foule et se jeta aux pieds de son cheval, qui posa son sabot de fer froid sur sa nuque…

Elle s'éveilla, se dressa dans son lit, et pleine d'étonnement, elle regarda autour d'elle dans sa chambrette froide, éclairée par la lune. Ah! ce n'était qu'un rêve! Et elle soupira. Elle aurait tant voulu lui montrer combien elle l'aimait! Oui, c'était bien ça : elle l'aimait. À cette pensée, ce fut comme si elle était couchée sur du feu ; et toutes les artères de son cœur se mirent à battre, à battre. Elle l'aimait. Comme il était curieux de se le dire : elle l'aimait! Et c'était merveilleux de se le répéter ; et quelle fierté! Et quelle puissante réalité, pourtant si irréelle! Seigneur Dieu, à quoi cela lui servirait-il de l'aimer!… et elle eut des larmes aux yeux, des larmes de pitié pour elle-même. Et cependant! Elle se blottit de nouveau dans le refuge douillet, sous l'édredon. Quelle chose délicieuse, de rester longtemps ainsi, songeant à lui et à son amour, son grand, grand amour.

La première fois qu'Ulrik Christian revint, elle n'eut plus aucun sentiment de timidité ni de trouble. Au contraire, le secret qu'elle portait en elle la rehaussait à ses propres yeux, et la peur de le trahir rendait plus mesurée sa façon d'être et lui donna presque les manières d'une grande personne. De beaux jours suivirent, pleins de rêves et d'aspirations, un temps fantastiquement délicieux. Quand Ulrik Christian s'en allait, n'était-il pas exquis de lui jeter en cachette des baisers du bout des doigts ou, quand il arrivait, de s'imaginer que son ami bien-aimé la prendrait dans ses bras, l'appellerait par tous les doux noms de la terre, et s'assiérait près d'elle, et qu'ils se regarderaient dans les yeux, longuement, et qu'elle laisserait sa main glisser sur ses cheveux fins, bruns et bouclés? Qu'importait que cela ne se fît pas? Elle devenait toute rouge à l'idée que cela aurait pu se faire.

Ce furent là des jours heureux, mais il advint vers la fin de novembre qu'Ulrik Christian tomba gravement malade. Sa santé, depuis longtemps minée par les excès, n'avait peut-être pas pu supporter les continuelles veillées et le travail qu'exigeait son poste ; ou peut-être de nouveaux excès avaient-ils trop tendu l'arc. Une maladie de consomption douloureuse se déclara, avec des visions de fièvre farouche et une agitation incessante ; elle prit, au bout de quelque temps, une tournure si grave qu'il devint évident que le nom de cette maladie était la mort.

C'était le onze décembre.

Dans la grande salle sombre, tapissée de cuir, qui menait à la chambre du malade, le confesseur royal, Hans Didrichsen Bartskjœr allait et venait, inquiet, sur le parquet couvert le tapis de paille artistiquement tressée. Distrait et absent, il s'arrêta devant les toiles des murs ; on eût dit qu'il contemplait avec une grande attention les nymphes nues et grasses couchées à l'ombre des arbres, les Suzanne au bain et la douce Judith aux bras vigoureux ; mais elles ne le retinrent pas longtemps ; il alla vers la fenêtre et promena son regard du ciel blanchâtre au toit de cuivre brillant d'humidité et aux monceaux de neige sale et fondante, dans la cour du château. Puis il recommença sa marche incessante en murmurant et en gesticulant.

Il lui sembla qu'on ouvrait la porte. Il s'arrêta brusquement et prêta l'oreille. Non! Il respira lourdement et se laissa tomber sur une chaise, se frottant nerveusement les mains l'une contre l'autre, jusqu'à ce qu'enfin la porte s'ouvrît. Une femme d'un certain âge, en grande cape à falbala, lui fit quelques signes prudents.

Le prêtre se ressaisit, enfonça son livre sous son bras, lissa sa robe, et entra dans la chambre du malade.

C'était une grande pièce ovale, boisée jusqu'au plafond, avec des lambris sombres, où une rangée de têtes laides et bariolées de Turcs et de Maures grimaçaient en montrant des dents blanches. Une mince étoffe gris-bleu, qu'on avait tendue devant la partie inférieure de l'étroite fenêtre treillissée, maintenait la chambre dans une profonde pénombre, tandis que la lumière jouait librement sur les plafonds peints où des chevaux, des armes, et des corps nus étaient réunis dans un pêle-mêle inextricable, et sur le baldaquin du grand lit aux rideaux de damas jaune frangés d'argent.

Un air chaud, alourdi par l'odeur des onguents et des autres médicaments, frappa le prêtre et faillit lui couper la respiration. Il saisit une chaise, et, appuyé contre le dossier, il demeura un moment immobile, voyant tout tourner autour de lui, la table avec les fioles et l'urinal, la fenêtre, la garde-malade avec sa coiffe, le lit avec le malade, le râtelier d'armes, et la porte ouverte de la chambre d'à côté, où un feu flambait dans la cheminée.

« Que la paix de Dieu soit avec vous, Seigneur ! commença-t-il d'une voix tremblante, lorsque enfin le vertige l'eut quitté.

— Que diable venez-vous faire ici ? cria le malade en se soulevant.

— Oh ! du calme, Seigneur, du calme, dit en allemand la garde-malade, la femme d'un cordonnier, en s'approchant du lit et en lissant d'une manière caressante l'édredon, c'est le très honoré confesseur de Sa Majesté qui est envoyé ici pour vous confesser.

— Très gracieux Seigneur ! noble Seigneur Gyldenlœve ! dit le pasteur en s'approchant du lit, je le sais, vous n'êtes pas de ces Sages modestes ou de ces Humbles très sages pour qui, toute leur vie durant, la parole divine fut un bâton d'appui, et la maison de Dieu un gîte constant ; et bien que le Dieu qui laisse gronder le tonnerre soit le même Dieu qui tient dans sa main la palme dorée de la victoire ou les cyprès sanglants de la défaite, il faut cependant, sinon excuser, du moins comprendre les hommes ; quiconque commande beaucoup d'hommes et donne un exemple de vaillance peut, pour un temps, oublier que nous sommes un pur rien, un roseau qui fléchit, dans les mains puissantes du créateur de ce monde ; un pareil homme peut penser dans son insanité : "c'est moi qui ai tout fait ! Cet exploit est un fruit que j'ai mûri et accompli !" Mais, noble et très cher Seigneur, maintenant que vous reposez ici sur cette dure couche de douleurs, maintenant le Dieu, qui est le Dieu miséricordieux de l'amour, aura certes éclairé votre compréhension et tourné vers lui votre cœur, de sorte qu'avec crainte et angoisse vous devez désirer confesser vos péchés afin de pouvoir, avec confiance, recevoir la grâce et l'absolution, que, de ses mains charitables, il vous tend et vous offre. Les vers du repentir, aux dents aiguës…

— Oui, oui, pénitence, repentir, pardon des péchés, vie éternelle! ricana Ulrik Christian en se redressant tout à fait sur son lit. Et il croit, vieille tête chauve, que, parce que les os en suppurant vous sortent du corps par morceaux et par esquilles, on doit être plus porté à écouter des bavardages de prêtre!

— Seigneur Gyldenlœve, vous abusez fort du privilège que votre haute situation et encore plus votre pitoyable maladie vous donnent, vous insultez inutilement un humble serviteur de l'Église, qui fait simplement son devoir et essaie de tourner vos pensées vers l'unique chose qui soit nécessaire et importante. Hélas, noble Seigneur, il ne sert à rien d'être récalcitrant. Cette maladie, qui a frappé votre corps, ne vous a-t-elle pas enseigné que personne ne peut échapper aux punitions de Dieu, et que les coups de fouet du ciel tombent sur les grands comme sur les petits, sans distinction? »

Ulrik Christian l'interrompit en riant : « Que le diable m'emporte, mais là vous parlez comme un petit blanc-bec ignorant; ce qui me consume, je l'ai honnêtement gagné moi-même, et si vous croyez que le ciel ou l'enfer vous envoient de pareilles choses, vous vous trompez, et je vais vous dire qu'on les gagne par l'ivrognerie, et les orgies nocturnes, et la galanterie, et ces histoires-là : vous pouvez m'en croire. Mais, maintenant, vous allez débarrasser la chambre de vos très doctes jambes, et cela au plus vite, sinon… »

À ce moment, il fut repris d'une de ses attaques, et, tout en se tordant et en gémissant de douleur, il jura et sacra d'une façon si blasphématoire et si étrangement terrible que le prêtre devint pâle de terreur et de colère, et pria Dieu de lui donner la force et le pouvoir persuasif de rendre cette âme si inculte accessible aux vérités et aux douces consolations de la religion; et quand le malade enfin fut redevenu calme, il recommença :

« Seigneur, Seigneur, la voix pleine de larmes, je vous supplie et vous conjure de cesser vos terribles jurons et vos blasphèmes; songez que la hache est déjà à la racine de l'arbre, qui sera vite coupé et jeté sur le feu, s'il continue d'être stérile et si, à la onzième heure, il ne s'épanouit pas en fleurs et ne porte des fruits! Quittez votre opiniâtreté, et jetez-vous, plein de remords, aux pieds du Sauveur!... »

Ulrik Christian s'était redressé sur l'oreiller. Il montra la porte et, d'un geste menaçant, hurla :

« Dehors, prêtre, dehors, en avant, marche! Je ne te supporterai pas davantage.

— Ah, noble Seigneur, poursuivit le prêtre, si vous vous endurcissez, parce que vous désespérez de la grâce devant la montagne de vos péchés, oyez avec allégresse que la grâce de Dieu est inépuisable...

— Chien de prêtre! veux-tu t'en aller? siffla entre ses dents Ulrik Christian; un... deux...!

— Et si vos péchés sont rouges comme le sang, oui, comme la pourpre...

— Dehors!

— Dieu les rendra cependant blancs comme...

— Par saint Satan et tous ses saints anges », hurla Ulrik Christian, en sautant à bas de son lit et en arrachant du râtelier d'armes une épée qu'il brandit.

Mais le pasteur se sauva rapidement dans la chambre voisine en refermant la porte sur lui. Ulrik Christian se précipita contre cette porte, mais il s'affaissa sur le parquet, sans connaissance, et il fallut le remettre au lit. Il garda cependant l'épée à côté de lui.

Le reste de la matinée se passa dans l'assoupissement : il n'avait pas de douleurs, et il trouva agréable et douce la lassitude qui l'avait saisi. Il s'amusait à regarder les petits points lumineux du jour qui s'infiltrait à travers l'étoffe suspendue devant la fenêtre et, de temps en temps, songeant à la manière dont il s'était débarrassé du pasteur, il souriait de contentement ; mais chaque fois que la garde-malade voulait le faire dormir, il se fâchait.

Sur le coup de midi, on frappa fortement à la porte, et le pasteur de la Trinité, Magister Jens Justesen, entra. Cet homme grand et trapu, aux gros traits vigoureux, aux cheveux drus et noirs, aux yeux profondément enchâssés, alla droit au lit et salua :

« Bonjour. »

Dès qu'Ulrik Christian aperçut encore un pasteur, il en fut tellement furieux qu'il trembla de tous ses membres ; et il laissa couler des flots de jurons et d'injures contre le prêtre et contre la garde-malade qui ne savait pas mieux lui assurer la paix, et contre le Dieu du ciel, et contre toutes les choses sacrées.

« Tais-toi, pauvre mortel ! tonna M. Jens ; est-ce là une langue qui convienne à celui qui a déjà un pied dans la tombe ! Employez la vacillante étincelle de vie qui vous reste plutôt à faire la paix avec le Seigneur qu'à engager des querelles avec les hommes. Vous vous comportez comme les larrons et les criminels qui, lorsque leur arrêt est prononcé, et lorsqu'ils ne peuvent plus échapper aux tenailles et à la hache, se mettent à menacer et blasphémer Notre Seigneur pour se donner du courage et ne point sombrer dans la paralysie de la lâcheté et les remords désespérés où roulent infailliblement, sur le tard, de pareils compères. »

Ulrik Christian sembla écouter avec calme, jusqu'à ce qu'il eût eu le temps de tirer son épée de dessous l'édredon. Alors il s'écria :

« En garde, gros ventre de pasteur ! »

Et, en même temps, il fit un assaut violent contre M. Jens. Mais celui-ci para le coup avec son livre de messe.

« Laissez donc ces jeux de page ! dit-il d'une voix railleuse. Tous les deux, nous sommes au-dessus de pareils amusements. Et maintenant, elle, là-bas, la garde-malade – il se tourna vers Ane – qu'elle s'en aille et nous laisse seuls. »

Ane sortit. Le pasteur tira sa chaise près du lit, et Ulrik Christian posa l'épée sur l'édredon.

Puis le pasteur commença à prononcer de belles paroles sur le péché et sur la rançon du péché, sur l'amour de Dieu et sur sa mort sur la croix.

Pendant que le pasteur parlait, Ulrik Christian s'amusait à voir les rayons de lumière jouer sur la lame polie de l'épée ; il fredonnait des bouts de chansons libertines, et il interrompait le pasteur par des questions blasphématoires. Mais celui-ci ne se laissa point distraire ; il continua de parler des saints sacrements, de l'absolution des péchés et des joies du ciel.

Tout à coup, Ulrik Christian se redressa sur son séant et lança dans le visage du pasteur.

« Ce ne sont que mensonges et duperies, tout cela!

— Que le diable m'emporte, à l'instant même, si ce n'est pas vrai, cria le pasteur, et chaque mot, vous entendez, chaque mot! »

Il frappa du poing sur la table où les verres et les fioles roulèrent les uns contre les autres. Puis il se leva et, d'une voix sévère :

« Vous mériteriez que, dans la colère de ma justice, je secouasse la poussière de mes pieds en vous laissant seul, proie sûre pour le diable et son enfer. Vous êtes de ceux qui, journellement, clouent le Seigneur Jésus à la croix, et qui ont leur place toute préparée dans l'enfer. Ne vous moquez pas du nom terrible de l'enfer, car ce mot renferme les cris pitoyables des torturés. Hélas! les tourments de l'enfer saut plus forts que nul ne peut les concevoir, car un homme qui serait mort sur la roue, martyrisé par des tenailles brûlantes et qui, après la mort, s'éveillerait dans le feu de l'enfer, soupirerait après le temps de ses souffrances terrestres, comme après le sein d'Abraham. Certes, les maladies sont amères à la chair de l'homme, quand les douleurs font tressaillir toutes ses fibres et tendent ses nerfs, quand elles brûlent comme du feu et dévorent de leurs dents aiguës la moelle même du corps ; mais les tourments de l'enfer sont comme une tempête furieuse de douleurs, un tourbillon éternel de souffrances inimaginables, car, pareils aux vagues qui déferlent sur la rive et se suivent toujours, ainsi les coups de torture se poursuivront éternellement. »

Le malade jeta des yeux hagards autour de lui.

« Je ne veux pas, murmura-t-il, je ne veux pas. Je n'ai rien à faire ni avec votre ciel ni avec votre enfer. Je veux mourir, pas autre chose.

— Certes, vous allez mourir, dit le pasteur, mais au bout du sombre couloir de la mort, il n'y a que deux portes : l'une qui mène à la joie du ciel, l'autre aux tourments de l'enfer ; et il n'y a point d'autre issue, point d'autre.

— Si, prêtre, il y en a une, n'est-ce pas ? Réponds ! N'y a-t-il pas une profonde, profonde fosse pour ceux qui ont suivi leurs propres chemins, une profonde fosse noire, qui ne mène à rien, absolument à rien ?

— Ceux qui ont suivi leurs propres chemins vont droit aux royaumes de Satan. Devant les portes de l'enfer on en voit un fourmillement : des grands et des petits, des vieux et des jeunes ; ils se débattent pour éviter le gouffre béant, et ils implorent désespérément le Dieu dont ils n'ont pas voulu suivre la voie. Les clameurs de l'abîme montent au-dessus de leur tête, et ils tremblent de terreur ; mais les portes de l'enfer se refermeront sur eux comme l'eau sur un noyé.

— C'est une histoire que vous me racontez, n'est-ce pas ? Sur votre parole d'honnête homme, est-ce autre chose qu'une invention ?

— Oui.

— Mais je ne veux pas. Je ne veux rien avoir affaire avec votre Dieu ; je ne veux pas aller au ciel, je ne veux que mourir.

— Alors, va aux lieux de torture des damnés, où les vagues bouillonnantes du lac de soufre agitent les malheureux dont les membres se tordent de convulsions ! Mon cœur saigne pour te sauver par les prières, mais la grâce s'est voilée et le soleil de la miséricorde s'est couché.

— Aide-moi donc, aide-moi, pasteur! haleta Ulrik Christian. Quel prêtre es-tu, si tu ne peux m'aider? Prie, pour l'amour de Dieu, prie! Il n'y a donc pas de prières sur ta langue? Ou bien donne-moi ton vin et ton pain, puisqu'il y a le salut dans le vin et le pain. Est-ce là encore un mensonge? Je me traînerai devant ton Dieu comme un enfant. Il est si fort, si injustement fort, si désespérément puissant; fais-le bon, ton Dieu, fais qu'il soit bon pour moi, je m'incline, je m'incline, je n'en peux plus.

— Prie.

— Oui, je veux prier, je prierai tant qu'il faudra! Il s'agenouilla sur le lit et joignit les mains. Est-ce ainsi? Son regard interrogea le pasteur. Et que dois-je dire? »

Le prêtre ne répondit pas.

Pendant un moment, Ulrik Christian resta ainsi, ses grands yeux brillants de fièvre levés vers le ciel.

« Je ne trouve pas de paroles, prêtre! gémit-il. Seigneur Jésus, elles sont toutes parties. »

Il s'affaissa en sanglotant.

Soudain, il se leva d'un bond, saisit son épée et la brisa en criant.

« Seigneur Jésus-Christ, regarde, je romps mon épée! »
Il leva en l'air les deux moitiés brillantes de la lame :
« À ta merci, Jésus. À ta merci! »

Le pasteur lui parlait maintenant de la rédemption, et il se hâta de l'administrer, car le malade ne semblait pas en avoir pour longtemps.

Puis il appela Ane et partit.

La maladie étant considérée comme contagieuse, personne de la famille n'entrait chez le malade ; mais dans une pièce au-dessous, quelques parents et amis, le médecin du roi et quelques gentilshommes de la Cour recevaient les visites de la noblesse, des ambassadeurs, des officiers, magistrats, courtisans qui venaient prendre des nouvelles. Rien ne troublait la chambre du malade ; et Ulrik Christian était de nouveau seul avec Ane.

Le crépuscule tombait. Ane mit quelques bûches au feu, alluma deux chandelles, prit son livre de prière et s'installa confortablement. Elle tira en avant son bonnet et s'endormit. Dans l'antichambre on avait posté un barbier chirurgien et un valet pour le cas où quelque chose arriverait : ils s'étaient, tous les deux, étendus par terre près de la fenêtre et jouaient aux dés sur le tapis de paille pour ne pas faire de bruit. Ils étaient si occupés de leur jeu qu'ils ne firent attention à une personne qui se glissait à travers la pièce, qu'au moment où la porte du malade se referma et les fit sursauter.

« C'est le médecin », dirent-ils en se regardant effrayés.

C'était Marie Grubbe.

Elle s'approcha sans bruit du lit et se pencha sur le malade qui s'était assoupi. Dans la lumière incertaine et faible, il était très pâle et semblait un étranger. Son front était blanc comme le front d'un mort ; ses paupières étrangement grandes, et ses mains maigres et plus jaunes que la cire s'agitaient, abandonnées et sans force, sur l'édredon.

Marie pleurait : « Tu es donc si malade ? » murmurat-elle. Elle s'agenouilla devant le lit, les bras accoudés au bord, les yeux fixés sur ce visage.

Il gémit, puis ouvrit les yeux, le regard errant.

« Ulrik Christian! appela-t-elle en posant une main sur son épaule.

— Il y a du monde? » gémit-il faiblement.

Elle secoua la tête.

« Es-tu très malade? demanda-t-elle.

— Oui, c'est bientôt fini pour moi.

— Non, non, je ne veux pas. Qui me resterait si tu t'en allais? Non, non. Comment ferais-je?…

— Pour vivre? C'est facile de vivre, mais moi j'ai reçu le pain et le vin de la mort, je dois mourir, oui, oui, le pain et le vin, la chair et le sang. Crois-tu que cela peut… Au nom de Jésus-Christ, fais une prière, mon enfant, fais une prière efficace, bien forte… »

Marie joignit les mains et pria.

« Ainsi soit-il. Ainsi soit-il. Prie encore. Je suis un si grand pécheur, enfant! Il faut beaucoup de prières. Encore une, une longue prière, avec beaucoup de paroles, beaucoup de paroles. Ah ça! qu'y a-t-il? Pourquoi le lit se met-il à tourner? Tiens-le, tiens-le, il tourne, tourne, comme un tourbillon de tourments, un tourbillon éternel de souffrances… Ha, ha, ha, serais-je de nouveau ivre? Et qu'aurais-je donc bu? Du vin, mais oui, j'ai bu du vin. Ha, ha *lustig, mein Kind, Lustig.* Embrasse-moi, ma petite poulette.

> *Herzen und küssen*
> *Ist Himmel auf Erd…*

Embrasse-moi encore, mon Amour. Je suis si glacé! Mais toi, tu es chaude comme une petite caille.

Réchauffe-moi de tes baisers. Tu es blanche et potelée, et blanche et lisse… »

Il avait enlacé la taille de Marie et pressait contre lui l'enfant effrayée. À ce moment Ane se réveilla et aperçut le malade en train de lutiner une femme inconnue. Menaçante, elle leva en l'air son livre de prières et cria en allemand :

« Dehors, femme de l'Enfer !

— *Teufel* ! hurla Ulrik Christian terrifié, en repoussant violemment Marie Grubbe. Va-t'en, arrière, Satan ! Dehors ! Dehors ! »

Il faisait signe de croix sur signe de croix.

« Ah, Satan ! tu voulais m'entraîner au péché, à mon dernier souffle, à ma dernière heure, là où il faut tant de prudence. Loin de moi, au nom sacré du Seigneur, esprit damné ! »

Les yeux écarquillés, la terreur peinte dans chaque trait, il se redressa sur son lit et montra la porte à Marie.

Muette, hors d'elle-même, Marie se précipita dehors.

Le malade se laissa retomber : il priait, priait, tandis qu'Ane, à voix haute et lente, récitait, l'une après l'autre, les prières de son livre aux grands caractères.

Deux heures après, Ulrik Christian mourut.

VI

Après l'assaut de février 1659, les Suédois se contentè-
rent d'investir Copenhague.

Les assiégés respirèrent plus librement. Le fardeau de la
guerre pesa moins. On se réjouit de ce qu'on avait fait, et
de l'honneur gagné. Il y en avait certes qui avaient pris
goût à cette vie mouvementée du soldat, et qui voyaient
revenir avec ennui les scènes banales et quotidiennes
d'une période de paix morne et monotone; mais la
grande masse de la population se sentait le cœur léger. Et
la joie se manifesta en réjouissances de toute espèce, car
toutes les noces, toutes les fêtes de relevailles, tous les banquets de fiançailles qui avaient été remis pendant que
l'ennemi était si proche, réunirent maintenant des foules
gaies dans chaque rue et chaque ruelle.

On eut aussi le temps de s'occuper de son prochain, de se calomnier mutuellement, de se haïr. La lutte pour le pain quotidien et la lutte pour le bonheur se ranimèrent, et de vieilles inimitiés se développèrent et se transformèrent en nouvelles rancunes et en nouvelles soifs de vengeance. Il y avait une personne en particulier qui, dans les derniers temps, avait doublé le nombre de ses ennemis et presque concentré sur sa tête la haine de tous : c'était Corfitz Ulfeldt. On ne pouvait l'atteindre, car il était à l'abri, au camp des Suédois, mais ceux d'entre ses parents ou des parents de sa femme qu'on soupçonnait d'amitié envers lui étaient regardés comme suspects : on les guettait, on les tracassait, et la Cour les ignorait.

Ils n'étaient d'ailleurs pas très nombreux, mais dans leur petit nombre se trouvait Sophie Urne, la fiancée d'Ulrik Frederik.

La reine, qui haïssait la femme d'Ulfeldt plus qu'elle ne haïssait Ulfeldt lui-même, avait, dès le début, mal vu l'union d'Ulrik Frederik avec une personne si étroitement liée à Eleonore Christine, et maintenant que les derniers actes d'Ulfeldt les avaient placés, lui et les siens, sous un jour encore plus odieux, elle faisait, auprès du roi et de son entourage, tous ses efforts pour rompre l'union projetée.

Le roi eut bientôt le même désir que la reine, car on lui avait dépeint l'intrigante Sophie Urne comme rusée et dangereuse, et Ulrik Frederik comme si frivole et si facile à mener, qu'il attendait de cette union des ennuis et des discordes à n'en plus finir. Mais il avait donné son consentement et respectait trop sa parole et son honneur pour le reprendre. Il essaya donc de convaincre Ulrik Frederik. Il lui montrait que sa situation à la Cour pourrait être fort ébranlée par une personne qui leur était si peu agréable, à lui et à la reine, et dont les sympathies allaient toutes aux ennemis de la maison régnante, et qu'il nuisait en somme à sa fortune, attendu qu'on ne confierait certes jamais des postes d'honneur à un homme placé sous l'influence d'un cercle hostile à la Cour. Il faisait aussi allusion au caractère intrigant de la jeune fille, et il émettait enfin des doutes sur la sincérité de son amour. Le véritable amour, disait-il, préférait se sacrifier plutôt que de nuire à l'objet aimé ; il se cachait plutôt avec douleur et chagrin que de s'étaler triomphalement. Mais Sophie n'avait jamais eu ces scrupules, exploitant au contraire la jeunesse de son fiancé et son amour aveugle.

Ainsi parlait le roi, mais il n'obtenait toujours rien d'Ulrik Frederik, car celui-ci gardait encore un souvenir trop récent de toutes les difficultés qu'il avait eues pour obtenir de Sophie l'aveu de sa tendresse, et en quittant le roi il était plus résolu que jamais de ne laisser rien les séparer. Ses fiançailles avec Sophie Urne étaient son premier pas sérieux dans la vie, et il se faisait un point d'honneur de s'y tenir. Tant de mains autour de lui s'étaient toujours tendues, empressées à le conduire et à le guider ! Il était enfin à l'âge de marcher seul : il le pouvait ; il le voulait. Qu'étaient pour lui la faveur du roi et la Cour, et les honneurs et la gloire comparés à son amour ? Pour cet amour seul il lutterait et souffrirait ; dans cet amour seul il vivrait.

Mais le roi fit savoir à Christoffer Urne qu'il s'opposait au mariage ; et la maison fut fermée à Ulrik Frederik, qui ne put ainsi voir sa fiancée que secrètement. Au début, cet obstacle agit comme le vent attise le feu, mais, peu à peu, voyant plus rarement Sophie, ses yeux se dessillèrent ; il y eut des moments où il doutait de son amour, où il se demandait même si ce jour d'été, quand elle semblait le repousser, elle n'avait pas voulu au contraire l'attirer.

La Cour, qui jusqu'alors l'avait reçu à bras ouverts, lui montrait maintenant une froideur glaciale. Le roi, qui auparavant s'était occupé de son avenir avec tant de sollicitude, était devenu l'indifférence même. Plus de mains tendues pour le guider ; et il commençait à les regretter, n'étant nullement homme à lutter contre le courant : dès que le flot ne le portait plus, il perdait courage. À sa naissance, on lui avait mis entre les doigts un fil d'or : tant qu'il le suivait, le chemin montait vers la fortune et la gloire. Et voici qu'il l'avait lâché pour ne suivre que sa fantaisie ; mais il le distinguait encore, qui brillait devant lui. Allait-il se baisser pour le ramasser de nouveau ? Il ne pouvait se résoudre à braver ouvertement le roi, et il ne pouvait renoncer à Sophie. Par des chemins détournés il était forcé de se glisser jusqu'à elle. Sa fierté souffrait de ce mystère. Il avait l'habitude de venir en grande pompe, de faire chaque pas avec une allure de prince. Ce n'était plus cela. Les jours et les semaines passaient dans l'embarras et le désarroi des projets mort-nés. Sa propre irrésolution et son inertie lui faisaient honte ; puis venaient les doutes : son éternelle indécision n'avait-elle pas tué son amour à elle ? Sophie l'avait-elle même jamais aimé ? Elle était si intelligente, disait-on! Oui, certes, elle était intelligente ; mais l'était-elle autant qu'on le disait? Non, non. Si ce n'était pas de l'amour qu'elle avait pour lui, il ne se connaissait point en amour et pourtant, pourtant...

Derrière le jardin de Christoffer Urne courait un petit passage, si étroit qu'un homme pouvait à peine s'y faufiler : c'est ce chemin qu'Ulrik Frederik devait prendre pour aller voir sa fiancée. Il amenait en général le pauvre Daniel, qui montait la garde à l'entrée de ce passage afin que personne de la rue ne le vît escalader le mur.

C'était une nuit de clair de lune, calme et chaude, trois ou quatre heures après l'heure du couvre-feu. Daniel, enveloppé de son manteau, s'était installé sur une vieille auge à porcs que d'une cour voisine on avait jetée dans l'impasse. Il était gai, ayant bu un peu, et il riait tout seul à des pensées bouffonnes. Ulrik Frederik avait déjà franchi le mur du jardin. Le sureau embaumait fortement ; sur l'herbe étaient étalées de longues pièces de toiles à blanchir ; un murmure faible sortait des érables au-dessus de sa tête et des rosiers qui bordaient l'allée, tout couverts de roses rouges, mais presque blanches au clair de lune. Il monta vers la maison : les murs éclataient d'une blancheur crue, et les carreaux brillaient, jaunâtres. Comme tout était calme et lumineux!... Les notes cristallines d'un grillon vibrèrent tout à coup dans l'air ; les ombres bleuâtres et nettes des passeroses se dessinaient comme peintes sur la muraille blanche ; une fine buée planait sur la toile étalée à la rosée.

Il avait atteint l'embrasure de la porte et s'enfonçait dans les ténèbres. Prudemment et à tâtons il grimpa le vieil escalier; l'air immobile et aromatique du grenier l'enveloppa; sous ses pieds, le vieux plancher craquait et grinçait. La lune entrait par une petite lucarne dont sa clarté dessinait la forme carrée sur la surface aplanie d'un tas de blé. Il dépassa ce tas. La poussière se mit à danser derrière lui dans le rayon de lune, et il atteignit la porte d'une mansarde. Elle s'ouvrit d'en dedans : une faible lueur rougeâtre fit sortir un instant de l'obscurité le monceau de blé, le plan incliné de la cheminée et les poutres du toit; puis ce fut fini, et Ulrik Frederik se trouva avec Sophie dans la penderie de la maison.

C'était une mansarde petite et basse, entourée de grandes armoires à linge; sous le plafond pendaient des sacs en toile remplis de plumes et de duvet; de vieux rouets étaient rangés dans les coins, et aux murs étaient suspendus des guirlandes d'oignons et des harnais cloutés d'argent. Sous la fenêtre, que fermaient de lourds volets de bois, une lanterne était posée sur un coffre aux appliques de cuivre jaune. Sophie ouvrit la petite porte de corne de la lanterne pour donner un peu plus de lumière. Elle portait ses cheveux défaits dans le dos, pardessus le petit caraco de drap bordé de fourrure qu'elle avait mis sur sa robe de droguet. Son visage était pâle, ses traits tirés, mais elle riait et bavardait gaiement.

Elle s'était assise sur un tabouret bas, les bras autour des genoux, la tête levée vers Ulrik Frederik qui se tenait devant elle sans rien dire. Elle parlait pour parler, angoissée devant son mutisme.

« Quel seigneur maussade et renfrogné! disait-elle. Tu ne parles pas! Si, durant ces centaines d'heures, il ne t'est

pas venu à l'esprit des centaines de choses que tu voudrais me dire, c'est que tu n'as pas soupiré après moi
comme je l'ai fait après toi. »

Elle étendit la main et moucha la chandelle de la lanterne avec ses doigts en jetant par terre le bout de mèche
brûlée ; Ulrik Frederik fit malgré lui un pas en avant et
l'éteignit du pied.

« C'est ça, reprit-elle. Viens t'asseoir ici, près de moi,
mais mets-toi d'abord à genoux, et supplie-moi en soupirant de ne pas te garder rancune, car voilà trois nuits
que je veille ici en t'attendant : hier et avant-hier je t'ai
espéré en vain jusqu'à ne plus voir clair. »

Elle le menaça de la main levée :

« À genoux, seigneur déloyal, et implore ma miséricorde comme s'il s'agissait de ta vie ! »

Elle parlait avec une solennité moqueuse, puis sourit
et pria mi-suppliante, mi-impatiente :

« Viens ici te mettre à genoux, viens ici. »

Ulrik Frederik regarda autour de lui presque de mauvaise grâce : c'était bien ridicule de se mettre à genoux,
là, dans la penderie de Christoffer Urne ; il s'exécuta
pourtant. Il prit Sophie par la taille et s'enfouit le visage
dans sa jupe ; mais il ne dit rien.

Elle se taisait aussi, oppressée, tourmentée, car elle
s'était aperçue de la pâleur de son fiancé, de sa gêne, de
son fuyant regard farouche et inquiet. Elle promena
dans ses cheveux une main caressante, et sembla jouer
avec ses boucles, mais son cœur battait violemment,
angoissé.

Ils demeurèrent longtemps ainsi.

Soudain, Ulrik Frederik bondit sur ses pieds.

« Non, non, s'écria-t-il, cela ne peut pas continuer ! Dieu le sait, le Seigneur Dieu qui est au ciel, que tu m'es aussi chère que le sang de mes veines et que je ne sais comment sera possible une vie sans toi. Mais que faire ? Où allons-nous ? Ils sont tous contre nous. Pas une bouche qui ait dit une parole de consolation ! On se détourne de nous. On dirait qu'une ombre froide tombe sur tout le monde lorsqu'on m'aperçoit, alors qu'autrefois on eût dit qu'une lumière saluait mon arrivée. Je me trouve si seul, Sophie, si amèrement seul. Oui, je sais que tu m'avais averti, et j'ai honte de t'adresser la prière que je vais t'adresser, mais je me consume dans cette lutte, elle m'enlève toute force et toute dignité, au point que, brûlant de honte, mais sans courage, je te supplie : rends-moi ma liberté ! rends-moi ma parole, ma très chère Sophie ! »

Sophie s'était levée, et droite, raide, froide comme un marbre, elle le regardait pendant qu'il parlait.

« Je suis enceinte », répondit-elle d'une voix ferme.

Elle aurait dit oui, elle lui aurait rendu sa liberté, Ulrik Frederik sentait qu'il ne l'aurait pas acceptée : il se serait jeté à ses pieds ; en l'adorant il aurait bravé le roi et le monde entier, sûr enfin qu'elle l'aimait. Mais elle n'en faisait rien, elle tirait seulement sur sa chaîne pour lui montrer combien il était solidement attaché. Ah oui, elle n'était pas sotte, on avait raison de le dire. La colère montait en lui ; il aurait pu se jeter sur elle, la saisir à la gorge, à sa gorge blanche, pour lui arracher la vérité. Mais il se maîtrisa et répondit en souriant.

« Je le sais – c'était une plaisanterie, tu ne l'as donc pas compris ? »

Sophie le regarda, inquiète. Non, ce n'était pas une plaisanterie, sûrement pas. Pourquoi ne venait-il pas l'embrasser si c'était une plaisanterie ? Pourquoi restait-il là-bas dans l'ombre, immobile ? Si seulement elle avait pu voir ses yeux ! Non, ce n'était pas une plaisanterie. Il avait parlé aussi gravement qu'elle lui avait répondu ! Ah, cette réponse ! Elle entrevoyait ce qu'elle y avait perdu : il ne l'aurait pas quittée si elle avait dit oui.

« Oh ! Ulrik Frederik, reprit-elle, je ne pensais qu'à notre enfant, mais si tu n'as plus d'amour pour moi, quitte-moi, dépêche-toi de me quitter, et tâche de rebâtir ta fortune et ton bonheur, je ne te retiens pas.

— Ne comprends-tu pas que c'était une plaisanterie ? Me crois-tu donc capable de mendier ma liberté et de me sauver honteusement, ma parole reprise ? Chaque fois que je lèverais la tête, je tremblerais qu'un regard qui eût vu mon déshonneur rencontrât le mien et le forçât de se baisser. »

Il était sincère en parlant : si elle l'avait aimé aussi profondément qu'il l'aimait, elle, alors peut-être… Mais maintenant non, jamais.

Sophie alla à lui ; elle posa la tête sur son épaule et sanglota.

« Adieu, Ulrik Frederik, dit-elle, quitte-moi, quitte-moi. Suffirait-il d'un cheveu pour te lier, je ne te retiendrais pas dès l'instant que tu désires t'en aller. »

Impatienté, il secoua la tête.

« Ma bien chère Sophie, répondit-il, en se dégageant, ne jouons pas la comédie : je nous dois à tous les deux que le prêtre joigne nos mains. Ce ne sera jamais trop tôt. Aussi sera-ce dans deux ou trois jours. Mais il y faut le plus grand secret, car il est inutile d'ameuter davantage le monde contre nous. »

Sophie n'osa rien objeĉter ; ils convinrent donc du lieu et de la façon dont ce serait fait. Puis ils se dirent au revoir.

Lorsque Ulrik Frederik se retrouva dans le jardin, la lune avait disparu et l'obscurité régnait ; de lourdes gouttes de pluie isolées tombaient du ciel noir. Dans les cours, les coqs matineux chantaient, mais Daniel s'était endormi à son poste.

Ce fut chez lui qu'une semaine plus tard demoiselle Sophie Urne et Ulrik Frederik furent secrètement mariés par un pauvre prêtre. Mais le secret ne fut pas gardé : la reine en parla au roi quelques jours après, et il en résulta que le mariage, un mois plus tard, fut annulé ; par un ordre royal, et presque immédiatement, Sophie Urne, avec l'assentiment de sa famille, fut envoyée au couvent des demoiselles à Itzehoe.

Ulrik Frederik ne fit rien pour empêcher cette mesure : il en sentait l'affront, mais il était las et comme hébété, et il s'inclina avec un sourd découragement devant ce qui, disait-il, devait être fatalement. Presque tous les jours il s'enivrait, et lorsque le vin avait produit son effet, il aimait à s'épancher devant les deux ou trois fidèles compagnons d'ivresse, son unique société ; avec des larmes et des gémissements il leur dépeignait la vie douce et paisible qui aurait pu être la sienne, et il terminait par des allusions au nombre compté de ses jours : on ne tarderait pas à porter son cœur broyé au lieu de repos où le lit est fait de copeaux et où les vers sont les chirurgiens.

Pour mettre une fin à cette vie désordonnée, le roi l'envoya suivre les troupes que les Hollandais transportaient dans l'île de Fionie, et il en revint, au mois de novembre, avec la nouvelle de la victoire de Nyborg. Il reprit alors sa place dans la faveur du roi et dans les rangs de la Cour, fut nommé colonel de la cavalerie, et sembla être redevenu lui-même.

VII

Marie Grubbe a dix-sept ans.

Le jour où, effrayée, elle avait quitté en courant le lit de mort d'Ulrik Christian Gyldenlœve, elle s'était précipitée affolée chez elle dans sa chambre. Là elle allait et venait en se tordant les mains et en gémissant, comme en proie à de telles douleurs physiques, que Lucie, hors d'haleine, avait couru chercher Mme Rigitze, la priant, pour l'amour de Dieu, de monter voir Mlle Marie qui, croyait-elle, devait avoir quelque chose de brisé dans la poitrine. Mme Rigitze était montée, mais elle ne put obtenir un mot d'explication. L'enfant s'était jetée à genoux devant un fauteuil, le visage enfoui dans les coussins, et, à tout ce qu'on lui disait, elle répondait qu'elle voulait retourner chez elle, à la maison, à la maison, à la maison ; elle ne pouvait plus rester, et elle pleurait et sanglotait et jetait la tête à droite et à gauche. Mme Rigitze finit par lui administrer une volée de coups et par rabrouer vivement Lucie qui venait l'assommer de leurs bêtises et de leur sensiblerie. Là-dessus elle les laissa s'arranger comme elles pouvaient.

Il était indifférent à Marie d'être battue. Aux jours heureux de son amour, un seul coup reçu lui eût paru un malheur épouvantable, une honte indélébile, mais maintenant que lui importait? Tous ses désirs, ses espérances, sa foi avaient été en un instant flétris, emportés. Elle se rappelait avoir vu, un jour, là-bas à Tjele, les hommes tuer à coups de pierre un chien qui était entré dans l'étang des canards aux bords escarpés : la malheureuse bête nageait tout autour de l'étang et ne pouvait en sortir ; et son sang ruisselait ; une pierre la frappait ici, une autre là ; et Marie se souvenait d'avoir prié Dieu à chaque coup, pour que ce fût fini, car le pauvre chien était si meurtri qu'épargner son reste de vie eût été un crime. Elle se sentait aujourd'hui pareille à cette pauvre bête : elle accueillait chaque douleur et chaque amertume, dans l'espoir du coup de grâce. Ah! c'était donc là la fin de toute grandeur : un gémissement servile, une démence lascive, une angoisse rampante! Alors la grandeur n'existait pas. Le héros de ses rêves, lui, franchissait à cheval, l'éperon sonnant, la tête découverte et la pointe de l'épée baissée, les portes de la mort, et non pas avec des yeux fous d'angoisse, non pas avec des prières suppliantes à ses lèvres blêmes. Il n'y avait plus d'être éblouissant à qui vouer amour et adoration ; il n'y avait plus de soleil à fixer dont la vue mît ensuite sur tout ce qu'on regardait rayons, éclat, couleurs ; gris et terne, tout était gris et terne et vide. Il n'y avait que des jours de semaine, fades, mornes, sans fin.

Ainsi coulaient ses pensées, pendant les premiers temps ; il lui semblait que, pour un moment fugitif, elle avait été ravie et transportée dans un monde féerique, merveilleux et coloré, dont l'air chaud et fécondant avait fait s'épanouir tout son être comme une fleur rare... Et voilà que tout était fini : elle était pauvre de nouveau, vide et glacée comme le monde entier. Et pourtant, tous les gens de ce monde se démenaient au milieu de leurs vaines occupations.

Elle s'enfonça avidement dans la lecture des vieux sermonnaires qu'on lui avait souvent offerts et qu'elle avait aussi souvent repoussés ; et elle tirait une amère consolation de leurs paroles sévères sur la misère de la vie, sur la vanité des choses terrestres. Il y avait un livre où elle se plongeait souvent, avec ardeur : l'Apocalypse. Elle ne se lassait pas de contempler la splendeur de la Jérusalem céleste, elle en voyait tous les détails, elle en suivait toutes les voies ; elle se laissait éblouir par l'éclat des sardoines et des béryls, des chrysoprases et des hyacinthes ; elle reposait à l'ombre des portes de nacre et se mirait dans l'or translucide des rues. Elle essayait souvent aussi de se figurer comment elle se comporterait, elle et Lucie et la tante Rigitze et tous les autres gens de Copenhague, lorsque le premier ange verserait sur la terre les coupes de colère du Seigneur et que le second verserait la sienne et le troisième la sienne. Elle ne poussait jamais plus loin, car, chaque fois, elle reprenait depuis le commencement.

Elle ne cessait, tout en cousant, de chanter de longs cantiques d'une voix haute et plaintive, et aux heures de loisir, elle répétait les longues prières des *Voix pieuses des douze mois*, car elle les savait presque par cœur.

Sa nature semblait changée : elle était devenue renfermée et sauvage ; son aspect même était tout autre : elle maigrissait, pâlissait, et ses yeux prenaient un éclat dur et brûlant. Les visions effrayantes de l'Apocalypse chevauchaient à travers ses rêves nocturnes, et, la journée durant, ses pensées tournaient autour de ce que la vie avait de sombre et d'opprimant. Le soir, une fois Lucie endormie, elle se levait de son lit et éprouvait une volupté mystique et ascétique à se mettre les genoux nus par terre, et à prier ainsi jusqu'à ce que la douleur de ses jambes et l'engourdissement de ses pieds glacés la fissent se relever.

Puis vint le moment où les Suédois se retirèrent et où Copenhague entière passa son temps à boire ou à verser à boire. Et un beau jour il s'opéra un revirement complet en Marie. Ce jour-là, Mme Rigitze, suivie d'une ouvrière, était montée dans sa chambre et avait étalé sur toutes les tables et toutes les chaises le riche héritage de corsages, jupes et coiffes brodées de perles que Marie tenait de feu sa mère : on jugeait le temps venu de l'habiller en grande personne.

Était-ce assez charmant d'être l'objet de toute cette activité qui avait envahi la petite pièce, d'être celle pour qui l'on décousait et taillait et prenait des mesures et bâtissait ! Était-il beau, ce satin ponceau, lorsque son éclat ardent et chaud resplendissait dans les gros plis lourds ou qu'il brillait, très lisse, là où, bien tendu, il moulait le corps ! Et combien captivantes, combien follement captivantes ces discussions animées au sujet de la soie qui était peut-être trop épaisse pour faire valoir la taille, ou du gros vert turc qui n'allait peut-être pas à votre teint ! Scrupules, rêveries tristes, songes creux, rien ne résistait à cette joyeuse et claire réalité. Et quand elle aurait une seule fois assisté à un banquet – car on la mènerait désormais aux banquets – avec un grand col neigeux tuyauté, entre toutes les autres demoiselles aux cols tuyautés, ce temps triste serait aussi mort et irréel qu'un rêve de deux jours. Et quand elle aurait une seule fois dansé la sarabande et la pavane, vêtue d'une robe de drap d'or, à longs plis et en gants de dentelle, le souvenir de cette orgie de douleur ferait monter à ses joues la rougeur de la honte.

En effet, elle allait avoir honte : elle allait danser la sarabande et la pavane. Deux fois par semaine, on lui fit avec d'autres jeunes personnes de la noblesse suivre un cours de danse dans la maison de Christian Skeel, où un vieux Mecklembourgeois leur enseignait la bonne tenue, les pas et les révérences selon les dernières modes espagnoles. On lui enseignait aussi le luth ; on la perfectionnait en français, car Mme Rigitze avait ses projets à elle.

Marie était heureuse.

Pareille à une enfant royale longtemps captive, et qui, soudain, retirée de la sombre prison et des rudes mains du geôlier, acclamée et hissée sur le trône par un peuple triomphant, sent le diadème d'or du pouvoir et de la gloire posé dans ses cheveux pendant que tout et tous lui sourient respectueusement et s'inclinent devant sa souveraineté, Marie, sortie de sa calme petite chambre, avait été flattée et accueillie par des hommages comme une reine. Tout le monde s'était courbé en souriant devant la puissance de sa beauté.

Il y a une fleur appelée la jacinthe perlée : bleue comme était la couleur de ses yeux, mais ils avaient l'éclat d'une goutte de rosée qui roule, et ils étaient profonds comme un saphir qui repose à l'ombre. Ils pouvaient se baisser timidement, telle une note douce qui s'éteint, et se lever hardiment comme une fanfare. Triste... quand le jour point, les étoiles tremblent avec un éclat voilé – tel était son regard quand il était triste. Il pouvait demeurer sur vous avec une souriante confiance et alors, pour plus d'un, c'était comme lorsqu'en rêve on s'entend appeler d'une voix lointaine et pourtant insistante ; mais quand son regard s'assombrissait en tristesse, désespéré et angoissé, on aurait cru entendre tomber des gouttes de sang.

Telle était l'impression qu'elle provoquait, et elle le savait, mais seulement à moitié ; si elle en avait été convaincue, et si elle avait été moins jeune, elle serait peut-être devenue comme une pierre durcie par sa propre beauté : elle se serait considérée comme un joyau rare qui devait être tenu brillant et richement enchâssé pour être l'objet de tous les désirs, et elle se serait alors laissé admirer tranquillement et froidement. Mais il n'en était pas ainsi. Sa beauté était plus vieille qu'elle ; elle avait si brusquement appris à en connaître le pouvoir qu'il se passa du temps avant qu'elle osât se laisser porter par elle. Elle se donna, au contraire, beaucoup de mal pour plaire, devint coquette, et très préoccupée de sa toilette. Son oreille buvait avidement chaque parole flatteuse ; ses yeux, chaque regard d'admiration ; et elle gardait tout fidèlement au fond de son cœur.

Elle avait dix-sept ans. C'était le premier dimanche après la conclusion de la paix. Le matin, elle avait assisté au temple à un service d'action de grâces. Elle se prépa-

rait maintenant devant la glace pour faire un tour de promenade avec Mme Rigitze.

Toute la ville était, ce jour-là, comme en révolution,
car les portes de l'enceinte n'avaient été ouvertes qu'après
la conclusion de la paix ; et elles étaient restées fermées
pendant vingt-deux mois consécutifs. Tout le monde
voulait voir l'emplacement du faubourg où avait campé
l'ennemi et où les nôtres avaient combattu ; il fallait descendre dans les tranchées, monter sur les parapets, jeter
des coups d'œil à l'entrée des galeries de mines et toucher
aux gabions ; c'était ici que telle personne s'était trouvée,
là que telle autre était tombée ; un tel était parti à l'assaut
de ce point et avait été encerclé là. Tout était curieux, depuis les ornières creusées par les canons et les tas de
cendres des feux de bivouac, jusqu'aux vieilles clôtures en
planches criblées de balles et aux crânes de chevaux blanchis par le soleil. Et l'on racontait, et l'on expliquait, et
l'on supposait, et l'on discutait, le long des remparts et
en suivant les redoutes, au pied des murs et devant les
poutres.

Gert Pyper et toute sa famille se promenaient ; Gert ta-
pait du pied, trouvant toujours que la terre sonnait
creux, et sa grosse femme le tirait, inquiète, par le bras en
le suppliant de ne pas être trop hardi, mais Gert Pyper
continuait à frapper du pied. Le fils aîné montrait à sa
petite fiancée l'endroit où, la nuit, une balle avait traversé sa capote, et où le fils du tourneur avait eu la tête
emportée, pendant que les enfants, qui avaient trouvé
une balle de fusil, pleuraient parce qu'on ne leur permettait pas de la garder de crainte qu'elle ne fût empoisonnée,

comme le prétendait Erik Lauritzen. Erik remuait avec une canne la paille à demi pourrie qui gisait sur l'emplacement des baraques, et il se rappelait l'histoire d'un soldat qui avait été pendu devant Magdebourg et sous le chevet de qui sept de ses camarades avaient trouvé tant d'argent qu'ils désertèrent au moment où le pillage de la ville commença.

Il y avait foule; les champs verts et les routes grises étaient noirs de monde qui regardait les endroits familiers avec la même attention et la même curiosité qu'une île nouvellement surgie du fond de la mer; et à voir le pays ouvert, les terres succédant aux terres, les prairies aux prairies, on se sentait saisi d'une envie de marcher, d'une griserie devant l'espace libre, l'infini. Mais l'après-midi, à mesure que l'heure du repas du soir approchait, la plupart des gens s'en retournaient cependant vers le quartier du Nord, vers le cimetière de Saint-Pierre et les grands jardins avoisinants où l'on avait coutume depuis des temps anciens, le dimanche, à la sortie du temple, déprendre l'air sous les grands arbres.

La ville assiégée, cette habitude s'était perdue, et le cimetière était resté vide les jours de fête comme en semaine, mais maintenant on la reprenait, et par les deux portes donnant sur la rue du Nord, la foule entrait à flots: nobles et bourgeois, grands et petits, tous avaient gardé le souvenir des tilleuls et des vastes ombrages du cimetière Saint-Pierre.

Entre les tertres verts et sur les larges dalles, les petits bourgeois formaient des groupes joyeux, maris et femmes, enfants et amis, et soupaient gaiement. L'apprenti, un peu à l'écart, se régalait avec le bon pain du dimanche, en attendant qu'on lui passât le panier aux provisions. Les enfants couraient, les mains pleines des reliefs du repas, pour les distribuer aux petits mendiants affamés qui se tenaient près du mur; des gamins curieux épelaient les longues épitaphes des pierres tandis que les pères les écoutaient dans l'admiration; les mères et les jeunes filles regardaient la mise des promeneurs, car, dans les larges allées, les gens de la noblesse se promenaient lentement. Ils venaient un peu plus tard que les autres, et soupaient chez eux ou chez les traiteurs des environs.

C'étaient des dames raides et de nobles demoiselles, de vieux magistrats et de jeunes officiers, des seigneurs imposants et des résidents étrangers. L'alerte vieillard, Hans Nansen, souriait et saluait de tous côtés en réglant ses pas sur ceux du vieux Villem Fiuren, célèbre par sa richesse, et en écoutant sa voix grêle. Puis venaient Corfits Trolle et le raide Otto Krag. Mme Ide Daa, qui avait de si beaux yeux, s'était arrêtée pour causer avec le vieil Axel Urup, à l'éternel sourire et aux grandes dents : Mme Sidsel Grubbe, toute voûtée, continuait de trottiner lentement avec sa sœur Rigitze et l'impatiente Marie.

Ulrik Frederik était là aussi. Il était accompagné de Niels Rosenkrands, le brave lieutenant-colonel aux manières françaises et aux gestes vifs.

Ils rencontrèrent Mme Rigitze et sa compagnie. Ulrik Frederik salua froidement et voulut continuer son chemin, car, depuis sa séparation d'avec Sophie Urne, il gardait rancune à Mme Rigitze qu'il soupçonnait, à cause de son amitié avec la reine, d'avoir trempé dans le complot.

Mais Rosenkrands s'arrêta, et Axel Urup les invita aimablement à souper avec eux dans le jardin de Johan Adolf. Il était difficile de refuser. Ils acceptèrent.

Peu après, la société se trouvait attablée, dans le pavillon du jardin, devant les plats rustiques que pouvait offrir le jardinier.

« Croyez-vous que ce soit vrai, demanda Mme Ide Daa, que les officiers suédois aient eu, dans leurs rapports avec les dames de Seeland, des manières si séduisantes qu'elles les auraient suivis en foule dans leur pays ?

— De toute façon, répondit Mme Sidsel Grubbe, cela est sûr pour cette effrontée de Mlle Dyre.

— De quelle branche des Dyre ? demanda Mme Rigitze.

— Les Dyre de Scanie, tu sais, ma chère sœur, ceux qui sont si blonds. Ils sont alliés avec les Powitz, tous. Celle qui a quitté le pays était la fille de Henning Dyre de Vester-Neergaard, celui qui avait épousé Sidonie, l'aînée d'Ove Powitz, et il paraît qu'elle a emporté de chez son père des sacs et des caisses pleins de draps, d'édredons, d'argenterie et aussi d'argent monnayé.

— Oui, dit Axel Urup, grand amour porte grand fardeau.

— Oui, c'est-à-dire... continua Oluf Daa, en étendant le bras gauche comme il le faisait toujours en parlant, l'amour, c'est-à-dire – il est, il est fort.

— L'a... mour, dit Rosenkrands en caressant délicatement sa moustache avec le dos de son petit doigt, l'a... mour est comme Her... cule en vêtements de femme : il est doux et charmant de manières, il paraît toute douceur et tendresse, mais cela ne l'empêche pas d'avoir en lui assez de force et de r... uses pour accomplir les douze épreuves herculéennes.

— Ah! interrompit Mme Ide Daa, l'amour de Mlle Dyre prouve déjà qu'il était capable d'accomplir une des épreuves, car il vida les coffres et les caisses aussi proprement qu'Hercule nettoya les écuries de... de Uria, ou comment s'appelait-il donc?

— Je trouve plutôt, dit Ulrik Frederik en s'adressant à Marie Grubbe, que l'amour, c'est comme si l'on s'était endormi dans un désert et qu'on se réveillât dans un beau jardin; car c'est la vertu de l'amour de transformer l'esprit des hommes : ce qui semblait triste et morne brille tout à coup devant les yeux comme la plus grande gaieté et la plus grande splendeur. Mais que pensez-vous de l'amour, belle mademoiselle Marie?...

— Moi, répondit Marie, je compare l'amour à un diamant : le diamant est noble et beau à voir, l'amour est beau et jette un vif éclat. Mais c'est un poison pour celui qui l'avale, ou une dangereuse folie, du moins à en juger par les faits et gestes des amoureux et par les discours qu'ils tiennent...

— Oui, murmura Ulrik Frederik galamment, l'araignée peut bien parler raison à la pauvre mouche étourdie par sa beauté.

— Tu as, ma foi, raison, Marie, commença Axel Urup – puis il s'arrêta pour lui adresser en souriant un signe de tête – oui, oui, c'est à croire que l'amour est une espèce de poison qui vous entre dans le sang. Comment expliquer autrement que des décoctions merveilleuses et des filtres

puissent inspirer aux personnes les plus froides la plus brûlante passion?

— Mais, s'écria Mme Sidsel, ne parlez donc pas de
choses d'une si horrible impiété – et surtout un dimanche!

— Ma chère Sidsel, répondit-il, pour moi il ne peut y
avoir de péché là-dedans. Vous estimez un péché d'en parler, colonel Gyldenlœve? Non, non; les Saintes Écritures
mêmes parlent de sorcières et de sortilèges. Parfaitement.
Ce que je voulais dire, c'est que toutes nos émotions ont
leur point de départ et leur cause dans le sang, car si nous
entrons en colère, est-ce que le sang ne nous monte pas à
la tête et ne nous inonde pas les yeux et les oreilles! Et si
l'on a une frayeur subite, le sang ne semble-t-il pas descendre dans les jambes et se refroidir? Est-ce pour rien
que le chagrin est pâle et exsangue, et la joie rouge comme
une rose? Toutes les émotions des hommes sont provo-
quées par un certain état et une certaine qualité du sang.
Et voyez pour l'amour. Il ne vient que lorsque, après seize
ou dix-sept ans d'alternatives de froid et de chaleur, le
sang a mûri dans les veines. Il se met alors à fermenter
comme le bon vin de raisin; car l'amour n'est autre chose
qu'une fermentation du sang. Le sang a d'ailleurs encore
une autre ressemblance avec le vin : comme le vin noble
et riche se met tous les ans à travailler et à écumer, quand
vient le printemps et que la vigne est en fleur, ainsi le
cœur des hommes, même des vieillards, est pendant
quelques brèves heures du printemps porté vers l'amour;
et cela provient de ce que le sang ne perd jamais le souvenir de l'époque de fermentation où il a passé au printemps
de la vie.

— Oui, le sang, opina Oluf Daa, c'est-à-dire le sang, c'est-à-dire... c'est une matière subtile.

— C'est vrai, affirma Mme Rigitze. Tout agit sur le sang, le soleil, la lune, le mauvais temps qui se prépare ; c'est sûr comme si c'était écrit dans un livre.

— Et les pensées d'une autre personne agissent aussi sur le sang, ajouta Mme Ida ; je le sais par ma sœur aînée. Nous couchions ensemble dans le même lit, et toutes les nuits, dès que ses yeux s'étaient fermés, elle commençait à gémir et à s'agiter comme pour se lever et s'en aller où on l'appelait, et cela venait de ce que son fiancé, qui était en Hollande, soupirait après elle et ne faisait que penser à elle nuit et jour, de sorte qu'elle n'avait jamais un moment de tranquillité et que sa santé s'en ressentait ; vous ne vous rappelez pas, ma chère Sidsel, combien elle était déprimée et souffrante jusqu'au jour où Jœrgen Bilde fut de retour ?

— Si je me le rappelle ! Je crois bien, la chère âme ! Mais alors elle refleurit comme un bouton de rose. Ah, mon Dieu, ses premières couches ! »

Et elle continua à raconter quelque chose à voix basse. Rosenkrands se tourna vers Axel Urup :

« Si vous croyez qu'un élixir d'amour est comme un ferment qui fait mousser le sang, cela me rappelle une aventure que feu seigneur Ulrik Christian m'a racontée un jour que nous nous promenions sur les remparts. C'était à Anvers, dans l'hôtellerie des Trois Brochets, où il logeait. Le matin, à la messe, il avait aperçu une belle, belle demoiselle — et elle l'avait regardé d'un œil très doux ; mais, dans la journée, il n'y avait plus pensé. Or, le soir, monté dans sa chambre, il trouva sur l'oreiller de son lit une rose.

Il la prit et la respira. Et, à l'instant, l'image de la belle fille se présenta à lui, aussi vivante que si elle avait été peinte sur le mur, et en même temps il s'éleva en lui un violent désir de la revoir, si violent qu'il en aurait crié comme sous une douleur physique. Il devint furieux. Il sortit de la maison et se mit à courir dans les rues en gémissant. Il était ensorcelé ; il ne savait ce qu'il faisait. Quelque chose le poussait : il brûlait comme le feu, et il courut ainsi jusqu'au matin. »

La conversation continua encore assez longtemps, et le soleil s'était couché avant qu'ils se fussent séparés : ils rentrèrent au crépuscule.

Ulrik Frederik était resté taciturne, se tenant un peu en dehors de la conversation générale, car il avait peur qu'on n'interprétât ce qu'il aurait dit de l'amour comme des souvenirs personnels de sa liaison avec Sophie Urne. Il n'était d'ailleurs pas disposé à causer, et, de nouveau seul avec Rosenkrands, il répondit si distraitement et si brièvement aux paroles de son compagnon que Rosenkrands, las de lui, le quitta bientôt.

Ulrik Frederik rentra chez lui. On avait mis à sa disposition des appartements au château de Rosenberg. Comme ses domestiques étaient sortis, il n'alluma pas, et resta assis dans l'obscurité du salon jusque vers minuit.

Il était dans un état d'âme bizarre, à la fois triste et plein de pressentiments, un de ces états légèrement somnolents où l'âme semble se laisser aller à la dérive au gré du courant ; des images, fugitives comme des écharpes de brouillard, glissent sur le fond sombre des arbres de la rive, et des demi-pensées surgissent paresseusement de la profondeur noire, comme de grosses bulles d'air, qui brillent un instant, glissent sur l'eau et se brisent. Il se rappelait la conversation, la foule bariolée du cimetière, Marie Grubbe, le sourire de Marie Grubbe, la reine, la faveur du roi, la colère du roi, les gestes de la main de Marie Grubbe, Sophie Urne, pâle et lointaine – encore plus pâle, plus lointaine – la rose sur l'oreiller, et la voix de Marie Grubbe, le son d'un mot, ses intonations, et il cherchait à l'entendre, et il l'entendait soudain qui remplissait le silence.

Il se leva et alla à la fenêtre, l'ouvrit et se pencha au-dehors, accoudé à l'appui. Comme il faisait frais, frais et calme !

Le parfum acidulé des roses rafraîchies par la rosée, la senteur amère du jeune feuillage, l'odeur de vin épicé des érables en fleurs lui arrivaient d'en bas. Une pluie fine comme une brume tombait du ciel, et tendait un voile bleuâtre et mouvant sur le jardin. Les branches noires des mélèzes, les branches flexibles des bouleaux, et les dômes de verdure des hêtres formaient des ombres esquissées à peine sur le fond des brouillards glissants, tandis que les cimes taillées des ifs montaient comme les colonnes d'un temple au toit effondré.

Le silence régnait comme au fond d'un tombeau ; seul, le bruit monotone des gouttes de pluie légères s'entendait, murmure presque imperceptible, toujours mourant et toujours renaissant, entre les troncs luisants d'humidité.

Quel étrange murmure et si mélancolique ! Ne pouvait-on pas le comparer aux légers coups d'ailes des vieux souvenirs qui s'élevaient en bandes dans le lointain ? Ou au bruit du vent qui remue les feuilles fanées des illusions perdues? Ah! qu'il était isolé, si seul, si abandonné! Parmi les milliers de cœurs qui battaient dans la nuit, pas un seul ne battait pour lui. Au-dessus de la terre il y avait un réseau de fils invisibles reliant les âmes, des fils plus forts que ceux de la vie, plus forts que la mort; mais aucun fil n'atteignait jusqu'à lui. N'entendait-on pas au loin un bruit de coupes et de baisers? Ne voyait-on pas briller de blanches épaules et des yeux noirs? La nuit n'emportait-elle pas des rires?

« Eh bien! plutôt l'amertume de la solitude que cette douceur écœurante et empoisonnée. Damnée sois-tu, vie amollissante, je secoue ta poussière de mes pensées, vie de chiens, vie d'aveugles, vie de malheureux! Pareille à une rose, Seigneur Dieu, protège-la dans la nuit noire! Ah! être sa garde, aplanir la route sous ses pas, l'abriter de tous les vents! Si belle! prêtant l'oreille comme un enfant... pareille à une rose!... »

VIII

Malgré son succès dans le monde, Marie Grubbe ne tarda pas à remarquer que tout en étant sortie de la salle de jeu des enfants, elle n'était pas complètement reçue dans le cercle des grandes personnes. Les jeunes filles comme elle étaient toujours, en dépit des compliments et des flatteries, maintenues à une place à part, à une place inférieure dans la société. On le leur faisait sentir par des centaines de petites choses, insignifiantes en elles-mêmes mais qui formaient un tout très ennuyeux. D'abord, les enfants avaient des familiarités très désagréables et se plaisaient en leur compagnie comme avec leurs pareils. Puis les domestiques : il y avait une différence bien réelle dans la façon dont un vieux serviteur recevait le manteau d'une dame ou d'une demoiselle, et une nuance dans le sourire serviable de la femme de chambre, selon que c'était une personne mariée ou non mariée qu'elle aidait à s'ajuster. Le ton de camaraderie que les jeunes gens se permettaient était fort déplaisant, et le peu d'impression que faisaient sur eux les regards offensés et les réponses glaciales était désespérant. Les très, très jeunes étaient encore supportables, car, même sans être amoureux, ils avaient pour vous les plus tendres empressements et disaient tout ce qu'ils pouvaient trouver de beau avec une courtoisie respectueuse qui vous remontait dans votre propre estime, mais les autres vous faisaient sentir qu'ils ne le faisaient qu'en manière d'exercice. Parmi les messieurs âgés, quelques-uns vous agaçaient de leurs compliments exagérés et de leur cour railleuse ; mais tout cela n'était rien comparé aux femmes, et surtout aux nouvelles mariées ; leur regard à la fois encourageant et distrait, l'inclinaison légère et condescendante de leur tête et leur sourire un peu narquois nuancé de pitié quand elles vous écoutaient, vous révoltaient. Il y avait aussi les rapports des jeunes personnes entre elles, qui ne leur faisaient pas beaucoup d'honneur ; aucune solidarité : si l'une pouvait humilier l'autre, elle ne s'en privait pas ; au fond, elles se considéraient mutuellement comme des enfants, et n'arrivaient pas, comme les jeunes femmes, à adopter dans leurs relations un ton courtois, ni à créer autour d'elles-mêmes, par tous les signes extérieurs du respect, une atmosphère de dignité.

Ce n'était pas, en effet, une situation bien enviable que celle de jeune fille ; aussi, lorsque Mme Rigitze laissa échapper quelques allusions à une alliance possible entre Marie et Ulrik Frederik, Marie, bien que nullement éprise d'Ulrik Frederik, reçut cette communication comme un message heureux qui lui ouvrait un vaste horizon de plaisirs. De plus, on faisait valoir ce qu'une pareille union aurait de glorieux, la situation que Marie occuperait dans le cercle intime de la Cour, la splendeur où elle vivrait, tous les honneurs accessibles à Ulrik Frederik, fils naturel du roi, et, mieux encore, favori reconnu ; elle-même, en son for intérieur, ajoutait combien il était beau et noble de manières et chevaleresque et amoureux. Elle finit par se persuader qu'elle ne méritait pas tant de bonheur. Et elle s'inquiétait à la pensée que ce n'étaient encore que de vagues projets, des propos en l'air, des espérances.

Mais Mme Rigitze ne faisait pas de rêves. Ulrik Frederik ne lui avait pas seulement confié ses pensées, il l'avait chargée de sonder le roi et la reine, qui avaient daigné l'écouter, et avaient donné leur consentement, le roi cependant après une courte hésitation.

Entre la reine et Mme Rigitze, son amie et sa confidente, cette alliance avait, depuis longtemps, déjà été débattue et décidée. Le roi, lui, se laissa convaincre d'abord par les raisons de la reine, puis aussi parce que Marie était un bon parti, et que le roi était parfois assez à court d'argent. Ulrik Frederik avait, il est vrai, le fief de Vordingborg, mais son besoin de luxe et de faste le plongeait souvent en mille difficultés, et le roi, à cause de leur parenté, était tenu de venir à son aide. La mère de Marie, Mme Marie Juul, étant morte, la jeune fille toucherait, dès son mariage, son héritage maternel ; son père, Erik Grubbe, de son côté, possédait à cette époque les domaines seigneuriaux de Tjele, Vinge, Gammelgaard, Bigum, Trinderup et Nœrbek, sans compter çà et là des fermes et des terres de moindre importance. Belles espérances de ce côté, et d'autant plus qu'il avait la réputation d'être un homme économe qui ne laissait rien perdre.

Tout était donc pour le mieux : Ulrik Frederik pouvait tranquillement faire sa cour à Marie ; et, huit jours après la Saint-Jean, ils furent solennellement fiancés.

Ulrik Frederik était très épris, mais non pas de la manière orageuse et inquiète dont il avait aimé Sophie Urne. Ce second amour, un amour rêveur, doucement ému, presque mélancolique, n'avait point l'ardeur de vivre ni les fortes couleurs de la santé.

Marie lui avait raconté l'histoire de son enfance peu gaie, et il aimait se figurer ses jeunes souffrances avec cette espèce de volupté apitoyée dont le jeune moine s'imagine la belle et blanche martyre entre les clous piquants des roues. À certains moments, il était assailli de sombres pressentiments : une mort prématurée ne l'enlèverait-elle pas d'entre ses bras aimants ? Alors il se jurait de choyer sa jeune femme, d'éloigner d'elle chaque souffle dangereux, de ne jamais, jamais lui causer de chagrin. Mais il y avait aussi des heures où il triomphait à l'idée que toute cette riche beauté, cette âme merveilleuse étaient en son pouvoir.

Quant à Marie, son amour, si tant est qu'elle aimât, était d'une espèce étrangement fière et arrogante. On aurait pu, à la rigueur, comparer son premier amour pour Ulrik Christian à un lac fouetté, harcelé, agité par la tempête, alors que son sentiment pour Ulrik Frederik ressemblait au même lac, le soir, à la tombée du vent, lorsqu'il s'étire, calme, lisse comme un miroir, froid et transparent, sans autre vie que celle des bulles d'écume qui éclatent entre les roseaux des rives. En un sens l'image serait juste : non seulement parce que la jeune fille était froide et tranquille vis-à-vis de lui, mais surtout parce que tout le fourmillement de rêves et de sensations que cette première passion avait fait naître pâlirent et s'évanouirent dans le calme plat et inerte de ce nouveau sentiment.

Elle aimait certes Ulrik Frederik. Mais n'était-ce pas plutôt parce qu'il tenait la baguette magique qui ouvrait pour elle les portes de la vie ? Parfois, cependant, lorsque au crépuscule, assise sur ses genoux, elle chantait, en s'accompagnant de la cithare, des airs français, *Daphnis et Amaryllis*, et de temps en temps s'arrêtait et laissait ses doigts errer distraitement sur les cordes de l'instrument, la tête appuyée à son épaule, elle avait des paroles si douces et si amoureuses que le véritable amour n'en a pas de plus douces ; et il y avait dans ses yeux de ces larmes câlines dont seule la tendre inquiétude de la tendresse embue le regard. Mais le souvenir d'anciennes sensations, son besoin d'aimer, et la douceur du crépuscule, et le sang de sa jeunesse et son chant ne la trompaient-ils pas elle-même ? Était-ce seulement la timidité virginale qui, à la lumière du jour, la rendait avare de paroles d'amour et impatiente sous les caresses ? Était-ce seulement la crainte de se montrer faible qui mettait de la raillerie dans ses yeux, du persiflage sur ses lèvres, quand il mendiait un baiser, ou, avec des serments d'amour, cherchait à lui arracher le mot que tous les amants brûlent d'entendre ? Et pourquoi souvent, seule et l'imagination lasse de s'être forgée les splendeurs de l'avenir, restait-elle longtemps, les yeux perdus, regardant devant elle avec une expression de désespoir et le sentiment d'une immense solitude ?

☆

Un peu après midi, un jour de la fin d'août, Ulrik Frede-rik et Marie chevauchaient comme ils le faisaient souvent sur la route qui longe le Sund. L'air était frais, après une forte ondée; le soleil brillait sur l'eau et des nuages d'orage d'un gros bleu se tassaient à l'horizon.

Suivis d'un valet en longue veste cramoisie, ils allaient bon train. Le chemin passait le long de jardins où les pommes vertes brillaient entre les feuilles sombres, devant des filets étendus où les gouttes de pluie tremblaient encore. Ils dépassèrent les cabanes de pêche du roi aux tuiles rouges. Ils plaisantaient et riaient, plaisantaient, riaient et galo-paient.

Arrivés au cabaret de Gyldenlund, ils quittèrent la route et entrèrent sous bois. Ils allaient au pas à travers les taillis, et descendirent vers la surface miroitante du lac d'Over-drup.

Les grands hêtres penchés miraient leur feuillage dans le lac clair; les herbes vertes des marais et les plumeaux d'eau rose pâle formaient une large bordure colorée là où la pente, brune sous l'amas des feuilles mortes, rencontrait l'eau. Dans l'air, sous l'abri des branches, partout où un rayon de lumière pénétrait la fraîche pénombre, les moustiques tour-naient en rondes silencieuses; un papillon rouge brilla un instant, puis s'envola vers le lac ensoleillé où des libellules bleues jetaient des éclairs d'acier, où les brochets en chasse faisaient courir sur la surface de l'eau des lignes rapides et onduleuses. D'une ferme, derrière le taillis, montait un caquetage de poules, et, de l'autre côté du lac, les ramiers roucoulaient sous le dôme des hêtres du parc aux cerfs.

Ils retenaient leurs chevaux et les laissaient lentement entrer dans l'eau pour se désaltérer. Marie s'était avancée un peu plus loin qu'Ulrik Frederik; ses rênes plus lâches permettaient à sa jument de pencher librement la tête; elle tenait à la main un long rameau de hêtre dont elle arrachait une à une les feuilles qui tombaient dans l'eau maintenant clapotante.

« Je crois que nous aurons un orage, dit-elle en suivant attentivement un souffle léger qui promenait à la surface du lac des frissons noirs.

— Rentrons, proposa Ulrik Frederik.

— Pas pour de l'or! » répondit-elle.

Et elle tourna brusquement sa jument vers la rive.

Ils contournèrent le lac au pas, jusqu'à la route, puis ils s'engagèrent sous la futaie.

« Je voudrais savoir, dit Marie, lorsque de nouveau elle sentit l'humidité forestière à sa joue et qu'elle en eût, longtemps, à longs traits, aspiré la fraîcheur, — je voudrais savoir… »

Elle ne continua pas, mais ses yeux étincelants se levèrent vers les feuilles vertes.

« Que voudrais-tu savoir, mon petit cœur?

— Si l'air de la forêt ne rend pas fous les gens sensés. Ah! que de fois j'ai couru, dans la forêt de Lindum, de plus en plus loin, vers le plus épais et le plus touffu du bois. J'étais comme folle de joie, et je chantais à gorge déployée, et j'allais, j'allais, j'arrachais des fleurs, je les jetais et j'appelais les oiseaux qui s'envolaient, et tout d'un coup, une étrange terreur me prenait. Je me sentais soudain toute désemparée et angoissée, et, à chaque branche qui craquait, je sursautais ; et ma propre voix me faisait plus peur que tout le reste. Cela ne t'est jamais arrivé ?... »

Sans attendre la réponse d'Ulrik Frederik, elle se mit à chanter de toute la force de ses poumons :

Je me promène joyeuse dans la forêt, où poussent l'orme et le pommier. J'orne de deux roses mon soulier de satin. Pour une danse, pour une danse, tra de ri de ra. Pour les baies rouges, rouges de l'églantier.

Et riant, chantant, elle cinglait de la cravache son cheval, et prenait le galop suivant un étroit sentier où les branches la fouettaient au passage ; et ses yeux brillaient et ses joues brûlaient. Elle n'entendait pas les appels d'Ulrik Frederik ; sa cravache fouettait la bête, et en avant, les rênes lâches ! L'écume collait en gros flocons à sa jupe flottante ; la terre légère de la forêt tourbillonnait autour du cheval, et Marie riait et battait de la cravache les hautes fougères.

Soudain, la lumière sembla s'envoler des feuilles et des branches, fuyant devant l'obscurité opaque d'une averse. Les buissons cessèrent en même temps de bruire ; on n'entendit plus les coups des sabots : Marie se trouva dans une longue clairière. Des deux côtés, les arbres de la forêt comme un sombre rempart ; au-dessus d'elle, un ciel noir menaçant avec des nuages gris, qui s'effilochaient et se chassaient ; en face, la surface, d'un bleu-noir sinistre, du Sund, limitée par les brumes. Marie tira les rênes, et la bête essoufflée s'arrêta. Ulrik Frederik fit une grande courbe, la dépassa, tourna bride et vint se ranger près d'elle.

Au même moment, une averse, fouettant le Sund de biais, traîna comme un lourd rideau gris et mouillé ; un vent glacial et humide passa sur l'herbe agitée, leur siffla aux oreilles et fit bruire comme des vagues les cimes des arbres. De gros grêlons aplatis ruisselèrent autour d'eux en lanières blanches, se posèrent en rangs de perles dans les plis de la robe, ricochèrent contre le cou des chevaux, bondirent et roulèrent dans l'herbe comme jaillissant de la terre.

Pour s'abriter, ils entrèrent sous les arbres, s'acheminant vers le bord de la mer, et s'arrêtèrent bientôt devant les portes basses d'un estaminet.

Un valet vint prendre les chevaux, et le cabaretier, tête nue, les introduisit dans la salle où, disait-il, il y avait déjà un hôte.

C'était le pauvre Daniel. Il se leva immédiatement, s'offrant, avec un salut respectueux, à laisser la salle à sa Seigneurie, mais Ulrik Frederik l'invita gracieusement à rester.

« Ne vous en allez pas, mon brave homme, dit-il. Vous allez, au contraire, nous égayer un peu par ce temps détestable. Car sache bien, mon petit cœur, – il se tourna vers Marie – que cette espèce de nain qui ne paye point de mine, est le célèbre comédien Daniel Knopf, le Hans Wurst des cabarets, expert dans tous les nobles arts des jeux de hasard, de l'escrime, des beuveries, des folies de carnaval et autres choses de ce genre ; du reste, honnête et respectable commerçant dans notre bonne ville de Copen-hague. »

Daniel n'écoutait que d'une oreille distraite cette présen-tation, tant il était occupé à regarder Marie Grubbe et à préparer quelques formules de félicitations polies et bien tournées. Mais lorsque Ulrik Frederik, d'un coup brusque dans son large dos, le tira de ses pensées, son visage s'in-cendia de colère et d'humiliation, et il se tourna, furieux, vers lui ; mais il se contint, et de son sourire le plus froid, il répondit :

« Nous ne sommes pas assez ivres, mon colonel. »

Ulrik Frederik éclata de rire et le poussa du coude en criant :

« Ah ! satané coquin ! Voilà que ce diable, d'homme veut me faire paraître un misérable hâbleur sans preuves pour appuyer ses paroles de vantard. Que diable est-ce là ? N'ai-je pas des centaines de fois fait l'éloge de ton habileté d'ar-tiste devant cette noble demoiselle qui, à plusieurs reprises, a exprimé son désir impatient de contempler et d'écouter ton art prestigieux ? Vous pourriez bien nous jouer l'oise-leur aveugle Cornelis et ses oiseaux, ou cette plaisanterie du coq malade et des poules qui gloussent. »

Marie prit alors la parole, affirmant que le colonel Gyl-denlœve disait la vérité : souvent elle avait désiré connaître le passe-temps capable de retenir les jeunes gens dans de sordides bouges pendant deux journées et des nuits entiè-res, et elle supplia Daniel de vouloir bien satisfaire sa curiosité.

Daniel s'inclina avec courtoisie. Bien que ses petites plai-santeries fussent plutôt de nature à exciter le tapage de jeunes gens à moitié gris qu'à divertir une belle et noble demoiselle, il commencerait immédiatement, car il ne voulait pas qu'on pût dire que son Honneur lui eût jamais rien commandé que son serviteur Daniel n'eût aussitôt exécuté.

« Attention! cria-t-il soudain d'une tout autre voix, en se jetant sur une chaise près de la table, les coudes écartés ; je suis maintenant toute la société des nobles connaissances et très chers amis de votre fiancé. »

Il sortit d'une poche une poignée de monnaie qu'il jeta sur la table, ramena ses cheveux sur ses yeux et laissa pendre sa lèvre intérieure.

« Que le diable m'emporte! hurla-t-il en lançant les pièces d'argent comme des dés. Je ne suis pas pour rien le fils aîné du noble seigneur Erik Kaase. Comment? toi, mangeur de charogne, tu veux mettre en doute ma parole ? C'est le dix que j'ai eu, le dix. As-tu des yeux pour voir, manant ? Tu le vois ? Ou veux-tu que je t'ouvre la gueule avec l'épée pour que tes poumons et ton foie voient aussi ? Imbécile! »

Il sauta sur ses pieds et se fit une figure très longue :

« Tu menaces? siffla-t-il avec l'accent scanien. Sais-tu qui tu menaces ? Que Satan m'enlève, si je ne t'assomme pas !... Non, non, reprit-il, avec sa vraie voix, c'est une plaisanterie trop forte, je crois, pour commencer. Non, mais voici... Il se rassit, posa les mains à plat sur l'extrémité de ses genoux, comme gêné par un ventre bedonnant, se gonfla et se mit à siffler avec une lenteur réfléchie et traînante la chanson de Roselil et du seigneur Peder. Puis il s'arrêta, roula des yeux amoureux et appela d'une voix câline.

« Perruche, ma mignonne petite perruche ! »

Puis il reprit son air sifflé tout en s'efforçant d'ébaucher en même temps un sourire flatteur.

« Petite poupée de sucre ! cria-t-il, petit chou ! viens ici. Petit rat, viens près de moi ! viens laper un peu de vin, petit chat, lape un peu de vin doux, doux, dans la petite cruche ? »

Puis, de nouveau, il changea de voix, se pencha en avant, cligna d'un œil et se mit à peigner avec des doigts recourbés une barbe imaginaire.

« Reste ici près de moi, reprit-il, reste ici, belle Karen, je ne te quitterai jamais, et tu ne me quitteras pas non plus – sa voix se fit pleurnichante – nous ne nous quitterons jamais, mon cher, cher cœur, jamais, jamais. Les biens et l'or et les honneurs et la noblesse et le sang de la famille, qu'est-ce que tout cela ? De la lie et moins que la lie. Les nobles demoiselles et dames... toi, tu es au-dessus d'elles de cent hauteurs de cieux, toi, ma beauté. Parce qu'elles ont des armoiries et des quartiers de noblesse, seraient-elles plus belles ? Toi aussi, tu as des armoiries, c'est la marque rouge sur ta blanche épaule, la marque que maître Anders y a brûlée avec son fer rouge. Cela vaut bien des écussons ! fi !... Mon bouclier pour baiser cette marque !... Y a-t-il dans tous le pays de Seeland une femme noble aussi belle que toi ? Y en a-t-il une ? Non, il n'y en a pas, pas trace d'une seule ! C'est-à-dire... c'est-à-dire que c'est un mensonge, cria-t-il soudain d'une voix changée, en se levant d'un bond et en gesticulant ; ma femme, Mme Ide, tu sais, fanfaron, elle a une taille elle... elle a des membres, des membres... »

À ces mots, Daniel voulut se laisser retomber sur sa chaise, mais comme Ulrik Frederik la lui retira, il roula par terre. Ulrik Frederik rit comme un fou, Marie se leva rapidement et lui tendit les deux mains comme pour l'aider à se relever. Le petit homme, moitié étendu, moitié agenouillé, saisit une main et attacha sur elle un regard si reconnaissant et si dévoué qu'elle ne devait pas l'oublier de longtemps.

Puis les fiancés remontèrent à cheval, et ni l'un ni l'autre ils ne s'imaginèrent que cette rencontre fortuite au cabaret Stataf aurait un lendemain.

IX

L'assemblée nationale qui, dès la fin de l'automne, se réunit à Copenhague, amena un grand nombre de nobles du pays, tous jaloux de sauvegarder leurs droits et privilèges et en même temps désireux de se distraire après le temps rude de l'été. Ils n'étaient pas fâchés non plus d'éblouir par leur luxe et leur richesse cette population de Copenhague qui, depuis la guerre, s'était mise à parler un peu trop haut, et de lui montrer qu'en dépit des privilèges royaux, en dépit des exploits bourgeois et de la gloire, et de la victoire, et des ducats multipliés dans les caisses des marchands, la barrière entre les gentilshommes du pays et la foule non affranchie demeurait ferme et inébranlable.

Les rues fourmillaient de seigneurs et de dames richement vêtues, de laquais chamarrés et de chevaux de la noblesse aux harnais ornés d'argent et aux housses bariolées. Et il y avait dans toutes les maisons nobles des banquets et des fêtes qui se prolongeaient très tard dans la nuit. Les violons s'entendaient par toute la ville, avertissant les bourgeois assoupis que le sang le plus pur du pays s'échauffait sur des parquets dans des danses cérémonieuses, ou devant du vin dont la mousse débordait des coupes anciennes et familiales.

Marie Grubbe, elle, ne fut invitée par personne, d'abord parce qu'on disait qu'une branche des Grubbe, à cause de leurs alliances avec la maison régnante, était plutôt du parti du roi que de celui des États; puis la bonne vieille noblesse haïssait sincèrement la jeune noblesse supérieure formée par les enfants naturels des rois et par leurs proches et devenue assez nombreuse depuis quelques dizaines d'année. On négligea donc Marie, et la Cour qui, pendant toute la durée de l'assemblée, menait une vie retirée, ne lui offrit aucune compensation.

Au début, cet état de choses lui parut un peu dur, mais, à la longue, il excita son dépit et la poussa davantage du côté d'Ulrik Frederik. Sa tendresse s'accrut pour lui, car il lui semblait qu'il était la cause du tort qu'on lui faisait à elle: si bien que, le 16 décembre 1650, quand ils furent mariés sans grande pompe, ce fut sous les meilleurs auspices. Ulrik Frederik avait reçu le titre de grand veneur du royaume, lors des faveurs distribuées par la maison royale victorieuse. Le mariage fut très simple, contrairement à ce qui avait été projeté. Depuis longtemps il avait été entendu que le roi ferait célébrer leur mariage au château comme Christian IV avait fait pour Mme Rigitze et Hans Ulrik. Mais, au dernier moment, on eut des hésitations et des scrupules à cause du divorce d'Ulrik Frederik.

Les voilà donc mariés, établis en ménage; et le temps passe, le temps court et tout va bien, et le temps court moins vite, le temps se traîne, car c'est toujours la vieille chanson : lorsque Léandre et Léonore ont vécu ensemble pendant six mois, l'amour de Léandre manque parfois de souffle ; mais Léonore l'aime en général plus profondément et plus ardemment qu'aux jours des fiançailles. Elle est pareille aux petits enfants qui trouvent toujours un charme nouveau dans la vieille aventure qu'on leur raconte avec les mêmes termes, et les mêmes surprises, et le même refrain. Léandre est plus exigeant : il se lasse dès que ses sentiments ne font pas de lui un homme nouveau. Dès qu'il n'est plus sous l'influence de l'ivresse, le voilà plus que dégrisé. La belle et pétulante arrogance de l'ivresse, qui lui avait donné l'assurance et l'orgueil d'un demi-dieu, l'abandonne ; il s'inquiète, il réfléchit et il doute. Il jette des regards en arrière sur le cours agité de sa passion, pousse des soupirs et bâille. Et il éprouve de la nostalgie ; il se sent comme un homme rentré chez lui après un long voyage à l'étranger, et qui revoit les endroits si bien connus, si longtemps oubliés. Tout en les contemplant, il s'étonne d'une façon irréfléchie d'avoir été réellement, pendant si longtemps, absent de cette partie du monde si familière.

C'est dans cet état d'esprit que se trouvait Ulrik Frederik par un jour pluvieux de septembre.

Il avait appelé ses chiens et avait joué avec eux ; il avait essayé de lire et de faire une partie de dés avec Marie. La pluie tombait à verse, ce n'était pas un temps pour sortir. Il avait fini par se réfugier dans ce qu'il appelait son musée d'armes, se proposant de fourbir et de passer en revue ses trésors. Et il s'était tout à coup rappelé une caisse d'armes qui lui était échue en héritage après la mort d'Ulrik

Christian. On l'avait, sur son ordre, descendue du grenier, et il s'amusait maintenant à examiner son contenu pièce par pièce.

C'étaient des épées de luxe, aux lames bleues, oxydées, avec des incrustations d'or, ou polies, d'un éclat argenté avec des gravures mates. C'étaient des coutelas de chasse aux lames lourdes d'un seul tranchant, aux lames longues, onduleuses comme une flamme, aux lames triangulaires, pointues comme des aiguilles. C'étaient des lames de Tolède, beaucoup de lames de Tolède, légères comme des joncs et souples comme des branches d'osier, aux poignées d'argent et de jaspe ou d'or et d'escarboucles. Il y en avait une dont la poignée n'était qu'en simple acier gravé, où passait un anneau de ruban brodé de roses en perles de verre et en soie verte : bracelet, ou peut-être, jarretière, croyait Ulrik Frederik.

Cela vient d'Espagne, se disait Ulrik Frederik, car le défunt y avait passé neuf ans et avait servi dans l'armée. Hélas, lui aussi, il aurait dû servir à l'étranger sous le commandement du roi Charles-Gustave, mais la guerre avec la Suède était intervenue ; désormais il était peu probable qu'il eût jamais l'occasion de courir le monde, et il avait pourtant à peine vingt-trois ans. Vivre toujours dans une petite Cour où l'on s'ennuyait, où l'on s'ennuyait deux fois plus maintenant que toute la noblesse restait chez elle ! Chasser un peu, surveiller un peu son fief ; un jour, plus tard, par la grâce du roi, être nommé conseiller intime et chevalier, faire bonne mine au prince Christian, et, de temps en temps, être chargé d'une ambassade ennuyeuse pour la Hollande ; vieillir, avoir des rhumatismes, mourir et être enterré à l'église de Notre-Dame, telle était donc la carrière brillante qui l'attendait. En ce moment, on faisait la guerre en Espagne, il y avait de la gloire à gagner, de la vie à vivre, cette lame et ce nœud de ruban en venaient. Non, il fallait parler au roi : mais il pleuvait encore et c'était loin, Frederiksborg ; tant pis ! Il ne pouvait attendre : il lui fallait une décision…

Le roi approuva. Contre son habitude, il acquiesça immédiatement, à la grande stupéfaction d'Ulrik Frederik qui, tout le long de la route, s'était représenté ce qui rendait sa demande inopportune, inacceptable, impossible. Mais le roi disait : oui ; il pourrait partir pour Noël. À ce moment les démarches préliminaires seraient faites, et la réponse du roi d'Espagne serait arrivée.

La réponse parvint, en effet, dès le début de décembre, mais Ulrik Frederik ne fut prêt à partir qu'en avril. Il avait tant de choses à faire avant, de l'argent à trouver, des hommes à équiper, des lettres à écrire. Enfin il partit.

Marie Grubbe était médiocrement contente de ce voyage. Mme Rigitze avait beau lui expliquer qu'il était nécessaire qu'Ulrik Frederik allât ailleurs chercher honneur et gloire pour donner au roi l'occasion de le distinguer ; car, tout en possédant le pouvoir absolu, Sa Majesté n'en était pas moins sensible au qu'en dira-t-on ; et la noblesse, Marie le savait, était si mal intentionnée et si désobligeante qu'elle interprétait toujours mal ce que faisait le roi. Les femmes ont toutes l'appréhension des adieux, et, dans le cas présent, il y avait beaucoup à craindre. Sans compter les hasards de la guerre et du long voyage périlleux où, d'ailleurs, un fils de roi serait très bien soigné et moins exposé, il était à redouter que leur vie de ménage, si heureusement commencée, interrompue par une séparation de plus d'un an, ne reprît jamais comme au début. Leur amour était si neuf, si peu enraciné. À peine se développait-il qu'on le mettait à la merci de bien des dangers. Ne risquait-on pas de le ruiner ? Son court mariage lui avait déjà appris que la vie où mari et femme suivent chacun leur chemin ne saurait être qu'une existence morne, un temps gris sans éclaircies. Et, malheureusement, ce départ d'Ulrik Frederik les y acheminait.

Et elle était aussi très jalouse de toute cette canaille féminine, catholique et légère, qu'il y avait là-bas, au pays d'Espagne.

Frederik III, qui comme tant d'autres princes et seigneurs de l'époque, cultivait ardemment l'art de l'alchimie, avait confié à Ulrik Frederik la mission d'aller consulter à Amsterdam le fameux alchimiste italien Burrhi : il s'agissait de savoir si Burrhi ne voudrait pas venir en Danemark ; on lui laisserait entendre que le roi lui-même ainsi que l'opulent Christian Skeel de Sostrup sauraient faire en sorte que le dérangement en valût la peine.

Lorsque Ulrik Frederik, au mois de juin 1662, atteignit Amsterdam, il se fit conduire auprès de Burrhi par Ole Borch qui faisait ses études en Hollande et connaissait l'alchimiste. Celui-ci, qui avait dépassé la cinquantaine, était un homme un peu au-dessous de la moyenne avec des dispositions à l'embonpoint, l'allure et la démarche aisées, un peu jaune de teint ; il avait des cheveux noirs, une petite moustache étroite, les joues rondes, le menton grassouillet, le nez aquilin, un peu gros, et de petits yeux clignotants entourés d'une infinité de grandes et petites rides qui partaient en forme d'éventail du coin de l'œil et lui donnaient un air à la fois rusé et débonnaire.

Son costume se composait d'une redingote de velours noir à grands parements, aux boutons d'argent couverts de crêpe, d'une culotte noire, de bas de soie noirs et de souliers à grands nœuds de ruban noirs. Il semblait aimer la dentelle, car il en portait à la poitrine, aux bouts de sa cravate; autour de ses poignets, au bas de ses culottes de riches garnitures de dentelles s'étoffaient en plissés amples. Ses mains étaient blanches, potelées, petites, et si surchargées de bagues d'or extraordinairement lourdes qu'il ne pouvait pas joindre les doigts. De grosses bagues à diamants brillaient jusque sur son pouce. Dès qu'il s'asseyait, il enfouissait ses mains dans un grand manchon de fourrure, car, en dépit de l'été, il avait toujours froid aux mains, disait-il.

La pièce où il introduisit Ulrik Frederik était vaste et spacieuse avec un plafond voûté et des fenêtres ogivales étroites percées très haut dans le mur. Une grande table ronde en marquait le milieu, entourée de chaises en bois dont les sièges disparaissaient sous des coussins moelleux couverts de soie rouge, ornés aux quatre coins de longs glands lourds. Une grande plaque d'argent niellé sertie sur cette table représentait les douze signes du zodiac, les planètes et les principales constellations. Un chapelet d'œufs d'autruche descendait de la clef de voûte en rosace du plafond. Le plancher était peint en carrés rouges et gris; devant la porte de vieux fers à cheval triangulaires étaient encastrés dans le bois du parquet. Un grand arbre de corail était placé sous l'une des fenêtres, et sous l'autre une commode de bois sombre sculpté, avec des appliques de cuivre. Dans un coin, une figure de cire représentant un nègre de grandeur naturelle; le long des murs s'alignaient des blocs d'étain et de minerai de cuivre. Le nègre tenait à la main une feuille de palmier séchée.

Après avoir pris place et échangé les premiers compliments d'usage, Ulrik Frederik demanda à Burrhi – ils parlaient en français – s'il ne voulait pas apporter le concours de sa sagesse et de son expérience aux chercheurs du Danemark.

Burrhi secoua la tête.

« Je n'ignore pas, dit-il, que le grand œuvre a de puissants et nobles amis en Danemark; j'y ai instruit nombre de grands seigneurs, princes et prélats, et si je n'y ai pas toujours été récompensé par l'ingratitude et l'indélicatesse, j'y ai du moins rencontré tant d'étroitesse et d'incompréhension que je n'entreprendrai plus guère de me faire le maître d'écoliers aussi nobles. Je ne sais pas selon quelle règle ou quelle méthode Sa Majesté le roi de Danemark travaille; ainsi mes paroles ne peuvent donc nullement s'appliquer à lui, mais entre nous, j'affirme que j'ai eu à faire à des seigneurs de la plus haute noblesse du pays, voire à des princes si ignorants de l'*Historia naturalis* et de la *Materia magica* que le plus simple charlatan ne saurait être plus grossièrement superstitieux. Ils partagent même cette croyance honteuse et répandue selon laquelle faire de l'or équivaut à préparer un philtre ou une pilule médicale : pour peu que l'on possède la bonne recette, il n'y a qu'à faire son mélange, à le mettre sur le feu, à prononcer une formule, et l'or surgit. Des aigrefins, et des personnes ignorantes ont répandu ces billevesées, le diable les emporte! Ces gens-là ne comprennent donc pas que s'il en était ainsi, le monde nagerait dans l'or. Certes, de bons auteurs le supposent, et sans doute avec raison, la nature a voulu que seule une certaine partie de la matière pût se purifier et se muer en or, mais nous n'en serions pas moins inondés. Non, l'art de l'alchimie est un art difficile et coûteux. Il faut avoir la main heureuse, il faut travailler sous l'influence de certaines constellations et de certaines conjonctures pour que l'or apparaisse. Et la matière n'est pas tous les ans aussi riche en or, non, non. Songez donc, ce n'est pas une simple distillation ou sublimation, mais une transformation de la nature qu'il faut. Oui, j'ose dire qu'un frisson ébranle les tabernacles des esprits de la nature chaque fois qu'une parcelle d'or pur et brillant est arrachée à l'étreinte millénaire de la vile matière!

— Mais, objecta Ulrik Frederik, excusez une question : cette magie ne met-elle pas l'âme en péril?

— Non, non, répondit vivement Burrhi. Comment pouvez-vous croire une pareille chose? Quel alchimiste fut plus grand que Salomon dont les sceaux, le grand comme le petit, nous ont été miraculeusement conservés jusqu'au jour d'aujourd'hui? Qui donna à Moïse le don de sortilège? N'était-ce pas Zabaoth, l'Esprit de la Tempête, le Redoutable? – Burrhi porta la pierre d'une de ses bagues à ses lèvres. – Certes, reprit-il, nous possédons de grands noms et des incantations des puissances des ténèbres, oui, de terribles signes secrets; employés pour le mal comme le font de nombreux sorciers, médecins et devineresses, ils plongent immédiatement l'âme de celui qui s'en sert dans les chaînes de l'enfer. Mais nous ne les prononçons que pour délivrer la sainte matière essentielle de la souillure et de la contamination de la poussière et des cendres terrestres – tel est l'or ; l'or est la matière originelle qui a donné naissance à la lumière avant que le soleil et la lune fussent placés dans la voûte céleste. »

Ils demeurèrent ainsi longuement à causer du grand œuvre et des sciences occultes. Enfin Ulrik Frederik demanda à Burrhi s'il avait pu tirer son horoscope à l'aide du petit billet qu'il lui avait fait parvenir quelques jours auparavant par l'intermédiaire d'Ole Bosch.

« Dans les grandes lignes, répondit Burrhi, je pourrai peut-être vous dire quelle est votre destinée ; mais quand la nativité n'est pas faite à l'heure même de la naissance de l'enfant, les petits signes manquent et le résultat est peu sûr. Je sais cependant quelque chose. Oui, oui, continua-t-il en se passant la main sur les yeux, si vous aviez été de naissance bourgeoise et si vous aviez occupé l'humble situation de médecin, je n'aurais eu que d'heureuses choses à vous dire ; mais maintenant la vie ne vous sera pas aussi facile. Il faut à maints égards le regretter, mais le monde est ainsi fait que le fils d'un artisan doit être artisan, le fils d'un marchand, marchand, le fils d'un paysan, paysan, et ainsi de suite ; or, beaucoup, pour leur malheur, n'embrassent pas la carrière que leur indiquent leur naissance, la situation des astres. Si quelqu'un qui est né sous le signe du Bélier se voue au métier militaire, il n'y aura aucun succès ; il n'y récoltera que blessures, peu d'avancement et mort prématurée ; si au contraire il avait voulu travailler de ses mains comme forgeron d'art ou sculpteur de pierres, tout lui eût réussi. Celui qui est né sous le signe du Poisson, à la première phase, doit cultiver la terre ou, s'il est riche, acquérir beaucoup de domaines ; né à la dernière phase, il doit chercher fortune sur mer, que ce soit comme simple capitaine de cabotage ou comme amiral. Le signe du Taureau à sa première phase favorise les gens de guerre, à sa dernière, les avocats ; les Jumeaux qui présidèrent à votre naissance favorisent, je vous l'ai dit, à leur première phase, les médecins, à la seconde les marchands. — Mais faites-moi voir votre main. »

Ulrik Frederik tendit la main ; Burrhi alla au triangle des fers à cheval ; il frotta ses souliers sur les fers comme un danseur de corde frotte ses semelles sur la planche résineuse avant de se risquer sur la corde. Puis il regarda la main d'Ulrik Frederik.

« Oui, dit-il, la ligne d'honneur est entière et longue ; je vois, elle va même aussi loin qu'elle peut sans atteindre à une couronne royale. La ligne de chance est faible pendant quelque temps, mais se dégage de plus en plus. Voilà la ligne de vie ; elle ne se présente malheureusement pas bien ; il faut bien être sur vos gardes jusqu'à l'âge de vingt-sept ans ; jusqu'à ce moment votre vie est fortement et secrètement menacée ; mais au-delà la ligne apparaît forte et même jusqu'à l'extrême grande vieillesse. Elle ne se ramifie qu'une fois – pourtant j'aperçois encore là une petite branche – oui, vous aurez des héritiers de deux lits, c'est sûr, mais peu de chacun. »

Il laissa tomber la main.

« Écoutez bien, reprit-il gravement, vous courez un péril, mais je ne puis voir d'où il vient, car ce n'est point un danger de guerre; au cas où ce serait une chute ou un accident de voyage, prenez ces trois malachites triangulaires qui sont d'une espèce particulière. Voyez, ici dans cette bague j'en porte moi-même; elles protègent bien contre une chute de cheval ou de voiture ou toute autre chute. Prenez-les, portez-les sur la poitrine à même la peau ou, si vous les faites enchâsser dans un anneau, faites enlever l'or en dessous pour qu'elles soient en contact avec votre peau, condition nécessaire pour qu'elles agissent. Puis voici un jaspe; regardez bien et vous verrez dans la pierre comme un arbre; cette pierre est extrêmement rare et précieuse, elle préserve contre les traîtrises des armes blanches et les poisons liquides. Je vous en prie encore une fois, mon jeune et noble seigneur, gardez-vous bien, et surtout des femmes. Je n'en suis pas sûr, mais certains signes semblent indiquer que le péril brille dans la main d'une femme. Je vous le répète, je ne sais rien de certain; gardez-vous également des mauvais amis et des serviteurs déloyaux, de l'eau froide et des longues nuits. »

Ulrik Frederik accepta ces cadeaux avec plaisir, mais n'oublia pas le lendemain d'envoyer à l'alchimiste un collier de prix en remerciement de ses bons conseils et de ses amulettes.

Puis son voyage se poursuivit sans arrêt jusqu'en Espagne.

X

Quel silence et quel calme dans la maison ce jour de printemps, lorsque les coups de sabots des chevaux se furent tus dans le lointain ! Toutes les portes restaient encore ouvertes après la hâte du départ ; la table était encore mise où Ulrik Frederik avait mangé ; sa serviette froissée était jetée sur son couvert, et les traces humides de ses grosses bottes salissaient le parquet.

Là-bas, devant la grande glace à trumeaux, il l'avait pressée sur son cœur en lui prodiguant de tendres baisers, et il avait essayé de la consoler en lui jurant un rapide retour.

Comme involontairement, elle s'approcha de la glace pour y retrouver encore l'image de celui qui, l'instant avant, l'avait enfermée dans ses bras ; sa propre apparition, éplorée et désolée, sa figure pâle et tirée ne rencontrèrent derrière la surface polie et lisse du miroir que son regard anxieux.

En bas, on ferma la grande porte cochère. Les serviteurs vinrent débarrasser la table. Néron, Passando, Rumeur et

Delphine, les chiens préférés du maître, qu'on avait tenus à la chaîne, couraient partout en hurlant lamentablement et en flairant ses traces. Elle voulait les appeler, mais sa voix fut étouffée par les larmes. Passando, le grand lévrier rouge, le chasseur de renards, vint près d'elle ; elle s'agenouilla près de lui et le caressa, mais il ne faisait que remuer distraitement la queue en la regardant de ses grands yeux, et il hurlait, il hurlait.

Ces premiers jours, comme tout était vide et triste ! Comme le temps s'écoulait avec lenteur ! Comme la solitude l'étreignait, et comme les regrets parfois se faisaient aigus, cuisants ! Du sel sur une plaie ouverte...

Ce fut ainsi pendant les premiers jours ; mais tout se répétait, le vide et le noir, les regrets et le chagrin, jour par jour ; c'était comme une neige dont les flocons se suivaient sans cesse ; et une espèce d'hébétude et de torpeur descendit sur elle, et cette insensibilité l'installa posément à l'abri du chagrin.

Soudain, tout changea.

Les nerfs tendus dans l'irritation la plus lancinante, les veines bourdonnantes, son imagination fut remplie, comme l'air du désert, d'images colorées et de séduisants mirages.

Ces jours-là, elle se sentait pareille à une captive qui voit désespérément s'écouler les printemps, et sa jeunesse finir stérile, sans fleurs, sa jeunesse terne et vide, une série d'évanouissements...

Il lui semblait que chaque heure aussitôt sonnée tombait à ses pieds, s'émiettait en poussière ; et alors, dans un brûlant désir de vivre, elle se tordait les mains et criait.

Elle se montra rarement à la Cour ou chez ses parents, car l'étiquette exigeait qu'elle gardât la maison, et comme elle était peu encline à attirer chez elle les visites, celles-ci cessèrent vite, et elle se trouva réduite à sa propre société.

Une langueur indolente résulta bientôt de cette vie solitaire de rêveries tristes et d'isolement ; et des journées entières elle resta au lit, se complaisant dans un état de demi-assoupissement qui faisait naître des songes bizarres, plus nets d'ailleurs que les visions embrumées du sommeil, si réels même qu'ils compensaient la vie qu'elle ne vivait pas.

Tous les jours son état d'irritabilité s'accroissait et le moindre bruit la faisait souffrir ; et les lubies les plus étranges et les désirs les plus soudains la faisaient presque douter de sa raison. Il n'y avait sans doute que l'épaisseur d'un cheveu entre la folie et cette envie qui la prenait de faire tel ou tel acte désespéré, seulement pour le plaisir de le faire, sans en avoir la moindre raison, sans en avoir même un sérieux désir.

Ainsi parfois lui arrivait-il, quand elle s'accoudait à l'appui d'une fenêtre ouverte et regardait la cour pavée profondément au-dessous d'elle, de se sentir comme poussée à se jeter en bas. Mais immédiatement son imagination faisait le saut, et elle éprouvait le frisson glacé d'une chute dans le vide, et elle courait se réfugier au fond de la pièce, tremblante d'angoisse, avec la vision tellement précise de son corps étendu sanglant sur les dalles de pierre, que, pour la chasser, il lui fallait retourner à la fenêtre et regarder.

Moins dangereuse, et d'une nature un peu différente était l'envie qui lui prenait parfois, en suivant anxieusement le lacis des veines violettes sous la peau blanche de son bras nu, d'y planter ses dents ; elle cédait même à ce désir, elle y mordait comme un petit carnassier féroce et elle y laissait des marques profondes ; mais, dès qu'elle était allée jusqu'à la douleur, elle s'arrêtait et caressait alors son pauvre bras maltraité.

À d'autres moments elle se levait soudain et se déshabillait pour avoir la volupté de s'enrouler dans une grosse couverture de soie rouge et de sentir le contact frais du tissu lisse, ou pour glisser le long de son dos la lame nue d'une épée.

Elle était riche en fantaisies semblables.

Après une absence de quatorze mois, Ulrik Frederik fut de retour.

C'était une nuit de juillet. Étendue dans son lit, Marie, agitée de pensées inquiètes, n'avait pu s'endormir ; elle écoutait le sifflement prolongé du vent d'été. Depuis huit jours, elle attendait Ulrik Frederik chaque heure du jour et de la nuit, et elle souhaitait son retour et elle le craignait.

Est-ce que tout reviendrait comme par le passé, comme il y avait quatorze mois ? Elle se disait tantôt non, tantôt oui. Elle lui pardonnait mal ce voyage d'Espagne ; elle avait vieilli pendant ces longs mois, elle était devenue timide et taciturne, et le voilà qui reviendrait habitué au luxe et aux plaisirs, mieux portant et rajeuni : il la trouverait pâle et fanée, l'âme et le cœur lourds, la démarche lourde, bien changée. Sans doute, il se montrerait froid et réservé à la première rencontre, comme un étranger ; et elle en serait même plus effarouchée ; et il se détournerait peut-être d'elle ; mais elle ne se détournerait jamais de lui. Non, elle veillerait sur lui comme une mère ; et, si la fortune lui était contraire, il se réfugierait près d'elle ; et elle le consolerait et elle serait bonne pour lui, et elle supporterait des privations, souffrirait, pleurerait, se sacrifierait pour lui. Tout à coup il lui sembla que dès qu'il serait là, tout aussitôt reviendrait comme avant son départ. Mais oui : ils couraient dans la maison comme des pages folâtres, riaient et se poursuivaient, et les salles retentissaient de leurs cris et de leurs appels, et les coins gardaient un murmure de baisers...

Au milieu de ses pensées, elle s'assoupit ; le bruit de ces ébats se prolongeait dans ses rêves. Réveillée, elle perçut encore du bruit, des pas rapides dans les escaliers, la grosse porte de la rue qui s'ouvrait, d'autres qui se refermaient, des voitures qui roulaient et des sabots de chevaux heurtant les pavés.

« C'est lui ! » pensa-t-elle, et elle se leva d'un bond. Elle saisit la grosse couverture piquée, s'en enveloppa comme d'une cape et courut à travers l'enfilade des pièces. Dans la grande salle, elle s'arrêta. Un bout de chandelle dans un chandelier de bois brûlait, posé par terre, et on avait allumé deux bougies dans les candélabres ; le domestique, affairé, avait laissé là ses préparatifs. On parlait dans l'antichambre. C'était la voix d'Ulrik Frederik ; elle se mit à trembler d'émotion. La porte s'ouvrit. Le chapeau sur la tête, le manteau sur les épaules, Ulrik Frederik se précipita dans la salle, voulut la saisir dans ses bras, mais, n'attrapa que la main de la jeune femme qui avait fait un brusque mouvement de recul. Il lui paraissait si étrange. Elle ne reconnaissait pas ce costume qu'il portait; il avait bruni et pris de l'embonpoint. Sous le manteau son costume était bizarre : elle n'en avait jamais vu de pareil; c'était la nouvelle mode des longues tuniques bordées de fourrure.

« Marie, cria-t-il, ma petite chérie! »

Il la tira violemment près de lui en lui tordant le poignet à lui arracher un gémissement de douleur. Il ne s'en aperçut pas, car il était passablement gris : la nuit était fraîche, et on avait fait un bon relais à la dernière auberge.

Marie avait beau se débattre, il l'embrassa et l'étreignit avec sauvagerie. Elle finit pourtant par se dégager, et, les joues en feu, la gorge haletante, elle se sauva dans la pièce à côté; mais elle se ravisa, elle se dit que cette bienvenue pourrait lui paraître singulière, et elle retourna sur ses pas.

Ulrik Frederik était demeuré à la même place, tout abasourdi, partagé entre l'effort de faire comprendre à son esprit embrumé ce qui s'était passé et celui de défaire l'agrafe du col de son manteau. Son cerveau et ses mains demeuraient également désemparés. En voyant revenir Marie qui le débarrassait du manteau, il crut comprendre que son attitude précédente était une plaisanterie; il éclata d'un rire bruyant, à gorge déployée, se frappa les cuisses, en chantant, puis il la menaça du doigt d'un air polisson et rit encore, avec bonhomie; ce qu'il voulait dire lui semblait évidemment très drôle : il essaya de le dire sans y arriver. Enfin, à bout d'haleine, il se laissa tomber sur un siège, toujours en proie à une hilarité irrésistible, râlant, suffoqué, la figure épanouie d'un large sourire béat. Peu à peu le sourire céda la place à une gravité hébétée ; il se leva et se mit à arpenter le parquet avec une majesté silencieuse et froissée. Il s'arrêta enfin en face de Marie, un poing sur la hanche, l'autre main appuyée sur la cheminée, avec un air de supériorité dédaigneuse et, toujours soutenu par la bonne ivresse, il fixa les yeux sur sa femme.

Et alors il entama un long discours solennel et embrouillé sur sa propre grandeur, sur les honneurs dont il avait été l'objet à l'étranger, et sur le grand bonheur qui lui était échu à elle, Marie, fille d'un simple noble, d'avoir pour époux quelqu'un qui, s'il l'avait voulu, aurait pu prétendre à une princesse de rang royal. Il sauta ensuite sans transition à un autre sujet, disant qu'il voulait être le maître chez lui, avertissant sa femme qu'elle n'avait qu'à obéir et à être docile. Il ne s'agirait pas de raisonner ! il n'écouterait pas un mot, pas une syllabe. Si haut qu'il l'eût élevée, elle n'en restait pas moins son esclave, sa petite esclave, sa charmante petite esclave. Il se fit doux comme un lynx qui joue, pleurnicha, fut enjôleur et pressant, avec toute l'insistance obstinée d'un homme ivre, avec des caresses et des paroles d'amour grossières – impossibles à repousser, inéluctables.

Le lendemain matin, Marie se réveilla bien avant Ulrik Frederik.

Il y avait presque de la haine dans le regard qu'elle jetait au dormeur couché à ses côtés. Son poignet enflé restait très douloureux depuis le bonjour violent de la veille. Son mari était couché, les bras musculeux sous sa nuque puissante et velue. Insouciante et d'un rythme de défi, sa large poitrine se soulevait, et un sourire paresseux et rassasié errait sur ses lèvres inertes dont l'humidité brillait.

Elle pâlit de colère puis rougit de honte en le regardant. Devenu presque un étranger, après cette longue séparation, il s'était imposé à elle, exigeant son amour comme son dû, insolemment sûr de la tendresse et du dévouement de son âme, comme on est sûr de retrouver ses meubles à la place où on les a laissés ; sûr d'être regretté, sûr d'avoir été l'objet de plaintes amoureuses qui s'étaient envolées de ses lèvres tremblantes pour le chercher ; sûr que le but unique de ses souhaits et de ses désirs était sa large poitrine.

Ulrik Frederik, en se levant, la trouva moitié assise, moitié étendue sur un lit de repos dans la chambre bleue. Elle était pâle, les traits tirés, les yeux baissés, et sa main endolorie reposait comme lasse sur ses genoux, enveloppée d'un mouchoir de dentelle. Ulrik Frederik allait la prendre, mais elle lui tendit lentement la main gauche, penchant la tête de côté avec un sourire douloureux.

Ulrik Frederik baisa en souriant la main tendue et fit quelques allusions plaisantes à son état de la veille, qui avait pour excuse que depuis longtemps, là-bas, en Espagne, il n'avait eu une bonne ivresse, les Espagnols ne s'y entendant nullement en fait de boissons ; et il ajoutait que, pour être sincère, il préférait le faux alicante ou le malaga de la cave de Johan Lehn à la véritable saleté sucrée qu'on buvait là-bas.

Marie garda le silence.

Le déjeuner était servi, et Ulrik Frederik demanda si on allait se mettre à table.

Marie ne voulait rien prendre : il l'excuserait d'avoir à déjeuner seul ; elle n'avait pas d'appétit, et sa main, qu'il avait écrasée la veille, lui faisait mal.

Elle lui rappelait ainsi combien il était coupable ; et comme il demandait à voir le poignet meurtri pour le baiser, Marie, le cachant rapidement dans les plis de sa jupe, lui lança, comme il le dit, un regard de tigresse qui défend ses petits. Il insista longuement, mais en pure perte ; et de guerre lasse il se mit à table, en souriant, et mangea avec un appétit qui agaça vivement la jeune femme. Mais il ne put rester tranquille : à chaque instant il courait à la fenêtre, car toutes les scènes familières de la rue lui semblaient neuves et curieuses. À force de se déplacer, la moitié du couvert se trouva bientôt éparpillée à travers la pièce : son gobelet de bière était posé devant une fenêtre ; le couteau à découper le pain devant l'autre ; sa serviette était jetée sur le vase que supportait le petit guéridon doré ; et une brioche s'était égarée sur une table au coin de la pièce.

Le déjeuner enfin terminé, Ulrik Frederik vint s'asseoir à la fenêtre où il resta longtemps à regarder dehors, tout en causant avec Marie qui, de sa place, gardait le silence ou lui répondait par monosyllabes.

Elle se leva enfin et vint près de la fenêtre où il était, avec des soupirs et de tristes regards.

Ulrik Frederik souriait et s'amusait à tourner autour de son doigt sa lourde bague à cachet.

« Voulez-vous que je souffle sur la pauvre main malade ? » demanda-t-il avec un ton de compassion plaintive.

Sans mot dire, Marie arracha le mouchoir qui entourait sa main, et continua à regarder dans la rue.

« Elle va prendre froid, la pauvre petite », dit-il en levant les yeux.

Marie appuya, apparemment sans y penser, sa main malade contre le rebord de la fenêtre et fit jouer ses doigts comme sur un clavier, en avançant et en reculant, dans le soleil et dans l'ombre.

Ulrik Frederik regardait avec plaisir la jolie main qui, comme un petit félin souple, jouait et sautillait sur le rebord de la fenêtre, qui se ramassait comme pour un bond, se tournait et retournait, faisait le gros dos, prenait son élan vers le couteau à découper, dont elle s'amusait à faire rouler le manche, reculait pour s'étaler à plat, saisissait ensuite le couteau, s'en emparait d'un mouvement agile, le soulevait pour faire briller au soleil la lame, et soudain le brandit...

Comme un éclair, le couteau vola vers sa poitrine ; il eut le temps d'écarter le coup, et la lame traversa sa longue manchette de dentelle et entra dans sa manche ; il l'arracha, la jeta par terre, se leva d'un bond avec un cri d'effroi, en renversant la chaise : tout cela dans l'espace d'une seconde, comme si ce n'eût été qu'un seul mouvement.

Marie était pâle comme une morte ; elle pressa les mains contre sa poitrine ; son regard fixe et terrifié restait attaché à l'endroit où Ulrik Frederik avait été assis ; puis ses paupières se baissèrent, un rire strident et sans âme entrouvrit ses lèvres, et elle s'affaissa mollement, très lentement, comme soutenue par des mains invisibles.

Au moment où elle jouait avec le couteau, elle s'était aperçue que la chemise de dentelle d'Ulrik Frederik, déboutonnée, découvrait sa poitrine, et instantanément un désir irraisonné était né en elle de plonger la lame brillante et froide dans cette gorge blanche. Elle avait obéi à son instinct. Ce n'était pas qu'elle eût souhaité le tuer ni même le blesser. Peut-être était-ce uniquement parce que le couteau était froid et sa poitrine chaude, ou parce que sa main à elle était faible et malade et sa poitrine à lui forte et saine. Mais ce qui était certain, c'est qu'elle n'avait pas pu résister, car sa volonté n'avait aucun pouvoir sur son cerveau, son cerveau aucun pouvoir sur sa volonté.

Ulrik Frederik se tenait debout, très pâle, les mains appuyées à plat sur la table du déjeuner ; il tremblait à tel point que la table en était secouée et que les assiettes cliquetaient. La peur n'était guère dans sa nature. Le courage ne lui avait jamais manqué ; mais ici le coup était si insoupçonné, si follement incompréhensible qu'il regardait avec une terreur superstitieuse le corps étendu par terre près de la fenêtre, immobile et inanimé. Les paroles de l'alchimiste qu'il avait rencontré en Hollande, et qui lui avait prédit qu'un danger jaillirait pour lui de la main d'une femme, retentirent à ses oreilles. Il se mit à genoux et fit une prière : il n'y avait plus aucune sécurité raisonnable, aucune tranquillité, dans cette vie terrestre, ni d'ailleurs aucune sagesse humaine ; car le ciel nous dominait ; l'influence d'esprits inconnus nous gouvernait ; des puissances surnaturelles régnaient. Pourquoi, sans cela, aurait-elle voulu le tuer ? Pourquoi, grand

Dieu, Dieu tout-puissant, pourquoi? pourquoi?... Parce que c'était décidé ainsi. Décidé!

Presque furtivement il ramassa le couteau, en brisa la lame et en jeta les morceaux dans la cheminée.

Marie ne bougeait point.

Elle n'était pourtant pas blessée. Il n'y avait pas plus de sang sur la lame que sur ses manchettes à lui. Mais elle était d'une immobilité inanimée. Il courut à elle et la releva dans ses bras.

Marie soupira, rouvrit les yeux, et, le regard fixe, les leva sur Ulrik Frederik. Brusquement elle jeta ses bras autour de lui, l'embrassa, le caressa, mais sans dire un mot. Elle avait aux lèvres un sourire heureux et gai, mais il y avait dans son regard une question angoissée; ses yeux semblèrent chercher quelque chose par terre; soudain elle saisit le poignet d'Ulrik Frederik et examina sa manche, et, en la voyant coupée et la manchette déchirée, elle poussa un cri de désespoir.

« J'ai donc fait cela! cria-t-elle, Seigneur Dieu qui es aux cieux, préserve ma raison, c'est la grâce que j'implore! Mais pourquoi ne me demandes-tu rien? dit-elle en se tournant vers Ulrik Frederik. Pourquoi ne me rejettes-tu pas comme un serpent venimeux? Pourtant, Dieu sait que ce n'est pas ma faute, je ne suis pour rien dans ce que j'ai fait. Cela m'est venu je ne sais d'où; il y avait quelque chose qui m'a poussée, qui m'a forcée, d'agir; je te le jure sur tout ce qu'il y a de plus sacré, quelque chose a dirigé ma main; mais tu ne me crois pas! Comment me croirais-tu? »

Ulrik Frederik la crut pleinement. C'était la confirmation de ses propres pensées, et il la consola avec de bonnes paroles et des caresses tout en ressentant une peur secrète d'elle, pauvre instrument irresponsable d'esprits damnés.

Et jamais Ulrik Frederik ne surmonta cette peur, bien que Marie mît en œuvre toute la science d'une femme fine et intelligente pour regagner sa confiance. Car si ce premier matin elle s'était juré dans son cœur qu'Ulrik Frederik aurait à déployer toute son amabilité et à faire appel à toute sa patience afin de la reconquérir, sa façon d'être témoignait maintenant du contraire. Chacun de ses regards était une prière, chacune de ses paroles une promesse humble, et dans mille petites choses, dans sa façon de s'habiller et dans ses manières, par de gentilles surprises et de tendres égards, elle lui faisait, chaque heure du jour, l'aveu de son amour profond et nostalgique; et, n'eût été le souvenir de cette scène, la victoire lui aurait été assurée.

Mais d'autres ennemis se déclaraient contre elle.

Ulrik Frederik était parti, prince pauvre, d'un pays où la puissante noblesse ne considérait nullement les enfants naturels du roi comme des supérieurs. L'absolutisme était encore une notion très nouvelle, et l'idée que le roi était un homme qui achetait sa puissance en donnant de la puissance était fort enracinée. Le nimbe de demi-dieu qui plus tard entoura le souverain héréditaire, bien qu'existant déjà, était encore pâle et faible, et n'éblouissait personne à moins qu'on ne se trouvât tout près.

De ce pays, Ulrik Frederik était allé à l'armée et à la Cour de Philippe IV, et là on l'avait comblé de présents et d'honneurs. Il avait été nommé grand d'Espagne et traité comme l'égal de Don Juan d'Autriche, car le roi des Espagnols avait ainsi voulu, dans la personne d'Ulrik Frederik, rendre hommage à Frederik III et exprimer, par des grâces et par une générosité extraordinaire, sa satisfaction du changement de régime au Danemark et des efforts victorieux du roi Frederik pour prendre place au rang des souverains absolus.

Soulevé et grisé par tous ces honneurs qui, de fond en comble, modifièrent ses idées sur sa propre importance, Ulrik Frederik en vint vite à se persuader qu'il avait agi avec une légèreté impardonnable en élevant au rang de son épouse la fille d'un simple noble ; et tantôt il méditait de l'élever à lui, tantôt de la répudier. Ces idées alternèrent dans sa tête pendant tout le voyage du retour. Et maintenant s'ajoutait à cette indécision la crainte superstitieuse que sa vie fût menacée par la main de sa femme. Il prit donc la résolution, en attendant qu'il se décidât à adopter une attitude définitive, de la traiter froidement et cérémonieusement, de repousser toute tentative pour faire revivre leur ancienne idylle.

Frederik III, qui n'était nullement un mauvais observateur, découvrit vite qu'Ulrik Frederik n'était pas ravi de son mariage et comprit la cause de ce mécontentement ; aussi profita-t-il de chaque occasion pour distinguer Marie Grubbe, la comblant de sa faveur, et croyant ainsi la relever aux yeux et dans l'esprit d'Ulrik Frederik. Mais ce fut en vain : il n'arriva qu'à créer une foule d'ennemis soupçonneux et envieux autour de l'« élue » du maître.

Cet été-là, comme souvent d'ailleurs, la famille royale habita Frederiksborg.

Ulrik Frederik et Marie suivirent la Cour, car il s'agissait d'inventer et de préparer des fêtes et des amusements pour les mois de septembre et d'octobre à l'occasion de l'arrivée attendue de l'Électeur de Saxe et de ses fiançailles avec la princesse Anne-Sophie.

Au début, la Cour était fort peu nombreuse ; à la fin d'août seulement le cercle devait s'élargir, car, à ce moment, commenceraient les répétitions des ballets et des autres spectacles. Ulrik Frederik partait presque tous les jours pour de longues expéditions de chasse ou de pêche. Le roi s'enfermait avec son tour de menuisier ou dans le laboratoire qu'il avait fait installer au haut d'une des tourelles du château. La reine et les princesses brodaient.

Dans l'allée, qui, de la forêt, monte vers l'entrée du petit parc aux cerfs, Marie Grubbe faisait d'habitude sa promenade du matin.

Elle y était ce matin-là.

Au bout de l'allée, sa robe garance tranchait sur la terre noire et le feuillage vert.

Elle avançait doucement.

Son coquet chapeau de feutre noir, orné seulement d'un étroit tortil de perles et d'un solitaire serti d'argent, qui brillait sur le bord relevé de côté, reposait légèrement dans les lourdes boucles de ses cheveux. Son corsage bien ajusté ne faisait pas un pli ; les manches en étaient étroites jusque vers le coude, puis elles s'ouvraient profondément, et pendaient, agrafées de nacre et doublées de soie couleur chair. Une dentelle à maille serrée cachait ses bras nus. Sa jupe de soie était rayée de noir et de blanc, et si longue que son pied, dans ses bas à jour noirs et ses souliers aux boucles de perles, se voyait à peine. Elle tenait à la main un éventail de duvet de cygne et de plumes de corbeaux.

Arrivée près du portillon, elle s'arrêta, souffla dans sa main et la porta d'abord à l'un de ses yeux, puis à l'autre. Ensuite, elle arracha une petite branche d'un arbre et en posa les feuilles fraîches sur ses paupières brûlantes, sans toutefois parvenir à effacer les traces de ses larmes. Elle reprit sa route, franchit la porte, monta vers le château, rebroussa chemin et s'engagea enfin dans une allée transversale.

À peine eut-elle disparu entre les sombres haies de buis qu'un couple étrange et décrépit se montra en haut de l'allée : un homme, marchant lentement et péniblement comme une personne qui vient de relever d'une grave maladie, s'appuyait sur une femme vêtue d'un manteau de tissu ancien et démodé, les yeux protégés par une large visière verte. L'homme voulait aller plus vite que ne le permettait en réalité son état de santé, et la femme le retenait, trottinant à petits pas et bougonnant :

« Là, là, gronda-t-elle, tâche de ne pas laisser tes jambes en arrière. Tu t'emballes comme une roue déjetée dans un chemin tortueux. Des membres malades doivent être traités en malades. Marche doucement! Elle te l'a bien recommandé, la vieille rebouteuse. En voilà des façons de s'en aller courir sur des jambes qui n'ont pas plus de forces et de fermeté qu'une vieille ficelle!

— Ah! mon Dieu! mes pauvres jambes! gémit le malade en s'arrêtant, parce que ses genoux fléchissaient et tremblaient sous lui. La voilà hors de vue! – Il regardait longuement et tristement le bout de l'allée et la porte – Complètement hors de vue! Et il n'y aura pas d'excursion aujourd'hui, m'a dit le fourrier, et c'est si loin demain!

— Mais non, le temps marche vite, mon petit Daniel; tu te reposeras aujourd'hui, et demain tu seras plus fort, et nous la suivrons à travers toute la forêt, jusqu'à la porte, oui. Et maintenant nous allons rentrer, et tu t'étendras sur ton bon lit de repos, et je t'apporterai une cruche de bière, et nous pourrons jouer aux dés, et puis Reinholdt le sommelier viendra quand les Altesses auront dîné, et il nous racontera ce qu'il y a de neuf, et on rira et on s'amusera jusqu'à ce que le soleil se couche, mais oui, mon petit Daniel, mais oui.

— Mais oui, mais oui, parodia Daniel, toi et ton rire et ton amusement! quand j'ai comme du feu dans mon cerveau et que mon esprit est angoissé et affolé et... Aide-moi à aller jusqu'au bord de la route pour que je m'asseye un moment... Là, là... Ai-je toute ma raison, Magnille? Je suis fou, fou comme une mouche enfermée dans une bouteille. Seigneur Dieu! Est-ce avoir sa raison, quand on est un pauvre infirme, de naissance obscure, un pauvre diable avec une échine brisée, que de se laisser dévorer d'amour, de se consumer de passion pour la femme d'un prince? Est-ce avoir sa raison, Magnille, que de languir après elle à en perdre les yeux, d'haleter comme un poisson hors de l'eau pour entrevoir un instant sa figure, de vouloir baiser la poussière où elle a mis son pied? Est-ce avoir sa raison? Ah! Magnille, s'il n'y avait pas ces rêves où elle se penche sur moi et met sa main blanche sur ma poitrine oppressée,

et ceux où je la vois étendue si calme, respirant si faiblement, et où elle est si glacée et abandonnée et n'a personne
pour la protéger, personne autre que moi... Ou encore je
la vois, en une lueur fugitive, blanche comme un lys nu...
Mais ce sont là des rêves dénués de sens, c'est de la fumée
et de l'insanité, de pauvres bulles d'air. »

Ils reprirent leur route.

Près du portillon ils s'arrêtèrent.

Daniel s'y accouda et son regard suivit les charmilles.

« Là-dedans!... » dit-il.

Calme et clair, le parc aux cerfs s'étendait devant eux, du
soleil dans l'air, du soleil dans les feuillages. Des cailloux et
des brins de mica au sable des allées reflétaient la lumière
en faisceaux lumineux et scintillants. Des fils de la vierge
traversaient l'air. Des écailles de bourgeons desséchées
tombant des hêtres descendaient en spirales capricieuses,
pendant que, très haut dans le ciel bleu, les pigeons blancs
du château décrivaient des cercles, leurs ailes dorées de
soleil.

D'un luth lointain, des sons de danse arrivaient en sour-
dine.

« Quel imbécile! murmura Daniel. C'est à ne pas y
croire, Magnille. En voilà un qui possède la perle la plus
précieuse des Indes et qui la regarde pour rien et qui court
après un tesson de verre! Marie Grubbe et Karen Fiol! A-
t-il sa raison? Et maintenant on le croit à la chasse parce
qu'il achète au braconnier des bécassines et d'autres oiseaux par couples et par grappes; et, pendant ce temps-là,
il s'amuse à Lynge et il courtise une fille publique, une canaille... Pouah! quel sale commerce! Et il est si jaloux de

cette chevrette qu'il n'ose pas la perdre de vue un seul jour, tandis que... »

Il y eut un bruit de feuilles remuées, et Marie Grubbe apparut en face de lui de l'autre côté du portillon.

En s'en allant, elle s'était dirigée vers l'enclos des élans et des chameaux d'Esrom, et, de là, elle s'était réfugiée sous une petite tonnelle près du portillon. Elle avait entendu les paroles de Daniel.

« Qui êtes-vous ? demanda-t-elle. Est-ce vrai ce que vous venez de dire ? »

Daniel eut du mal à se tenir debout, tant il tremblait.

« Daniel Knopf, noble dame, Daniel le fou, répondit-il. Ne vous occupez pas de son bavardage, il dit tout ce qui lui vient sur le bout de la langue, mêlant le vrai et le faux.

— Vous mentez, Daniel.

— Oui, oui, Seigneur Dieu. Certainement que je mens, c'est évident. C'est qu'ici, noble dame, ici — il montra son front — ici c'est la dévastation de Jérusalem. Fais une révérence, Magnille, fais une révérence profonde à la noble dame et dis-lui combien je suis fou. N'aie pas honte ! Mon Dieu, tous nous avons nos petites infirmités ! Dis-le, Magnille, sans te gêner, nous ne sommes jamais plus fous que le bon Dieu ne nous a faits.

— Est-il vraiment fou ? » demanda Marie en se tournant vers Magnille.

Magnille fit un profond plongeon et saisit, entre les lattes du portillon, l'ourlet de la robe de Marie, le baisa et répondit d'un air effrayé :

« Non, non, il ne l'est pas, Dieu soit loué !

— Mais elle est... »

Daniel fit du doigt des cercles en l'air devant son front.

« Nous nous surveillons mutuellement, tant bien que mal, plutôt mal que bien ; comme on dit, les fous voient, les fous marchent, et en s'entr'aidant ils arrivent au tombeau. Mais on ne sonne pas le glas sur eux, non, non ! Mille fois merci de votre sollicitude, mille fois merci, et Dieu vous garde !

— Restez, dit Marie Grubbe. Vous n'êtes pas fou ; vous faites le fou. Vous allez parler, Daniel. Voulez-vous autrement que je vous soupçonne d'être l'entremetteur entre celle que vous nommiez et mon mari ? Le voulez-vous ?

— Un pauvre fou ! gémit Daniel en faisant de la main des gestes d'excuse.

— Dieu vous pardonne, Daniel, mais c'est un vilain jeu que vous jouez. J'aurais cru beaucoup, beaucoup mieux de vous.

— Est-ce vrai ? Est-ce vraiment vrai ? cria-t-il les yeux illuminés. Alors je ne suis plus fou. Interrogez-moi.

— Étaient-elles véridiques les paroles que…

— Comme l'évangile, mais…

— Vous êtes sûr ? Vous ne vous trompez pas ? »
Daniel sourit.

« Est-il… est-il là-bas aujourd'hui ?

— Est-il parti pour la chasse ?

— Oui.

— Alors il est là-bas.

— Comment est-elle ? reprit Marie, après un petit silence. Quel genre de personne ? Le savez-vous ?

— Petite, toute petite, Madame, rouge et ronde comme

une pomme, bavarde et gaie, avec une bouche rieuse et une langue agile.

— D'où vient-elle ? De quel milieu ?

— Il y a deux ans ou deux ans et demi, elle était mariée à un valet de chambre français qui la planta là. Mais elle n'est pas restée longtemps sans emploi : elle suivit bientôt un harpiste endetté qui partit pour Paris ; et c'est à Paris et à Bruxelles qu'elle a demeuré jusqu'à la Pentecôte de cette année. Alors elle est revenue. Elle a une tête lucide et des manières agréables, sauf quand elle est ivre. Voilà tout ce que je sais d'elle.

— Daniel… commença-t-elle, puis elle s'arrêta hésitante.

— Daniel, répondit celui-ci avec un sourire fin, Daniel vous est maintenant et pour toujours aussi fidèle que votre main droite.

— Voulez-vous alors m'aider ? Pouvez-vous me procurer une voiture, une voiture et un cocher sûr dès que je vous ferai signe ?

— Je le peux, je le peux. À peine une heure après le signal, une voiture vous attendra dans l'enclos de Herman le plombier, à côté de son vieil appentis. Vous pouvez y compter, noble dame. »

Marie réfléchit un moment.

« Nous en reparlerons », conclut-elle.

Puis elle fit un signe de tête amical à Magnille et elle s'éloigna.

« N'est-elle pas un trésor parmi toutes les beautés, Magnille ? s'écria Daniel en regardant avec ravissement dans la direction où elle avait disparu. Et si noblement fière !

continua-t-il avec extase. Ah, elle me chasserait à coups de pieds, elle poserait dédaigneusement son talon sur ma nuque pour m'écraser dans la poussière si elle savait comment, avec quelle folie Daniel rêve de sa personne. D'une beauté si brûlante et si superbe! Mon cœur saignait quand je la voyais forcée de se confier à moi, à moi... d'abaisser sa noble fierté... Mais il y a de la joie dans ce sentiment, Magnille, de la joie céleste, Magnilleke. »

Ils s'en allèrent cahin-caha.

Voici comment Daniel et sa sœur se trouvaient à Frederiksborg : le pauvre infirme, après la scène dans le cabaret de Stataf, s'était épris d'un amour de fou pour Marie Grubbe, d'un pauvre amour fantastique qui n'espérait rien, ne demandait rien, n'attendait rien que des rêves stériles. Le peu de réalité qu'il fallait pour teindre ses rêves d'une faible nuance de vie, il le trouvait en apercevant de temps en temps, par intervalles, de près ou de loin, la jeune femme. Mais quand Gyldenlœve partit pour l'Espagne et que Marie se confina chez elle, son désir de la voir grandit, augmenta jusqu'à la folie, bref le rendit malade.

Lorsque affaibli, épuisé, il se releva, Gyldenlœve était de retour, et une des servantes de Marie, qui était à sa solde, lui apprit que les rapports entre les époux n'étaient pas des meilleurs. Cette nouvelle alimenta sa folie et lui donna le développement luxuriant de la démence. Avant qu'il fût capable de se tenir debout, Marie Grubbe était partie pour Frederiksborg. Daniel ne put rester en arrière. Il avait prétexté une visite à la rebouteuse de Lynge ; et sa sœur l'avait accompagné, souffrant elle-même des yeux. À

Lynge, Daniel avait découvert la liaison de Gyldenlœve avec Karen Fiol. Il confia à Magnille son étrange passion, et qu'il n'y avait pour lui de lumière et d'air respirable que là où était Marie. Il la supplia de venir avec lui, de s'installer dans la ville de Frederiksborg pour être près de celle qui régnait sur son âme.

Magnille céda à son désir, et déjà depuis plusieurs jours ils suivaient Marie Grubbe dans ses promenades, solitaires et matinales.

Ce fut ainsi qu'ils se rencontrèrent.

XI

Quelques jours après, dans la matinée, Ulrik Frederik était à Lynge.

À quatre pattes dans le jardinet, devant la maison, une couronne de roses dans une main, il essayait de l'autre d'attirer à lui un petit chien blanc caché sous des coudriers.

« Boncœur, mon petit Boncœur ! Viens ici, Boncœur, petit coquin… viens, viens, petite canaille, sale petite bête, damné chien. »

Karen, debout à la fenêtre, riait.

Le chien ne venait pas, et Ulrik Frederik appelait et jurait alternativement.

Amy des morceaux délicats…

entonna Karen, levant en l'air un gobelet de vin,

Et de la débauche polie,
Viens noyer dans nos vins muscats
Ta soif et ta mélancolie…

Elle était très gaie, échauffée par le vin, et quelques-unes des notes de son chant montaient plus haut qu'elles n'auraient dû.

Ulrik Frederik attrapa enfin le chien.

Triomphant, il l'apporta à la fenêtre, lui enfonça la couronne de roses sur les oreilles et, agenouillé, le tendit à Karen.

« Adorable Vénus, reine des cœurs, dit-il en français, je vous prie, accepte de ton humble esclave ce petit agneau innocent, couronné de fleurs... »

À ce moment Marie Grubbe poussa la porte du jardin. Elle pâlit en voyant Ulrik Frederik à genoux, tendant ce qui lui semblait être une couronne de roses vers la femme rouge et souriante de la fenêtre. Elle se pencha, ramassa une pierre et la lança de toutes ses forces contre la femme. La pierre toucha le bord de la croisée ouverte, dont les carreaux se brisèrent avec éclat et jonchèrent le sol.

Karen se sauva en criant. Ulrik Frederik laissa tomber le chien, mais en gardant la couronne de roses que, surpris et furieux, il tournait gauchement entre ses doigts.

« Attends, attends, cria Marie, je ne t'ai pas atteint, mais ça viendra, ça viendra! »

Elle tira de ses cheveux une longue et forte épingle d'acier à tête de rubis, et s'en armant comme d'un poignard, elle se précipita d'une allure bizarre, à petits pas presque sautillants vers la maison. On eût dit qu'elle ne voyait pas, car elle ne courait pas en droite ligne, elle faisait d'étranges zigzags incertains.

À la porte, Ulrik Frederik l'arrêta.

« Écarte-toi, pria-t-elle presque en sanglotant, toi et ta couronne. C'est pour une fille pareille, continua-t-elle en essayant de passer tantôt à droite tantôt à gauche, les yeux toujours fixés sur l'ouverture de la porte, c'est pour une pareille créature que tu fais des couronnes, des couronnes de roses! Oui, ici tu joues au berger amoureux. N'as-tu pas aussi un chalumeau! N'as-tu pas un chalumeau? répéta-t-elle en lui arrachant subitement la couronne des mains et en la jetant par terre et en la piétinant. Et un bâton de berger, Amaryllis, avec un nœud de ruban?… Laisse-moi passer, tu entends! » reprit-elle d'une voix menaçante, l'aiguille-poignard dirigée contre lui.

Il lui saisit les deux poignets et la retint.

« Tu veux encore me frapper? » dit-il durement.

Marie leva les yeux sur lui.

« Ulrik Frederik, dit-elle tout bas, je suis ta femme devant Dieu et devant les hommes. Pourquoi ne m'aimes-tu plus? Viens avec moi. Laisse cette femme pour ce qu'elle est et suis-moi. Suis-moi, Ulrik Frederik, tu ne sais pas quel amour brûlant j'ai pour toi, combien je te regrette et te désire amèrement! Suis-moi, tu entends, suis-moi. »

Ulrik Frederik, sans rien répondre, lui offrit le bras, l'accompagna à travers le jardin jusqu'à la voiture qui attendait non loin sur la route. Il l'aida à monter, fit le tour des chevaux comme pour vérifier les harnais, resserra une boucle et appelant le cocher comme à son aide, il lui chuchota à l'oreille :

« Dès que tu seras remonté sur ton siège, pars et fais courir tes rosses tant qu'elles pourront, et ne t'arrête pas un instant avant d'être à la maison. Je te l'ordonne et tu me connais. »

Le cocher reprit sa place. Ulrik Frederik mit une main sur la voiture comme pour monter ; le fouet s'abattit en sifflant sur les chevaux ; Ulrik Frederik fit un saut de côté, et la voiture partit à fond de train.

Un instant Marie songea à la faire arrêter, à saisir les rênes, à se jeter en bas. Mais un calme fait d'impuissance descendit en elle, un dégoût soudain, infiniment profond et sans nom, une nausée fade, un haut-le-cœur ; et elle demeura immobile, les yeux fixes, sans même remarquer la rapidité folle de la course.

Et Ulrik Frederik était de nouveau près de Karen Fiol.

Le soir, en rentrant, Ulrik Frederik était un peu penaud, pas précisément inquiet, mais avec cette tension d'esprit qu'on a lorsqu'on est convaincu d'aller au-devant d'une foule de désagréments et d'ennuis impossibles à ne pas affronter.

Sans doute Marie s'était plainte au roi ; et celui-ci lui ferait des reproches interminables, qu'il faudrait écouter jusqu'au bout. Marie se retrancherait dans le silence majestueux de la vertu offensée. La situation serait très tendue ; la reine prendrait un air las, hautain et souffrant ; les dames d'honneur, qui ne savaient rien, mais soupçonneraient tout, resteraient silencieuses ; de temps en temps elles lèveraient en soupirant la tête et le regarderaient d'un air de tendre reproche, avec de grands yeux qui pardonnent. Ah ! il connaissait tout cela, jusqu'à l'auréole de noble fidélité et d'abnégation héroïque dont le pauvre chambellan de la reine ceindrait son front étroit en se rangeant courageusement à ses côtés, et en le comblant de politesses et de sottises respectueuses et consolantes, pendant que ses petits yeux couleur d'eau et toute sa maigre et chétive personne diraient plus clairement qu'aucune parole : « Voyez, tous lui tournent le dos, sauf moi ! Au risque de m'attirer la colère du roi, le mécontentement de la reine, je console l'abandonné. J'oppose une fidèle poitrine à… » Oui, Ulrik Frederik connaissait d'avance tout cela, tout.

Il se trompait.

Le roi le reçut une citation latine sur les lèvres, signe indubitable de bonne humeur, et Marie se leva et lui tendit la main comme à l'ordinaire, un peu plus froidement peut-être, d'une façon plus mesurée, mais tout autrement qu'il ne se l'était figuré. Même lorsqu'ils furent seuls, elle ne fit aucune allusion à leur rencontre à Lynge ; et la surprise d'Ulrik Frederik devint méfiante : il ne savait que penser de cet étrange silence. Il aurait presque mieux aimé qu'elle parlât.

Devait-il la remercier de se taire, se montrer contrit et repentant, jouer la comédie de la réconciliation ?

Il n'osait pas. Il avait remarqué qu'elle le regardait de temps en temps à la dérobée, avec une expression bizarre, un œil calme qui le pénétrait, prenait sa mesure, un œil rempli d'étonnement paisible, de curiosité froide, presque moqueuse. Mais pas un soupçon de haine ou de désir de vengeance, pas l'ombre d'une plainte ou d'un chagrin, pas une lueur fugitive de mélancolie réprimée. Rien de pareil, rien.

Il n'osa pas, et aucune parole ne fut échangée.

Par moments, au cours des jours suivants, il en fut préoccupé, et un désir fébrile de tirer les choses au clair se réveillait en lui.

Mais rien ne fut dit, et Ulrik Frederik avait l'impression que ces reproches inexprimés étaient comme le dragon-serpent qui, dans une caverne noire, couve de sinistres trésors : leur tas s'enfle à mesure que les anneaux du monstre se multiplient ; des escarboucles d'un rouge de sang bourgeonnent sur des tiges d'un rouge d'or ; de pâles opales lentement poussent, comme des bulbes, grossissent et pullulent, pendant que le corps du serpent, d'une croissance insensible mais continue, ondule, se noue, s'élève sur ses anneaux, et cache le fourmillement luxuriant du trésor.

Oui, elle devait le haïr, elle devait nourrir des idées de vengeance, car un affront comme celui qu'il lui avait fait ne s'oublie pas ; et il ne pouvait s'empêcher d'établir un rapport entre cette soif de vengeance et l'étrange scène où elle avait levé sa main sur lui, et les paroles d'avertissement de l'alchimiste néerlandais. Aussi l'évitait-il plus que jamais ; et il souhaitait ardemment que leurs chemins se désunissent.

Mais Marie ne songeait point à se venger ; elle l'avait oublié, et lui et Karen Fiol. Dans une minute d'insurmontable dégoût son amour s'était évanoui, évanoui sans laisser de traces, comme une bulle de savon miroitante qui crève et n'est plus. Et son éclat n'est plus, et les couleurs changeantes qu'elle prêtait à chaque image qui s'y mirait n'y sont plus. Elles ne sont plus, et le regard, que la bulle captivait par sa splendeur et son inquiète beauté, désormais libre, se promène librement partout et s'en va loin sur le monde, sur ce monde dont il n'avait vu que le reflet coloré.

Au château, le nombre des invités avait grandi de jour en jour. Des répétitions de ballet se poursuivaient; des maîtres de danse et des acteurs avaient été appelés en service commandé, pour donner des leçons et aussi pour tenir les rôles les plus difficiles ou les plus ingrats.

Marie Grubbe devait danser dans le ballet, et elle prenait part aux exercices avec ardeur. Depuis la scène de Slangerup, elle était devenue beaucoup plus active et plus sociable, en un mot plus éveillée. Avant, ses rapports avec son entourage n'avaient été pour ainsi dire qu'extérieurs. Lorsque rien de particulier n'attirait son attention ou son intérêt, elle rentrait dans son petit monde intime, d'où elle regardait avec indifférence ceux qui étaient dehors.

Maintenant, elle vivait dans son entourage. Si les nouveautés et les distractions et tous ces préparatifs de fête n'avaient tant absorbé les esprits, on se fût étonné de son changement. Ses mouvements avaient pris une assurance calme; il y avait de la finesse hostile dans ses paroles, quelque chose de tendu dans ses jeux de physionomie. Mais personne ne le remarque; le seul Ulrik Frederik se surprit à plusieurs reprises à l'admirer comme une inconnue, comme une étrangère.

Parmi les invités de ce mois d'août, se trouvait un parent par alliance de Marie, Sti Hœg, le mari de sa sœur. Une après-midi, quelques jours après son arrivée, ils étaient ensemble dans la forêt, sur une hauteur d'où l'on apercevait la petite ville et derrière elle la campagne plate, brûlée de soleil. De gros nuages de pluie, glissant lentement, s'amassaient dans le ciel, et de la terre montait une odeur amère et fanée comme le soupir qu'exhalaient vers la pluie fécondante les plantes flétries, demi-mortes.

Un faible souffle, à peine assez fort pour faire marcher le moulin là-bas, au carrefour, murmurait, découragé, à la cime des arbres : on eût dit la plainte de la forêt abattue par les ardeurs de l'été et l'éclat du soleil. Les prés et les champs jaunis, desséchés, étalaient leur misère stérile et comme le mendiant leurs plaies sous les regards du ciel.

De plus en plus épais, les nuages s'amoncelaient, et de lourdes gouttes de pluie espacées, très espacées, vinrent frapper les feuilles et les brins d'herbe qui chavirèrent, tremblèrent, puis soudain reprirent leur immobilité. Les hirondelles rasèrent le sol, et la fumée bleuâtre des soupers tomba comme un voile sur les toits de chaume noirci de la ville toute proche.

Une voiture passa en cahotant sur la route ; et des chemins et des sentiers au pied de la colline montait un bruit de voix joyeuses et de rires étouffés, des froufrous de soie et d'éventails, des jappements de petits chiens de luxe, et la crépitation des branches sèches qui craquaient et se cassaient.

C'était la Cour en promenade du soir.

Marie et Sti Hœg s'étaient séparés des autres et avaient gravi la colline. Arrêtés, ils regardaient en silence, essoufflés d'avoir grimpé rapidement la côte raide.

Sti Hœg avait de deux ou trois ans dépassé la trentaine. C'était un homme de haute taille, maigre, aux cheveux roux et avec un visage long et étroit. Il était pâle, la peau couverte de taches de rousseur ; et ses sourcils clairsemés, d'un blanc jaune, s'arquaient très haut au-dessus de ses yeux brillants, gris clair, qui empruntaient une expression lasse, hostile à la lumière, au clignotement de ses paupières très roses, moins un clignotement qu'une habitude de rester longtemps fermées. Son front était haut et, sur les tempes, fortement arrondi et lisse. Le nez, étroit et doucement courbé, était un peu trop long, et le menton, à la fois trop long et trop pointu, mais la bouche était parfaitement belle : la couleur des lèvres très fraîche, leurs lignes très pures, les dents petites et blanches. Ce qui rendait cette bouche si étrange, c'était surtout le curieux sourire, mélancolique et cruel, que l'on trouve parfois chez les grands voluptueux, ce sourire fait d'ardents désirs et de lassitude dédaigneuse, à la fois tendre et nostalgique comme une note douce et féroce, comme le sourd ronflement de satisfaction qui s'échappe du gosier d'un félin quand ses dents s'enfoncent dans la proie palpitante. Tel était l'aspect de Sti Hœg en ce moment.

« Madame, dit-il, n'avez-vous jamais souhaité d'être enfermée, saine et sauve, dans un couvent, comme il y en a en Italie et dans ces pays-là ?

— Non, à Dieu ne plaise. Comment aurais-je pu avoir de pareilles idées catholiques ?

— Vous êtes donc bien heureuse, ma chère parente ? Le breuvage de la vie vous paraît encore frais et pur, et son goût délicieux à votre langue ? Il réchauffe donc votre sang et active vos pensées ? Est-ce ainsi ? Jamais amer comme de la lie, ni insipide ? Jamais souillé par des bêtes venimeuses et des vers qui grouillent tout autour ?... Me suis-je donc trompé en vous voyant ?

— Ah! vous croyez pouvoir me confesser ainsi? » dit Marie en le regardant dans les yeux avec un sourire.

Sti Hœg sourit aussi, puis la conduisit à un petit banc de gazon où ils s'assirent. Il la regarda d'un œil scrutateur.

« Ignorez-vous, madame, reprit-il d'une voix lente, apparemment gêné et incertain s'il devait parler ou se taire, ignorez-vous, madame, qu'il y a dans le monde une société secrète qu'on pourrait nommer la compagnie des mélancoliques? Ce sont des gens qui, dès la naissance, sont autrement faits que les gens ordinaires; ils ont le cœur plus grand et le sang plus vif; ils souhaitent et désirent davantage; ils aspirent avec plus d'ardeur, et leurs passions sont plus violentes, plus brûlantes que celle du commun des hommes. Ils sont spontanés comme ceux qui sont nés un dimanche; leurs yeux sont plus ouverts; leurs sens ont la perception plus subtile. Les plaisirs et la joie de la vie, ils les boivent avec les racines de leur cœur alors que les autres les étreignent avec leurs grosses mains. »

Il s'arrêta, ôta son chapeau et promena les doigts doucement sur le riche panache.

« Seulement, continua-t-il, la voix plus assourdie, comme en se parlant à lui-même, ils cherchent sur l'arbre de la vie des fleurs que les autres n'y soupçonnent pas, des fleurs cachées sous les feuilles mortes et les rameaux desséchés. Les autres, connaissent-ils la volupté de la tristesse ou du désespoir? »

Il eut un sourire de mépris, puis il se tut.

« Mais pourquoi, demanda Marie en détournant de lui ses yeux avec indifférence, pourquoi les appelez-vous les "mélancoliques" puisque, en somme, ils ne pensent qu'à la joie et aux jouissances de la vie, et non pas à ce qui est dur et pénible ? »

Sti Hœg haussa les épaules et fit mine de se lever, comme las de ce sujet et désireux d'interrompre la conversation.

« Mais pourquoi ? insista Marie,

— Pourquoi ? s'écria-t-il comme impatienté et avec une intonation dédaigneuse. Parce que toute joie terrestre est brève et corruptible, fausse et imparfaite ; parce que la volupté, à peine épanouie comme une rose, s'effeuille comme un arbre à l'automne ; parce que chaque plaisir superbe de la vie, resplendissant de beauté et en pleine floraison, à l'instant même où il va vous saisir, est rongé par un cancer, de sorte que vous y apercevez, dès qu'il approche de vos lèvres, le spasme de la décomposition. Est-ce gai ? Cette pensée ne doit-elle pas mordre comme la rouille chaque minute de bonheur, ou, pareille au froid, geler les sentiments sains de l'âme, et les tuer presque dans leurs racines ? »

Il se leva d'un bond et se pencha vers elle en parlant avec une animation violente.

« Et vous demandez pourquoi je les nomme les mélancoliques, lorsque toute volupté une fois atteinte change de figure et devient dégoût, lorsque chaque transport d'allégresse n'est que le dernier soupir angoissé de la joie, lorsque toute beauté est de la beauté qui ment ; tout bonheur, un bonheur qui se brise. »

Il se mit à marcher de long en large devant elle.

« C'est donc cela qui vous inspire à vous des idées de couvent.

— C'est cela, madame. Bien des fois je me figure que je suis enfermé dans une cellule de monastère ou que je suis captif dans un haut donjon : assis seul à la croisée, je regarde la lumière qui fuit et l'ombre qui envahit l'espace, pendant que la solitude, doucement et silencieusement, mais avec la foi et l'exubérance d'un pampre, s'enroule autour de mon âme et mêle à mon sang les sucs endormeurs de son raisin... Ah! pourtant je sais bien que c'est illusion et tromperie : jamais la solitude n'aura de prise sur moi; je me consumerais comme le feu, je perdrais la raison en regrettant la vie et ce qui fait partie de la vie... Mais vous ne comprenez rien de tout ce discours. Marchons un peu, ma chère amie, il va pleuvoir, car le vent est entièrement tombé.

— Le ciel se dégage au contraire! Voyez comme l'horizon tout autour de nous s'est éclairci.

— Oui, les nuages se sont levés et épaissis.

— Je pense que non, dit Marie.

— J'affirme que oui, sauf votre respect. »

Marie se mit à descendre la colline en courant.

« On dit que "la volonté de l'homme, c'est le ciel de l'homme"! cria-t-elle, descendez donc dans le vôtre. »

Arrivés au bas de la côte, Marie prit un chemin qui les éloignait du château, et Sti Hœg la suivit.

Il paraissait pensif et n'essaya pas de reprendre l'entretien interrompu.

« Écoutez, Sti Hœg, commença enfin Marie, vous avez une bien belle opinion de moi : vous prétendez que je ne me connais pas au temps et que je ne comprends rien aux discours qu'on me tient.

— Mais si.

— Pas aux vôtres.

— Non.

— Maintenant j'affirme que si.

— Vous connaissez le dicton : jurer et sacrer ne crèvent aucun œil si le poing ne suit pas.

— Eh bien, croyez ce que vous voulez, mais je connais bien, Dieu le sait, cette tristesse lourde mais calme qui nous vient on ne sait pourquoi. Le pasteur Jens avait coutume de dire que c'est la nostalgie du royaume des cieux, patrie de toute âme chrétienne ; mais je ne le crois guère. On soupire et on pleure et on ne trouve aucun espoir qui vous console. Ah ! mon Dieu, toutes les larmes abondantes que cela m'a coûtées ! Cette tristesse se glisse en nous, si incompréhensiblement lourde et si dévorante qu'on se sent le cœur malade et qu'on est las de ses propres pensées et ses propres désirs. Mais ce n'est pas du tout la nature corrompue du bonheur et du monde qui a pesé sur moi et causé mon chagrin, non, jamais ! C'était une tout autre raison, ah ! oui : il m'est impossible de donner un nom à cette tristesse ; mais il me semble que c'était plutôt comme un chagrin qui venait d'une imperfection secrète de ma nature, une lésion de l'âme qui me fait très différente des autres gens ; plus petite de toutes les façons... Non, je ne saurais vous exprimer cela. Les mots ne traduisent pas le vrai sens de ce que je voulais dire. Voyez-vous, la vie, le monde me semblaient indiciblement beaux ; on devait être si fier et si joyeux d'y respirer ! Qu'on y eût une part de chagrin ou de bonheur peu importait, pourvu qu'on souffrît ou se réjouit sincèrement, et non pas seulement en apparence comme à la comédie. J'aurais voulu que la vie me prît fortement, qu'elle m'abaissât ou m'élevât si irrésistiblement qu'il n'y eût plus de place dans mon âme que pour ce qui m'élevait ou m'abaissait ; j'aurais voulu me fondre dans ma tristesse ou me consumer dans ma joie. Ah, vous ne le comprendrez jamais ! Voilà, Sti Hœg, ce que *moi* j'appellerais vivre, voilà l'existence que je souhaiterais, mais j'ai toujours su, au fond de moi-même, qu'il n'en sera jamais ainsi pour moi, et il m'a souvent semblé que c'était par ma faute d'une façon ou de l'autre ; que j'avais péché contre moi-même ou que je m'étais égarée ; je ne sais, mais parfois ma peine amère semblait venir de ce que j'avais touché à une corde qui ne devait pas résonner et qu'à cette note quelque chose en dedans de moi s'était déchiré, qui ne guérirait jamais, et que je ne recouvrerais jamais assez de vigueur pour pousser la porte de la vie, et que j'étais donc condamnée à écouter du dehors la musique de la fête, comme un hôte qui n'est pas invité ou comme une chambrière infirme.

— Vous ! » s'exclama Sti Hœg, étonné ; puis son expression changea soudain et il reprit d'une autre voix :

« Mais non, mais non, je vois ce que c'est – il secoua la tête en la regardant. Bonté divine, comme l'homme est prêt à se tromper dans ces matières ! Nos pensées vont si rarement au fond de nous-mêmes que nous n'y connaissons ni les chemins ni les sentiers, mais nous nous précipitons à l'aveuglette dès que nous apercevons quelque chose qui ressemble à des traces, tout prêts à jurer que c'est la route royale. Ai-je tort, ma chère ? N'avons-nous pas tous les deux, chacun de notre côté, en cherchant la raison de notre mélancolie, choisi comme seule explication plausible la première idée qui nous est venue ? Ne croirait-on pas, à nous entendre, que moi je me traînais oppressé par la pensée de la corruption de ce monde et des choses de ce monde, de leur vanité et de leur instabilité, et que vous, ma chère parente, vous êtes bien convaincue d'être une pauvre fille pour qui les portes sont fermées et les lumières éteintes ? Mais cela vient uniquement de ce que, une fois sur ce chapitre, nous nous grisons facilement de nos propres paroles et que nous chevauchons toute pensée sur laquelle nous pouvons jeter un licou. »

Au bout de l'allée apparut le reste de la société, et Sti Hœg et Marie se joignirent aux autres pour rentrer au château.

Il était sept heures et demie du soir le vingt-sept septembre, quand des coups de canons et les fanfares de clairons d'une marche joyeuse annoncèrent que Leurs Majestés, accompagnées de Son Altesse l'Électeur Johan-Georg de Saxe et de Son Altesse Madame sa Mère, à la tête de la haute noblesse du pays, quittaient le château et traversaient le jardin pour aller assister au ballet.

Des rangées de torches jetaient une lueur d'incendie sur la façade de briques rouges, enflammaient d'un éclat de cuivre les ifs et les buis, et allumaient sur toutes les joues la flamme sombre d'une vigoureuse santé.

Des drabans vêtus d'écarlate, placés en doubles files, tendaient à bout de bras dans l'air obscur des flambeaux ornés de fleurs ; des guirlandes et des couronnes de lumières, des brasiers au ras de la terre et des lampes entre les feuilles jaunies des arbres faisaient reculer les ténèbres et ouvraient une voie de clarté au splendide cortège.

La lumière étincelle sur l'or, se reflète éblouissante dans l'argent et l'acier, glisse en raies brillantes sur les parements de soie et les traînes de soie. Elle semble doucement soufflée comme une rosée rouge sur le sombre velours, et dans un jaillissement blanc pose des étoiles sur les diamants et les rubis. Les couleurs rouges paradent à côté des jaunes ; parmi le blanc et le violet, le vert de mer éclate ; le rouge corail plonge entre le noir et le lilas ; le marron et le rose, le gris de perle et la pourpre s'entrelacent, teintes sur teintes, dans une ondulation colorée.

C'est fini. Au bas de l'allée, les panaches et les plumets s'inclinent et se relèvent, blancs, blancs dans la lumière crépusculaire.

Le ballet ou la mascarade qu'on va jouer s'appelle « Joie de la forêt ».

La scène est une forêt.

Le prince héritier Christian, en chasseur, exprime la joie de la libre vie d'un chasseur sous les riches ombrages ; des dames en promenade chantent le parfum des violettes ; des enfants jouent et se cachent derrière les troncs d'arbres et cueillent des fraises dans de coquets petits paniers ; des citadins joyeux vantent l'air pur et le jus du raisin, pendant que deux vieilles commères poursuivent avec des gestes amoureux un jeune paysan.

Arrive la déesse des bois, la Diane virginale, figurée par Son Altesse Royale, la princesse Anne-Sophie.

Extasié, l'Électeur se lève et lui lance des baisers à pleines mains pendant que la Cour jubile.

Et la déesse des bois déclame, et le prétendant, débordant de gratitude, porte à ses lèvres les mains de ses beaux-parents royaux.

À peine la déesse disparue, des paysans et des paysannes entrent et chantent un chœur sur le bonheur de l'amour.

Puis, des scènes amusantes se suivent : trois jeunes gens plaisantent assis sur l'herbe, quatre officiers passent en riant ; deux paysans reviennent, très gris, de la foire ; un aide-jardinier chante ; un poète chante, et enfin, six personnes, munies d'instruments divers, jouent une musique folâtre.

Enfin la dernière scène.

Voici onze bergères, Leurs Altesses Royales, les princesses Anne-Sophie, Friderica-Amalie et Vilhelmina-Ernestina, Mme Gyldenlœve et de jolies jeunes demoiselles nobles. Elles dansent avec beaucoup d'art une danse rustique, et Mme Gyldenlœve est en butte aux taquineries et aux plaisanteries des autres bergères parce que, absorbée par des soucis amoureux, elle ne veut point se mêler à leurs danses. Elles la raillent d'avoir renoncé à la liberté et d'avoir incliné son cou sous le joug de l'amour. Alors elle avance et danse un gracieux pas de deux, avec la princesse Anne-Sophie. Elle célèbre le ravissement et la béatitude de cet amour. Puis, toutes ensemble, elles avancent en dansant, s'enlacent et s'entrecroisent dans des figures compliquées, pendant qu'un chœur invisible, à la cantonade, chante, accompagné d'un orchestre d'instruments à cordes, la beauté des Nymphes et des Déesses.

Le ballet se termina ainsi. La société se dispersa dans le jardin, se promenant entre les bocages illuminés ou se reposant sous les grottes superbement aménagées, pendant que des pages, costumés en vendeurs de fruits italiens et espagnols, offraient du vin, des gâteaux, des sucreries, dans des paniers qu'ils portaient sur la tête.

Les nobles acteurs se mêlèrent aussi à la société qui les complimenta sur leur art et leur habileté. Tous étaient d'accord qu'après le prince royal et la princesse Anne-Sophie, personne ne s'était mieux que Mme Gyldenlœve acquitté de sa tâche; et Leurs Majestés ainsi que l'Électrice la félicitèrent. Le roi ajouta que Mlle La Barre elle-même n'aurait pu jouer le rôle avec plus de grâce ni plus de vivacité.

Fort avant dans la nuit la fête se poursuivit à travers le parc et les grandes salles qui donnaient sur le jardin; les violons et les flûtes invitaient à la danse, et les tables étaient surchargées do rafraîchisse monts. Et la fête s'étendait jusque sur la mer, où des gondoles ornées de lampions renvoyaient au jardin l'écho des voix et des rires.

Partout un fourmillement de monde : plus nombreux là où la lumière resplendissait et où jouait la musique; moins nombreux aux endroits moins éclairés, mais à ces endroits mêmes où l'obscurité régnait et où la musique était presque noyée sous le murmure du feuillage, des groupes animés se promenaient, ou des couples silencieux. Oui, même dans la grotte écartée, au fond du parc, un hôte solitaire s'était réfugié. Il était soucieux; la petite lanterne suspendue dans la verdure, à l'entrée de la grotte, éclairait de sa lueur tremblante une figure chagrine et des sourcils découragés, des sourcils d'un jaune blanc, pâle. C'était Sti Hœg.

> ...*E di persona,*
> *Anzi grande, che no ; di vista allegra,*
> *Di blonda chioma, e, colorita alquanto.*

récita-t-il à voix basse.

Ce n'était pas impunément que dans les dernières quatre ou cinq semaines il avait beaucoup fréquenté Marie Grubbe. Elle l'avait ensorcelé. Il ne soupirait qu'après elle, ne rêvait que d'elle. Elle était son espoir et son désespoir. Il avait aimé avant, mais jamais avec cette timidité, cette tendresse, ce découragement. Ce n'était pas le fait qu'elle était l'épouse d'Ulrik Frederik ou qu'il était, lui, le mari de sa sœur qui le désespérait. C'était la nature même de cet amour, cet amour de petit garçon comme il l'appelait amèrement. Il contenait si peu de désir, tant de respect et d'admiration, et, d'un autre côté, tant de désir ! Une attirance pleine de mélancolie, brûlante et fiévreuse, le poussait vers elle, un besoin maladif de vivre avec elle ses souvenirs de jeune fille, de rêver ses rêves, de porter ses chagrins et de partager ses pensées. Elle avait été si belle en dansant, mais plus lointaine que jamais, plus étrangère ; ses épaules rondes, éblouissantes, sa gorge pleine et ses membres fins lui faisaient presque peur ; toute cette splendeur du corps, qui la rendait plus parfaite et plus riche, il la craignait, car elle le faisait trembler et lui ôtait la respiration. Il n'osait s'en laisser ravir ;

il craignait sa passion, le feu dévorant qui y couvait, car ce bras autour de son cou, ces lèvres pressées contre les siennes, c'était de la folie, des rêves de folie; cette bouche...

> *Paragon di dolcezza,*
> . . . .
> *...bocca beata,*
> *...bocca gentil, che può ben dirsi*
> *Conca d'Indo odorata*
> *Di perle orientali e pellegrine;*
> *E la parte, che chiude*
> *Ed apre il bel tesoro,*
> *Con dolcissimo me porpora mista.*

Il se leva du banc comme en proie à une douleur. Non, non! et il s'accrocha du nouveau à son amour timide et nostalgique, tomba en pensée à ses pieds, se rejeta sur le caractère désespéré de cet amour, maintint sous ses yeux l'image de son indifférence à elle, et... À ce moment Marie Grubbe se présenta devant lui sous la voûte de la grotte, se détachant lumineuse d'un fond de ténèbres. Elle s'était trouvée toute la soirée dans une étrange disposition de bonheur; elle se sentait si rassurée, si forte, si saine! Les splendeurs et la musique de la fête, les hommages et les compliments des hommes, c'était un tapis de velours déroulé à ses pieds. Elle était ravie, enivrée de sa propre beauté. Le sang semblait jaillir de son cœur en jets riches et étincelants et se transformer en sourire de beauté sur ses lèvres, en éclat dans ses yeux, en harmonie dans sa voix. Le calme du triomphe était sur son esprit, une clarté sans nuages sur ses pensées ; tout s'épanouissait en son âme ; elle éprouvait la sensation divine de l'équilibre et de la puissance.

Jamais elle n'avait été aussi belle qu'en ce moment, avec le sourire orgueilleux du bonheur, avec cette fierté de reine dans le regard et dans toute la physionomie. Ainsi elle apparut sous la voûte de la grotte, se détachant lumineuse d'un fond de ténèbres. Elle abaissa le regard sur Sti Hœg et rencontra l'admiration sans espoir de ses yeux ; elle se pencha vers lui, posa charitablement sa main blanche sur ses cheveux et lui donna un baiser. Pas un baiser d'amour, non. Comme un roi qui donne à son féal vassal un anneau précieux en témoignage de sa faveur royale et de sa grâce, ainsi elle lui donna un baiser dans un élan de générosité.

Mais, soudain, sa calme assurance l'abandonna ; elle rougit et baissa les yeux.

Si, en ce moment, Sti Hœg avait saisi l'occasion, s'il avait pris ce baiser pour autre chose qu'un don princier, elle aurait été perdue pour lui à jamais. Mais il mit silencieusement un genou en terre, pressa avec gratitude sa main contre ses lèvres. Il fit ensuite courtoisement un pas de côté, la salua profondément et respectueusement, la tête inclinée et découverte. Et elle passa, fière, sortit de la grotte et disparut dans l'obscurité.

XII

En janvier 1664, Ulrik Frederik fut nommé gouverneur de Norvège, et, aux premiers jours d'avril de la même année, il s'y rendit.

Marie Grubbe l'accompagna.

Les rapports entre eux ne s'étaient guère améliorés. Mais ils savaient à quoi s'en tenir sur leur indifférence réciproque ; et elle se traduisait par la manière extrêmement cérémonieuse dont ils se traitaient mutuellement.

Pendant la première année, pendant les dix-neuf premiers mois de leur installation à Aggershus leur vie continua ainsi, et Marie ne souhaitait aucun changement. Il n'en était pas de même pour Ulrik Frederik : car il était retombé amoureux de sa femme.

Un après-midi d'hiver, au crépuscule, Marie Grubbe était seule assise devant le feu dans une petite pièce. Il faisait un temps de bourrasque, gris et sombre. Les lourds flocons de neige fondue se collaient les uns aux autres aux coins des petits carreaux verdâtres, et montaient jusqu'à couvrir presque la moitié du verre. Des coups de vent, qui tombaient en tourbillons contre les murs, semblaient perdre la raison et s'y jeter en aveugles, secouant violemment les portes et les fenêtres pour ensuite s'élancer en l'air avec un hurlement enroué de chien battu. Des coups de vent puissants se précipitaient du toit en face, s'aplatissaient contre les carreaux et les murailles comme une vague, et s'éparpillaient. D'autres s'engouffraient en mugissant dans la cheminée, dont la flamme se couchait sous la menace pendant que la fumée blanchâtre, effrayée, se courbait comme la crête d'une vague, prête à se répandre dans la salle, pour s'élever, un instant après, mince, légère et bleue, et disparaître dans le tuyau. Les flammes alors semblaient la rappeler, sautaient, couraient, envoyaient par poignées des étincelles sur ses traces. Alors le feu commençait réellement à prendre ; il s'étalait largement avec un grondement de bien-être, ronflant sur les braises, les cendres et les bûches, bouillonnait et susurrait de joie dans la moelle intime du bouleau, ronronnait et ronflait comme un chat rouge, et léchait de ses flammes les nœuds noircis des bûches.

Rouge, chaud et brillant, l'esprit de ce feu se communiquait à toute la pièce. Jaillissant en forme d'éventail, il jouait sur le parquet, chassait devant lui la douce obscurité du crépuscule ; une ombre tremblante se réfugiait à droite et à gauche des pieds contournés des chaises, se pressait dans les coins, se faisait longue et mince à l'abri des moulures avançantes, s'aplatissait sous la grande armoire.

Et la tempête continuait, et l'obscurité s'épaississait, mais ici le feu flambait et la lumière dansait, et Marie Grubbe, elle, chantait. Tantôt elle chantait les paroles qu'elle se rappelait, tantôt elle en fredonnait seulement l'air; elle avait un luth à la main; mais elle ne jouait pas; elle se contentait de pincer de temps en temps les cordes et d'en tirer quelques notes claires qui se prolongeaient.

C'était une de ces petites chansons tristes et familières qui rendent les oreillers plus doux et la pièce plus confortable, un de ces airs doucement berceurs qui semblent se chanter tout seuls dans leur mélancolie paisible, et qui, néanmoins, font paraître la voix si agréablement pleine, si riche et si ronde! Marie était assise juste devant la lumière du poêle. Les lueurs rouges jouaient autour d'elle. Elle chantait distraitement et avec complaisance, comme en se caressant de sa propre voix.

La porte basse s'ouvrit pour laisser passer en se courbant la haute stature d'Ulrik Frederik.

Marie cessa immédiatement de chanter.

« Ah, madame, s'écria Ulrik Frederik avec un ton de reproche très doux et en s'avançant vers elle le geste suppliant, si j'avais su que vous vous laisseriez *incommoder* par ma présence…

— Non, je chantais seulement pour tenir éveillés mes rêves.

— *D'aimables rêves?* demanda-t-il en se penchant sur les chenets devant le feu et en se chauffant les mains aux boules de cuivre brillantes.

— Rêves de jeunesse, répondit Marie, en laissant sa main courir sur les cordes du luth.

— Oui, c'est toujours ainsi quand on est vieux », répliqua-t-il avec un sourire.

Marie se tut un moment, puis riposta :

« On peut être très jeune et avoir de vieux rêves.

— Comme cela sent bon le musc ici ! Mon humble personne figure-t-elle dans ces rêves, madame, si j'ose vous le demander ?

— Oh non.

— Il y eut pourtant un temps…

— Parmi tous les autres temps.

— Oui, madame, parmi tous les autres temps, il y eut une fois un temps merveilleux où je vous étais très, très cher. Vous rappelez-vous une heure de crépuscule d'hiver, une huitaine de jours après nos épousailles ou quelque chose comme cela ? Il faisait du vent et de la neige…

— Comme maintenant.

— Vous étiez assise devant le feu…

— Comme maintenant.

— Oui. Et j'étais étendu à vos pieds, et vos chères mains jouaient dans mes cheveux.

— Oui, en ce moment-là, vous m'aimiez.

— Comme maintenant… Et vous, vous vous penchiez sur moi, vous pleuriez et vos larmes roulaient sur vos joues, et vous m'avez embrassé et regardé si tendrement et avec tant d'émotion, comme si vous faisiez une prière pour moi dans votre cœur et puis, brusquement, vous le rappelez-vous ? vous m'avez mordu au cou.

— Ah ! bonté divine ! comme je vous ai aimé, monsieur mon époux ! Lorsque j'entendais vos éperons sonner contre les marches de l'escalier, le sang me bourdonnait aux oreilles, je tremblais des pieds à la tête et mes mains se glaçaient. Et quand vous entriez et que vous me pressiez dans vos bras…

— De grâce, madame.

— Mais ce ne sont que des souvenirs morts d'un amour depuis longtemps éteint.

— Éteint, madame! Il brûle plus fort que jamais.

— Non, non, il est couvert des cendres froides de trop de jours.

— Mais il renaîtra de ses cendres comme cet oiseau phénix, plus beau et plus ardent que jamais... Dites-moi que oui.

— Non. L'amour est comme une fleur délicate. Si la gelée d'une nuit en flétrit le cœur, elle meurt jusqu'à la racine.

— Non. L'amour est pareil à la plante qu'on appelle la rose de Jéricho : si la sécheresse survient, elle se dessèche et se recroqueville, mais, quand arrive une belle nuit avec une abondante rosée, elle développe toutes ses feuilles et redevient verte et fraîche comme jamais auparavant.

— Peut-être. Il y a sans doute plusieurs espèces d'amours.

— Il y en a... oui. Et le nôtre était un amour de cette espèce.

— Le vôtre l'était, vous me le dites maintenant, mais le mien, non, jamais.

— C'est que vous ne m'avez pas aimé.

— Pas aimé! Voulez-vous que je vous raconte comment j'ai aimé? C'était à Frederiksborg...

— Oh, madame, que vous êtes cruelle

— C'était à Frederiksborg. Ah! vous ne vous doutez guère comme j'ai souffert! Je voyais que votre amour n'était plus ce qu'il avait été. Hélas! comme une mère surveille son enfant malade, épiant chaque symptôme, ainsi je suivais votre amour avec émotion et avec angoisse. Et quand je voyais dans vos regards froids sa pâleur et que je sentais dans vos baisers la faiblesse de son pouls, je pensais mourir de chagrin et de désespoir. Je pleurais pour cet amour durant de longues nuits, je priais pour lui comme pour un enfant chéri qui se meurt d'heure en heure. Et je cherchais partout pour trouver du secours dans ma désolation et un remède à votre amour malade; et tous les moyens secrets dont j'entendais parler, en fait de philtres à boire, je les préparais avec un espoir qui doutait du succès, et je les mêlais à vos breuvages du matin et à votre vin du soir. J'exposais trois fois votre plastron à la lune en croissance et je lisais dessus le cantique de mariage; et sur le bois de votre lit, je peignais avec mon sang treize cœurs en croix; mais toujours sans résultat, monsieur mon époux, car votre amour était condamné à mourir. Voilà comment vous étiez aimé!

— Non, non, Marie, mon amour n'est pas mort. Il a ressuscité. Écoutez-moi, mon cher cœur, écoutez-moi, car j'ai été frappé de cécité, d'un mal de folie, mais maintenant, Marie, je m'agenouille à vos pieds, je sollicite de nouveau votre amour, avec des prières et des supplications. Hélas, mon amour a été comme un enfant capricieux, mais il a grandi et il est devenu un homme, et vous pouvez en toute confiance vous laisser aller dans ses bras. Je vous jure sur le bois de la sainte croix et sur mon honneur d'homme qu'ils ne vous lâcheront plus jamais.

— Taisez-vous, taisez-vous. À quoi cela nous sert-il?

— Mais, croyez-moi, Marie, croyez-moi.

— Par Dieu vivant! je vous crois. Il n'y a pas l'ombre ni le soupçon d'un doute dans mon esprit. Je vous crois pleinement; je crois que votre amour est grand et fort, mais le *mien*? Vous l'avez étranglé de vos propres mains, c'est un cadavre. Et votre cœur aura beau l'appeler, il ne le réveillera pas.

— Mais si, Marie! Mais si! Je sais qu'il y en a, parmi vous qui, lorsqu'elles aiment un homme, s'il les repousse du pied, reviennent de nouveau et éternellement de nouveau, car leur amour est à l'épreuve de toutes les blessures.

— C'est vrai, monsieur mon époux! Et moi, je suis une de ces femmes, je vous l'avoue. Mais vous, vous n'êtes pas l'homme. »

Que Dieu étende sa main protectrice sur toi, très chère sœur de mon cœur, et qu'il te soit un généreux dispensateur de tout ce qui est désirable et bon pour le corps et pour l'âme; je te le souhaite de tout mon cœur.

À toi, très chère sœur de mon cœur, qui es mon unique amie sincère depuis l'enfance, j'écris pour te raconter les beaux fruits que je récolte de mon élévation. Maudite soit-elle depuis le jour qu'elle commença. Car, Dieu le sait, elle ne m'a valu que des ennuis et des tribulations en mesures combles.

Oui, cela m'a été une vraie élévation à rebours comme tu le verras par cette lettre, très chère sœur de mon cœur, et comme d'ailleurs tu t'en doutes sur bien des points; car tu n'as sans doute pu manquer d'apprendre, très chère sœur de mon cœur, par ton cher mari que déjà, pendant que nous habitions

Frederiksborg, les rapports étaient assez froids entre moi et mon noble époux ; et ici, à Aggershus, pendant quelque temps il n'en fut pas autrement, car il s'est conduit vis-à-vis de moi d'une façon incroyable, mais telle qu'il fallait s'y attendre de ce beau sire. Je ne me soucie point de ses sales galanteries, car elles ne me touchent nullement, vu que tout l'amour que je porte en mon cœur pour lui ne suffirait même pas à tenir en vie un poulet malade, et, si tel est son bon plaisir, qu'il coure n'importe quelle racaille de femmes pourvu qu'il ne me gêne pas ; ce qu'il fait pourtant, et cela d'une façon à faire croire qu'il est en proie à la démence ou possédé par le diable. Et cela a commencé une fois qu'il est venu à moi avec de belles paroles et des promesses, voulant que tout fût bien de nouveau entre nous, quand il m'est si odieux et que je le méprise tant. Et je n'ai pas manqué de le lui signifier en lui disant que je m'estimais trop bonne pour lui, mais alors ce fut bien pis, car, comme dit le proverbe allemand : « quand le diable a froid, il chauffe à blanc son enfer », et du coup il m'a allumé une étuve infernale. Il a appelé en masse ici au château des filles de mauvaise vie, des garces, et il les traite avec du vin et des plats coûteux, oui, même avec des crèmes et des pièces montées, comme pour un banquet princier ; et il a même voulu sortir mes nappes damassées, ouvragées avec tant d'art, que j'ai héritées de feu notre mère, et mes coussins de soie ornés de franges, mais j'y ai mis bon ordre en les enfermant à clef, de sorte qu'il dut emprunter en ville de quoi mettre le couvert et couvrir les banquettes.

Ma très chère sœur, je ne veux plus te fatiguer en t'entretenant d'une si mauvaise compagnie ; mais n'est-il pas vexant de voir des garces pareilles qui, si on les traitait avec justice, *devraient être fouettées au pilori de la ville, assises au banc d'honneur dans le château du gouverneur de Sa Majesté Royale? M'est avis que cela est si honteux que, si Sa Majesté en entendait parler, ce que je souhaiterais de tout mon cœur et de toute mon âme, elle en toucherait deux mots à mon bon Ulrik Frederik, et cela de façon qu'il n'aurait guère plaisir à l'écouter. Le plus joli des tours qu'il m'a joués, je ne te l'ai pas encore raconté ; d'ailleurs il ne date que de l'autre jour, où j'ai demandé à un marchand de m'apporter quelques soutaches de soie de Brabant que je voulais poser au bas d'une casaque : il m'a fait répondre que, si j'envoyais l'argent, les marchandises suivraient, mais que le gouverneur lui avait défendu de rien me donner à crédit ; et un message pareil est venu du chapelier, de sorte que je suppose qu'il m'a déclarée insolvable devant toute la ville, alors que j'avais apporté en dot pour des milliers et des milliers de riksdalers. Assez pour cette fois. Que Dieu nous ait en sa garde et me donne toujours d'heureuses nouvelles de toi.*

Fait au château d'Aggershus, 12 décembre 1665.
Ta sœur fidèle,

MARIE GRUBBE.

À Noble Dame, Mme Anne-Marie Grubbe, femme de Styge Hœg, conseiller à la Cour supérieure de Laaland, ma très chère sœur, cordialement en mains.

Que Dieu te garde, ma bien chère sœur, maintenant et toujours, je te le souhaite d'un cœur sincère, et je le prierai qu'il relève ton courage et ne te laisse pas écraser, car chacun a sa croix à porter, et nous nageons et baignons dans la misère.

Ta missive, ma bien chère sœur, m'est arrivée en mains, intacte et non décachetée, et j'y apprends, le cœur gros, la honte et la risée auxquelles ton époux te livre; et c'est un grand tort de la part du gouverneur de Sa Majesté Royale de faire ce qu'il fait. Mais ne sois pas trop vive, ma poulette, car tu as des raisons pour patienter, puisqu'un si haut rang t'est donné qu'il ne serait pas bon à perdre, et qu'il vaut la peine qu'on le garde, car si ton époux en s'amusant gaspille tant d'argent, c'est son argent qu'il gaspille, alors que mon débauché de mari a mangé et le sien et le mien : et c'est une pitié qu'un homme qui devrait tenir à conserver ce que Dieu nous a confié, le dépense et le dissipe entièrement. Si seulement Dieu voulait me séparer de lui, d'une façon en d'une autre, ce serait une grande charité vis-à-vis de moi, pauvre femme, et dont je ne pourrai assez le remercier; et cela pourrait aussi bien se faire, puisque, cette dernière année, nous n'avons point été ensemble, ce dont Dieu soit loué, pourvu que cela dure, de sorte que tu vois, ma bien chère sœur, que mon lit n'est pas non plus fait dans la soie; mais toi, ma bien chère sœur, tu dois te dire que ton époux se ravisera certainement et reviendra à la raison, et ne dépensera pas tout pour des filles sans pudeur et des ordures, et, comme sa fonction lui donne un grand revenu, tu ne dois pas laisser inquiéter ton cher cœur par son honteux gaspillage ni par son infidélité. Dieu t'aidera, j'en suis convaincue.

Adieu, ma poulette, des milliers et milliers de bonnes nuits je te souhaite.

Ta sœur dévouée tant qu'elle vit.

ANNE-MARIE GRUBBE.

Fait à Vang, le 6 février 1666.

À madame,
Mme Gyldenlœve, ma bonne amie et sœur.

Que Dieu tienne sa main protectrice sur toi, très chère sœur de mon cœur, et qu'il te soit un généreux dispensateur de tout ce qui est bon et désirable de toutes les façons pour le corps et pour l'âme, je te le souhaite de tout cœur.

Très chère sœur de mon cœur, on a accoutumé de dire que personne n'est si furieusement fou qu'il ne cesse un instant de l'être entre la Saint-Jean et la Saint-Paul[1]; mais cela n'a pas ici d'application, car monsieur mon époux n'a pas encore recouvré la raison, il est même mille fois plus fou qu'avant. Ce que je t'ai jusqu'ici mandé n'était qu'enfantillages comparé à ce qui se passe maintenant, et qui est au-delà de tout ce qu'on peut imaginer ; à savoir, très chère sœur, qu'il a été à Copenhague et – oh! honte indicible! – en a ramené une de ses anciennes garces, c'est-à-dire Karen, qu'il a immédiatement installée à demeure au château, et qui, maintenant, est la maîtresse et gouverne tout, pendant que moi je suis mise au rancart. Mais, ma chère sœur, il faudra que tu me rendes le service de t'informer si notre cher père voudrait soutenir ma

---

1. Du 24 juin au 23 juin, c'est-à-dire l'année entière.

cause dans le cas où je m'enfuirais ; et il le voudra, sans doute, car personne ne pourrait voir ma situation malheureuse sans grande pitié, et le fardeau qu'on me jette sur les épaules est si insupportable que je crois que c'est mon droit de le rejeter. Pas plus tard que le jour de Notre-Dame, j'étais descendue dans notre verger ; quand je suis rentrée, le verrou de ma chambre à coucher était poussé en dedans et, comme je demandais ce que signifiait cette plaisanterie, on me répondit que cette pièce et la pièce contiguë, Karen les voulait, et que mon lit avait été monté dans une chambre à l'ouest, froide comme une église lorsqu'il vente, et pleine de vents coulis, et dont le plancher est tout pourri, même avec de grands trous ça et là. Mais si je voulais décrire en détail tout l'affront qu'on me fait, ce serait long comme un prêche de carême, et, si cela continue longtemps, je ne crois guère que ma tête y résistera. Que Dieu nous ait en sa garde et qu'il me donne toujours de bonnes nouvelles de toi.

Ta sœur toujours fidèle,

MARIE GRUBBE

Château d'Aggershus, le 2 septembre 1666.

À Noble Dame, Mme Anne-Marie Grubbe, femme de Styge Hœg, conseiller à la Cour de Laaland, ma bien chère sœur, cordialement en mains.

Ulrik Frederik était au fond aussi las que Marie Grubbe de cet état de choses.

Il était habitué à mieux, en fait de débauche. C'étaient de piètres compagnons que ces pauvres officiers norvégiens, et les femmes, des filles à soldats, n'étaient pas longtemps supportables. Karen Fiol était la seule qui fût un peu moins grossière et vulgaire, mais même à elle il aurait préféré dire adieu aujourd'hui plutôt que demain.

C'était de dépit, à cause de la rebuffade essuyée près de Marie, qu'il avait fait de ces gens sa société. Un moment ils l'avaient amusé, mais pas bien longtemps, et comme toute cette affaire avait fini par lui paraître fade, presque désagréable, et qu'en outre il s'y mêlait une ombre de repentir, il s'efforçait de se prouver que cela avait été nécessaire ; il parvint même à s'en convaincre et à se figurer qu'il avait eu un plan, celui de faire regretter à Marie sa conduite et de l'amener à résipiscence. Mais comme elle ne semblait rien regretter, il exagéra encore sa conduite dans l'espoir, en lui faisant la vie dure, de vaincre son obstination. Quant à admettre qu'elle ne l'aimait plus, il ne le pouvait, persuadé, qu'au fond de son cœur, elle n'aspirait qu'à se jeter dans ses bras. Si elle ne le faisait pas, c'est que, voyant son amour ranimé, elle avait saisi l'occasion de se venger… Il comprenait ce besoin de vengeance, il l'approuvait même. Seulement elle en exagérait la durée ; et le temps se faisait trop long pour lui dans cette Norvège barbare.

Cependant, il n'était pas sûr qu'il n'eût pas mieux fait de laisser cette Karen Fiol à Copenhague, mais, d'une part, il ne pouvait plus supporter les autres, et, de l'autre, la jalousie lui avait paru une puissante alliée, car Marie *avait été* jalouse de Karen, il le savait.

Or, Marie Grubbe ne se rendait pas, et il commençait à douter qu'elle se rendît jamais, et l'amour d'Ulrik Frederik croissait de son doute même. Il y eut pour lui quelque chose comme l'intérêt d'un jeu ou d'une chasse dans cette attente prolongée.

C'était l'esprit en éveil, avec autant de crainte que de calcul qu'il accumulait ses torts vis-à-vis de Marie, guettant un signe, un seul, qui lui permit de croire qu'il rabattait le gibier dans le bon chemin, mais le signe ne venait pas.

Si, enfin!

Il se produisit quelque chose, et il se dit que c'était là le signe qu'il attendait. Un jour que Karen avait fait à Marie Grubbe un affront particulièrement vif, celle-ci s'empara d'une courroie de cuir grande et forte, traversa toute la maison, entra dans la pièce où Karen faisait la sieste, en referma la porte en dedans et administra à la fille terrifiée une volée de coups, puis elle s'en retourna tranquillement entre les serviteurs interdits qui étaient accourus aux cris de Karen.

Ulrik Frederik était parti pour la ville au moment où la scène se passait; Karen l'envoya immédiatement chercher, mais il ne se hâta point : ce ne fut que bien avant dans la soirée que Karen, qui l'attendait avec impatience, entendit sur le pavé les sabots de son cheval.

Elle courut au-devant de lui; il l'écarta d'une façon douce mais déterminée et monta droit chez Marie Grubbe.

La porte de sa chambre était entrebâillée : elle n'y était sans doute pas. Il passa la tête, sûr de trouver la pièce vide; Marie était assise près de la fenêtre et elle dormait. Il entra sur la pointe des pieds, aussi doucement que possible, car il avait un peu bu.

Dans un flot jaune et or, la lumière du soleil de septembre donnait aux pauvres couleurs de l'éclat et de la splendeur : les murs blanchis à la chaux avaient une blancheur de cygne ; le plafond de bois bruni avait la teinte chaude de l'airain, et les rideaux de lit fanés tombaient en plis d'un rouge de rubis et en replis pourpres. La clarté était éblouissante ; même ce qui était à l'ombre était éclairé et semblait émerger d'une brume de lumière jaune comme des feuilles d'automne. Autour de la tête de Marie Grubbe, le soleil allumait l'or d'un nimbe et baisait son front blanc : si les yeux et la bouche étaient dans une ombre profonde, c'était à cause d'un pommier jaunissant qui tendait, comme une tentation, vers la fenêtre, ses branches rougies de pommes.

Elle dormait. Assise sur une chaise elle dormait, les mains jointes aux genoux.

Sur la pointe des pieds, Ulrik Frederik se faufila près d'elle, et le nimbe s'évanouit quand il s'interposa entre elle et la fenêtre.

Il la contempla longuement.

Elle était plus pâle qu'autrefois. Elle avait un air si bon et si doux, assise ainsi la tête inclinée en arrière, les lèvres légèrement entrouvertes et le cou blanc découvert. Il pouvait voir son pouls battre sur le côté de la gorge, droit au-dessous d'un petit signe brun. Il suivait la ferme rondeur de l'épaule sous la soie collante et le bras délié jusqu'à la main blanche qui reposait. Et cette main était à lui. Il se figurait les doigts potelés formés autour de la courroie brune ; il voyait le bras, dans sa forme blanche sillonnée de veines, s'affermir et devenir lisse, puis se détendre avec un éclat amorti sous les coups qu'il portait au pauvre corps de Karen. Il voyait briller de satisfaction son regard jaloux, et ses lèvres courroucées sourire cruellement à la pensée qu'elle effaçait de son fouet baisers sur baisers. Et elle était à lui. Il avait été méchant et sévère et cruel; il avait laissé se tordre de désespoir ses chères mains et s'ouvrir à des plaintes ses lèvres rouges.

Ses yeux s'embuèrent à cette pensée, et il se sentit pénétré de la pitié attendrie qui s'éveille si vite chez un homme ivre; il demeurai toujours immobile, la regardant avec une sentimentalité hébétée, jusqu'à ce que le riche flot de la lumière du soleil fût réduit à un mince petit filet étincelant entre les poutres sombres du plafond.

Enfin, Marie Grubbe se réveilla.

« Vous! cria-t-elle en sautant sur ses pieds et en se rejetant en arrière si brusquement que la chaise roula par terre.

— Marie, fit Ulrik Frederik aussi tendrement qu'il le put et en tendant vers elle ses mains suppliantes.

— Que voulez-vous? Vous plaindre des coups que votre garce a reçus?

— Non, non, Marie, soyons amis, de bons amis.

— Vous êtes ivre, répondit-elle froidement en se détournant de lui.

— Oui Marie, ivre d'amour de toi, mortellement ivre de ta beauté, mon cher cœur.

— Oui, dans une telle ébriété que vos yeux vous ont trompé et que vous avez pris d'autres femmes pour moi.

— Marie, Marie, ne soyez pas jalouse. »

Elle fit un mouvement qui l'écartait dédaigneusement.

« Si, Marie, tu as été jalouse; tu t'es trahie en prenant cette courroie… Mais oublions cette canaille dégoûtante; que le diable l'emporte! Viens, viens! ne joue plus la cruelle avec moi comme moi j'ai joué l'infidèle dans ces ripailles et ces débauches affectées. Nous nous faisons seulement un coin d'enfer de ce qui pourrait être une demeure du ciel. Ta volonté sera faite en tout. Si tu veux t'habiller de la soie la plus riche, si tu veux des perles en rangs aussi longs que tes cheveux, tu les auras, et des bagues et des tissus de brocart par pièces entières, et des plumes et des pierres, tout ce que tu voudras. Il n'y a rien de trop précieux pour toi. »

Il voulut glisser le bras autour de sa taille, mais elle le saisit par le poignet et l'écarta.

« Ulrik Frederik, dit-elle, veux-tu que je te dise une chose ? Même si tu pouvais envelopper ton amour de zibeline et de martre, si tu pouvais le couronner d'or, ou lui donner des souliers taillés dans le pur diamant, je le jetterais loin de moi comme une ordure, car je l'estime moins que la terre que foule mon pied. Il n'y a pas une goutte de mon sang qui te soit acquise, pas une fibre de ma chair qui ne te repousse, tu entends ? Il n'y a pas un recoin de mon âme qui appelle ton nom. Comprends-moi bien ! Si je pouvais délivrer ton corps des souffrances d'une maladie mortelle ou ton âme des tourments de l'enfer en me donnant à toi, je ne le ferais pas.

— Si, tu le ferais, femme ! Ne dis pas non.

— Non et non, cent fois non !

— Alors va-t'en, va-t'en ! par l'enfer, va-t'en loin de mes yeux ! »

Il était devenu blanc comme le mur et tremblait de tous ses membres. Sa voix sifflait, enrouée, et il gesticulait des bras comme un fou.

« Ôte ton pied de mon chemin ! ôte ton… ôte ton… ôte ton pied de mon chemin, ou je te fends la tête. Je commettrais un meurtre, je vois rouge ! Va-t'en, va-t'en ! Loin de ce pays, loin du royaume de Norvège, et que le feu de l'enfer t'emporte! Va-t'en! »

Marie le regarda un moment terrifiée, puis elle se sauva en courant hors de la pièce, hors du château.

Au moment où elle repoussait la porte derrière elle, Ulrik Frederik saisit la chaise où elle avait été assise à son entrée et la jeta par la fenêtre, puis il arracha du lit les vieilles tentures moitié pourries et les déchira en loques et en lambeaux, tout en arpentant la pièce ; puis, soudain, il s'affaissa par terre et se mit à ramper à genoux, en soufflant comme un animal sauvage et en frappant contre le parquet jusqu'au sang les articulations de ses mains. Enfin, épuisé, il alla se jeter sur le lit, la tête enfouie dans les coussins, appelant Marie de noms tendres, pleurant, sanglotant, la maudissant, puis lui parlant de nouveau, la câlinant, d'une voix basse et douce.

La même nuit, Marie Grubbe trouva un capitaine qui, grâce à de bonnes paroles et à une forte somme, consentit à la faire passer au Danemark.

Le lendemain, Ulrik Frederik chassa Karen Fiol, et peu de jours après, il prit le chemin de Copenhague.

XIII

Un beau jour, Erik Grubbe eut la surprise de voir Mme Gyldenlœve arriver à Tjele.

Il comprit immédiatement qu'il y avait quelque chose qui n'allait pas.

Elle était venue en voiture sans domestiques, sans bagages. Quand il eut appris de quoi il retournait, ce ne fut pas une réception chaleureuse qu'il lui fit ; il se mit dans une telle colère qu'il sortit en claquant les portes et ne se montra plus de la journée.

Mais, après avoir pris conseil du sommeil, il devint plus traitable, oui, il eut même pour sa fille une affection presque respectueuse, et ses paroles sentirent un peu la recherche apprêtée d'un vieux courtisan. C'est qu'il s'était dit qu'il n'y avait pas encore de malheur irrémédiable : sans doute des dissentiments avaient éclaté entre les jeunes époux, mais Marie n'en restait pas moins Mme Gyldenlœve, et on pourrait probablement, sans grande difficulté, remettre les choses au point.

Marie réclamait le divorce et ne voulait point entendre parler de réconciliation, mais on ne pouvait guère s'attendre à autre chose dans le chaud bouillonnement de la première colère, quand tous les souvenirs étaient encore des blessures douloureuses et des plaies béantes. Le temps se chargerait de la calmer, il en était convaincu.

Il y avait en outre une circonstance dont il espérait beaucoup : Marie était venue à Tjele presque nue, sans vêtements, sans bijoux. Elle ne manquerait pas de regretter le luxe qu'elle avait appris à considérer comme normal. La table très simple, ordinaire à Tjele, la domesticité peu nombreuse et la médiocrité générale de la vie quotidienne la feraient soupirer après ce qu'elle avait quitté. D'autre part, Ulrik Frederik, si fâché qu'il fût, pourrait malaisément songer au divorce. Ses affaires d'argent n'étaient pas de celles qui admettaient qu'on renonçât à une dot comme celle de Marie, car douze mille dalers étaient une forte somme d'argent liquide, et l'or et les domaines sont de ces choses que l'on quitte avec peine une fois qu'on les a reçues.

Pendant six mois tout alla donc bien à Tjele. Marie se plaisait dans cette maison tranquille. La paix profonde qui y régnait, la monotonie des jours et le manque complet d'événements avaient pour elle le charme de la nouveauté, et elle en jouissait dans un bien-être rêveur et passif.

Quand elle songeait au passé, ce passé lui semblait une lutte épuisante, une bousculade incessante pour avancer sans but : le tout éclairé d'une lumière crue, brûlante, et agité d'un bruit assourdissant, insupportable. Ici, elle avait une délicieuse sensation de calme, de repos jamais troublé dans l'ombre bienfaisante, dans le silence doux et ami, et elle aimait à rehausser la paix de ce refuge en se figurant le monde extérieur où l'on continuait à se battre, à se presser, à faire du bruit, alors qu'elle en était sortie, se faufilant pour ainsi dire derrière la vie, et avait trouvé un petit coin paisible où personne ne pouvait troubler sa solitude si délicieusement obscure.

Mais, à mesure que le temps passait, le calme se fit lourd, la paix inanimée, l'ombre noire ; et elle prêtait l'oreille pour distinguer un bruit vivant du dehors. Aussi reçut-elle non sans plaisir la proposition d'un changement que lui fit Erik Grubbe. Il insistait pour qu'elle s'installât au château de Kalœ qui appartenait à son époux. Comme son époux avait en mains toute sa dot et ne lui envoyait pourtant rien, il était raisonnable qu'elle se laissât entretenir par le domaine de Kalœ ; elle y vivrait comme le jaune dans un œuf ; elle aurait une nombreuse domesticité, s'entourerait de luxe bien autrement qu'à Tjele où la vie était trop simple pour elle qui était habituée à mieux. D'ailleurs, la dotation qui, au lendemain des noces, lui avait été faite par le roi et qui lui assurait mille tonneaux de blé au cas où Ulrik Frederik décéderait avant elle, visait assurément le domaine de Kalœ donné à Ulrik Frederik six mois après son mariage.

Maintenant, au cas où il n'y aurait point de réconciliation, il n'était pas invraisemblable qu'Ulrik Frederik eût à lui céder le domaine qui aurait dû être à elle comme douairière. Il était donc opportun à la fois qu'elle apprît à le connaître et qu'Ulrik Frederik se familiarisât avec l'idée de l'y savoir installée, car il y renoncerait peut-être plus facilement ainsi.

L'intention d'Erik Grubbe était de se débarrasser des frais que lui causait le séjour de Marie à Tjele et de rendre aux yeux des gens moins manifeste la rupture entre elle et Ulrik Frederik. De plus, c'était un rapprochement entre les époux, et on ne pouvait prévoir où cela mènerait.

Marie partit donc pour Kaløe, mais la vie ne s'y présenta point dans les conditions qu'elle avait espérées, car Ulrik Frederik avait donné l'ordre à son intendant Johan Utrecht de bien recevoir Mme Gyldenlœve, mais de ne pas lui donner un liard. À Kaløe on s'ennuyait encore plus qu'à Tjele, et Marie n'y serait sans doute pas restée longtemps si elle n'avait eu un hôte qui bientôt allait être pour elle plus qu'un hôte.

Son nom était Sti Hœg.

Depuis la fête dans le jardin du château de FrederiksBorg, Marie Grubbe avait beaucoup pensé à ce beau-frère, et toujours avec un sentiment de profonde reconnaissance, et plus d'une fois, lorsqu'à Aggershus elle avait été offensée ou blessée plus douloureusement que d'ordinaire, elle avait trouvé une consolation dans le souvenir de son hommage respectueux et de son adoration muette. Ses manières étaient les mêmes avec elle, maintenant qu'elle était abandonnée et oubliée, qu'au temps passé de sa splendeur. Il y avait dans son regard et dans toute sa physionomie la même admiration sans espoir, si humble et si doucement flatteuse.

Il ne restait jamais à Kaløe plus de deux ou trois jours de suite, puis il partait pour une huitaine de jours en visite chez d'autres amis, et Marie s'habitua à regretter son départ et à soupirer après son retour, car il était à peu près sa seule société; aussi devinrent-ils des amis intimes et ils n'eurent bientôt presque rien de caché l'un pour l'autre :

« Madame, demanda Sti Hœg un jour, est-ce votre intention de retourner près de Son Excellence le gouverneur, s'il vous fait amende honorable?

— Quand même il viendrait se traînant à genoux, répondit-elle, je le repousserais, je n'ai pour lui qu'horreur et mépris, car il n'y a pas un sentiment sincère dans son cœur, pas une goutte de sang chaude et honnête dans son corps : c'est une fille, une vraie fille laide et maudite; ce n'est pas un homme. Il a les yeux vides et déloyaux d'une fille, il en a les désirs mous et l'âme. Jamais une parole sortie du cœur n'a franchi ses lèvres. Je le hais, car je me sens comme souillée de ses mains frôleuses et de ses paroles de fille.

— Vous demandez donc la séparation, madame? »

Marie répondit que c'était son intention et que, si son père l'avait voulu, l'affaire aurait déjà été en bonne voie; mais il ne se pressait pas, espérant toujours que tout s'arrangerait, ce qui n'arriverait jamais.

Ils causaient aussi de ce qu'elle pourrait demander pour son entretien après le divorce, et Marie supposait que son père réclamerait pour elle le domaine de Kalœ.

Sti Hœg jugea cette mesure peu réfléchie. Dans sa pensée il avait rêvé pour elle une autre existence que celle de veuve dans un recoin éloigné du Jutland, avec la perspective d'épouser un jour un simple noble, car elle ne pourrait jamais songer à mieux. À la Cour son rôle était fini. Ulrik Frederik était trop bien vu pour ne pas lui en fermer l'accès. Non, il préférait pour elle qu'on lui rendît sa dot en argent comptant ; puis elle quitterait le Danemark et n'y remettrait plus jamais les pieds. Sa beauté et son rang lui obtiendraient en France une situation autrement belle que dans ce malheureux pays, avec sa noblesse presque rurale et sa pauvre contrefaçon de Cour.

Voilà ce qu'il disait, et la vie mesquine dans la solitude de Kaloe faisait un si merveilleux repoussoir aux images fascinantes qu'il dressait devant elle de la Cour superbe de Louis XIV, que Marie en était captivée et que la France devenait la scène de tous ses rêves.

Sti Hœg était toujours aussi épris d'amour pour Marie Grubbe, et il lui parlait souvent de cette passion, mais sans prière ni supplication, sans même se plaindre ou espérer, toujours d'une façon complètement désintéressée. Il ne semblait même pas supposer qu'elle pût jamais être partagée. Au début, Marie entendit ces paroles avec un étonnement inquiet, mais peu à peu elle écouta avec plaisir ces réflexions sans espoir sur un amour dont elle était l'objet, et il s'y mêla un certain sentiment capiteux de puissance puisqu'elle devenait ainsi comme la maîtresse de la vie et de la mort d'un homme aussi étrange que Sti Hœg. Cependant elle ne tarda pas à éprouver une certaine irritation devant ce découragement et cette renonciation à une lutte dont l'enjeu paraissait inaccessible. La facilité avec laquelle il acceptait qu'elle fût trop haute pour lui l'amena, sinon à douter qu'il y eût réellement de la passion derrière les étranges paroles de Sti et du chagrin derrière ses airs mélancoliques, du moins à soupçonner qu'il allait plus loin dans ses paroles que dans ses sentiments, et que, dans sa nature exaltée, il se croyait plus riche, plus grand, et beaucoup plus important qu'il n'était. Et les dernières paroles qu'elle allait entendre de sa bouche avant une séparation d'une plus longue durée – car sur l'exhortation de son père elle retourna à Tjele, où Sti n'osait se présenter – ne servirent qu'à la convaincre de la justesse de son opinion.

C'était au moment des adieux : il avait déjà la main sur le loquet de la porte, quand il se tourna soudain vers elle et dit :

« C'est une page noire du livre de ma vie qui s'ouvre maintenant, madame, puisque votre séjour à Kaloe est terminé. Je souffrirai et je soupirerai comme une personne qui a perdu ce qui était tout son bonheur sur cette terre, son espoir et ses aspirations. Mais si jamais il y avait lieu de penser que vous m'aimeriez et si je pouvais y croire, Dieu seul sait ce que cette certitude ferait de moi. Peut-être cet amour éveillerait-il en moi des forces qui n'ont jamais encore pu développer leurs ailes puissantes ; Peut-être cette partie de mon âme qui est altérée d'action et brûlante d'espoir prendrait-elle le dessus, et rendrait-elle mon nom célèbre, à moins, ce qui se peut aussi, que ce bonheur indicible ne détendit en moi chaque corde tendue, n'ôtât la voix à chaque désir et ne rendit sourd chaque espoir aux écoutes. »

Il était donc assez naturel que Marie pensât ce qu'elle pensait ; elle reconnaissait que cela valait mieux ainsi, et pourtant elle soupira.

Puis elle regagna Tjele. Erik Grubbe avait désiré ce retour dans la crainte que Sti Hœg ne conseillât à sa fille une ligne de conduite qui ne fût pas conforme à ses projets. Il voulait aussi tenter, par la persuasion, de lui faire accepter un arrangement selon lequel le mariage resterait en vigueur.

Ce dernier plan était irréalisable. Erik Grubbe n'en continua pas moins par lettres à exiger d'Ulrik Frederik qu'il rappelât Marie près de lui. Ulrik Frederik ne répondit jamais ; il préférait laisser les choses dans l'indécision parce que le divorce nécessiterait un sacrifice d'argent, et que renoncer à une partie de la fortune commune lui était particulièrement désagréable. Enfin il n'ajoutait aucune foi aux assertions de son beau-père sur l'esprit conciliant de Marie. On savait trop que les paroles d'Erik Grubbe étaient sujettes à caution.

Cependant le ton des lettres d'Erik Grubbe se faisant de plus en plus menaçant et laissant même entrevoir un appel personnel au roi, Ulrik Frederik se rendit compte que la situation ne pouvait plus durer ainsi ; il écrivit donc à son intendant, Johan Utrecht, une lettre où il le chargea de sonder secrètement Mme Gyldenlœve pour savoir si elle voulait accepter de se rencontrer avec lui au château de Kalœ à l'insu d'Erik Grubbe. Cette lettre était datée du mois de mars 1669.

Ulrik Frederik espérait par cette entrevue connaître l'état d'esprit de Marie. Au cas où il la trouverait conciliante, il la ramènerait directement à Aggershus. Dans le cas contraire, il espérait, moyennant la promesse d'une séparation immédiate, obtenir des conditions de divorce aussi favorables que possible.

Or, Marie Grubbe refusa de le voir, et Ulrik Frederik dut regagner la Norvège sans avoir rien obtenu.

Erik Grubbe continua encore pendant quelque temps

d'envoyer des sommations vaines, puis soudain, en février 1670, la nouvelle arriva de la mort de Frederik III. Alors Erik Grubbe jugea le moment venu d'agir, car le roi Frederik avait toujours placé très haut son fils Ulrik Frederik et avait eu pour lui un amour si aveugle que, dans une affaire comme celle-ci, il aurait toujours donné tort à la partie plaignante. Avec le nouveau roi, il n'en serait pas ainsi. Ulrik Frederik et lui avaient beau être des amis intimes et des compagnons de plaisir, on pouvait escompter chez le roi un petit soupçon de jalousie, car, du vivant de son père, il s'était souvent vu éclipsé par ce demi-frère plus doué et d'une plus belle prestance. Enfin les jeunes rois aiment à faire preuve d'impartialité, et l'ardeur de leur désir de justice les pousse parfois même à être injustes envers ceux que le public aurait crus l'objet de leur protection. Il fut donc décidé qu'Erik Grubbe et Marie se rendraient ensemble à Copenhague dès le printemps. En attendant, Marie devait essayer de se faire donner par Johan Utrecht 200 dalers pour acheter des vêtements de deuil afin de pouvoir se présenter convenablement habillée devant le nouveau roi ; mais l'intendant n'osa rien débourser sans l'ordre d'Ulrik Frederik, et Marie dut renoncer à la robe noire, que son père ne voulut point payer ; il valait même mieux, selon lui, qu'on vît le dénuement où était laissée sa fille.

Fin mai, ils arrivèrent à Copenhague, et, après une entrevue entre le beau-père et le gendre restée sans résultat, Erik Grubbe écrivit au roi. Il prenait la liberté de s'adresser à lui en toute humilité, ne pouvant cependant jamais assez décrire la façon honteuse et offensante dont

Son Excellence M. Gyldenlœve avait chassé d'Aggershus son épouse Marie Grubbe, l'exposant aux caprices des vents et de la mer et des corsaires qui, en ce moment, infestaient les parages à cause de l'état de guerre qui régnait entre l'Angleterre et la Hollande. Dieu, dans sa clémence, l'avait cependant sauvée dudit danger de mort, et elle était arrivée dans son domaine de Tjele saine et sauve. Mais c'était un affront inouï qui lui avait été fait, et il avait, à plusieurs reprises et en vain, par des écrits, des prières et des larmes amères, supplié son noble et honoré gendre, Son Excellence le gouverneur, de daigner réfléchir et prendre un parti : soit en prouvant les torts de Marie, ce qui permettrait de dissoudre le mariage, soit en reprenant sa femme; mais toutes ces tentatives étaient restées vaines. Marie avait apporté en dot plusieurs milliers de riksdalers; nonobstant elle n'avait pu obtenir de son mari deux cents dalers pour s'acheter des vêtements de deuil. Il serait trop long de décrire sa misère; aussi se permettaient-ils d'adresser à la grâce et clémence innées de Sa Majesté Royale, leur gracieux souverain et roi, une requête et supplication très humble afin que Sa Majesté, pour l'amour de Dieu, eût pitié de lui, Erik Grubbe, vu son grand âge qui atteignait soixante-sept ans, et d'elle, Marie, à cause de son grand dénuement et de la honte subie, et afin qu'il lui plût gracieusement d'ordonner à Son Excellence Gyldenlœve de prouver le tort de Marie s'il était de la nature dont le Christ a dit qu'il autorise les gens mariés à divorcer, ce que M. Gyldenlœve ne pourrait jamais faire, ou de la reprendre pour épouse, ce qui contribuerait à la gloire de Dieu, le mariage étant ainsi maintenu dans le respect où Dieu l'a placé, empêcherait un grand scandale, écarterait de grands péchés et sauverait une âme de la damnation.

Marie commença par refuser de mettre son nom sous cette supplication, ne voulant aucunement, et quoi qu'il arrivât, renouer avec Ulrik Frederik, mais son père lui assura que ce n'étaient que des formalités. Ulrik Frederik *voulait* le divorce à n'importe quel prix. La façon dont était conçue la requête le forçait de le demander et la mettait en meilleure posture, lui garantirait de meilleures conditions. Marie céda donc ; elle ajouta même, sur le conseil de son père et sous sa dictée, le post-scriptum suivant :

J'aurais désiré un entretien avec Votre Majesté Royale, mais, dans ma misère, je n'ai point les vêtements qui me permettraient de me présenter à la Cour. Ayez pitié de moi, Sire, et aidez-moi, malheureuse, à obtenir mon droit. Dieu vous récompensera.

MARIE GRUBBE

Comme elle n'avait pas une confiance entière dans les paroles de son père, elle s'arrangea cependant, par l'intermédiaire d'un de ses anciens amis à la Cour, pour faire tomber entre les mains du roi une lettre d'un caractère tout privé où elle exprimait sans restrictions son horreur d'Ulrik Frederik, sa hâte de voir prononcer le divorce et son désir d'éviter, au moment du règlement des comptes, les moindres rapports avec lui.

Or, pour cette unique fois, Erik Grubbe avait dit la vérité : Ulrik Frederik désirait le divorce. Sa situation à la Cour comme demi-frère du roi n'était pas la même qu'en qualité de fils favori. Il ne pouvait plus compter sur la bonté paternelle ; dorénavant il s'agissait de lutter avec les autres courtisans pour les faveurs et les récompenses. La question traînante de son divorce n'était point de nature à grandir sa réputation ; mieux valait en finir le plus tôt possible et essayer de trouver dans une union plus réfléchie une compensation à ce que le divorce lui coûterait de renommée et de biens. Aussi mit-il en œuvre tout ce qu'il avait d'influence pour y arriver.

Le roi fit immédiatement porter l'affaire devant le consistoire qui devait se prononcer ; et le résultat fut que le mariage, par un arrêt de la Cour suprême du 14 octobre 1670, fut annulé et les deux contractants autorisés à se remarier. Restitution fut faite à Marie Grubbe des douze mille riksdalers et de tous les bijoux et les domaines de sa dot. Et dès qu'elle eut touché l'argent, elle se prépara, malgré les remontrances de son père, à quitter le pays. Quant à Ulrik Frederik, il écrivit immédiatement à sa demi-sœur, la femme de l'Électeur Johan Georg de Saxe, pour l'informer de la dissolution de son mariage et pour la prier de vouloir bien, en témoignage d'amour fraternel, lui permettre d'espérer qu'un jour il recevrait une épouse de ses mains princières.

XIV

Marie Grubbe n'avait jamais encore eu tant d'argent dans les mains ; aussi, devant une si grosse somme, lui sembla-t-il que sa puissance était sans limites. Oui, la baguette magique elle-même était entre ses doigts, et, comme un enfant, elle avait hâte de la brandir, pour mettre toutes les splendeurs de la terre à ses pieds.

Son premier souhait fut de laisser loin derrière elle les tours de Copenhague et les champs de Tjele, Erik Grubbe et tante Rigitze. Voitures et bateaux, par terre et par mer, l'emmenèrent loin de Seeland ; à travers le Jutland et le Slesvig, jusqu'à la ville de Lübeck. Sa suite se composait de la femme de chambre Lucie, que sa tante lui avait cédée, et d'un cocher d'Aarhus, car à Lübeck seulement devaient se faire les véritables préparatifs de son voyage.

C'était Sti Hœg qui lui avait donné l'idée de partir, et il avait ajouté qu'il quitterait aussi le pays pour chercher fortune à l'étranger, s'offrant en même temps à organiser son itinéraire. Il arriva, en effet, à Lübeck une quinzaine de jours après Marie, appelé par une lettre qu'elle lui avait envoyée de Copenhague, et il commença immédiatement à se rendre utile.

Au fond d'elle-même, Marie s'était attribué un rôle de bienfaitrice vis-à-vis du pauvre Sti Hœg, en diminuant pour lui, grâce à son trésor, les frais du voyage et du séjour en France jusqu'à ce qu'il eût trouvé la fortune qu'il allait chercher. Aussi, à l'arrivée de ce pauvre Sti Hœg, fut-elle tout ébahie de le voir habillé avec beaucoup de luxe, bien monté et accompagné de deux superbes écuyers, bref prouvant par tous les signes que sa bourse n'attendait nullement l'or de Marie pour s'arrondir. Mais ce qui l'étonna plus encore, ce fut la transformation qui semblait s'être faite dans son esprit : il était vif, presque gai ; et, alors qu'auparavant il lui produisait l'effet de suivre à pas solennels son propre cortège funèbre, il posait maintenant ses pieds sur le parquet avec l'assurance d'un homme qui posséderait la moitié de la terre et qui attendrait l'autre en héritage. Il y avait eu en lui quelque chose d'un oiseau plumé ; maintenant il ressemblait plutôt à un aigle au plumage gonflé, aux yeux aigus et aux serres plus aiguës encore.

Marie attribua d'abord ce changement au soulagement d'avoir quitté les ennuis du passé et à l'espoir de s'acheminer vers un avenir digne d'être vécu. Mais quand, après plusieurs jours, il n'eut encore laissé tomber de sa bouche aucune de ces paroles d'amour découragé qu'elle avait si souvent entendues, elle inclina à croire qu'il était arrivé à dominer sa passion et que, fier de pouvoir poser victorieusement son talon sur la tête de cette hydre qu'est l'amour, il se sentait libre, fort, maître de sa destinée. Elle était curieuse de savoir si elle avait deviné juste et s'avouait en même temps avec un peu de dépit que plus elle voyait Sti Hœg, moins elle le connaissait.

Une conversation avec Lucie ne fit que la confirmer dans cette supposition.

C'était un matin. Elles se promenaient de long en large dans cette grande pièce d'entrée que possédaient toutes les maisons de Lübeck, à la fois vestibule et salle où l'on se réunit tous les jours, où les enfants jouent, où se font presque tous les travaux manuels, parfois aussi salle à manger et dépôt de provisions. Cette pièce, qui ne devait servir que dans les saisons tempérées et chaudes, n'était meublée que d'une longue table blanche à force d'être frottée, de quelques lourdes chaises de bois et d'une vieille armoire. Au fond, on avait cloué des planches sur lesquelles des choux pommés formaient des rangées vertes au-dessus des tas rouges des carottes et des bottes de raifort.

La porte ouvrait toute grande sur la rue brillante d'humidité où la pluie ruisselait à torrents.

Marie Grubbe et Lucie étaient toutes deux habillées pour sortir; l'une portait un manteau de drap bordé de fourrures, l'autre un collet de tiretaine. Elles attendaient que la pluie cessât, et sur le carrelage de briques rouges, marchaient à petits pas bien appuyés comme pour se réchauffer les pieds.

« Croyez-vous qu'il soit un guide bien sûr? demanda Lucie.

— Sti Hœg? oui, mais oui, je pense. Pourquoi demandes-tu cela?

— Pourvu qu'il ne nous lâche pas en route.

— Comment?

— Oh, c'est que les demoiselles allemandes, et d'ailleurs les Hollandaises aussi… Vous savez bien qu'il est connu pour avoir un cœur fait d'une matière si inflammable qu'il prend feu dès qu'une jupe l'évente.

— Qui s'est moqué de toi en te racontant ces sornettes?

— Mais, Seigneur Dieu, vous ne l'avez donc jamais entendu dire? Votre propre beau-frère! Qui se serait douté que vous l'ignoriez? J'aurais aussi bien pu m'aviser de vous raconter qu'il y a six jours dans une semaine.

— Mais qu'est-ce que tu as donc aujourd'hui. Tu déraisonnes comme si tu avais pris du vin d'Espagne ce matin!

— Dites-moi, Ermegaard Lynow, vous n'avez jamais entendu ce nom-là?

— Non.

— Demandez alors à Sti Hœg, si par hasard il la connaissait, et nommez par la même occasion Jydte Krag et Christence Rud et Edele Hansdatter, et Lene Poppings si vous voulez. Il est possible qu'il connaisse sur elles quelques sornettes, comme vous dites. »

Marie s'arrêta devant la porte ouverte et regarda longuement la pluie.

« Pourrais-tu, par hasard, me raconter quelques-unes de ces sornettes? demanda-t-elle en reprenant sa marche.

— C'est probable.

— Sur Ermegaard Lynow ?

— Oui, particulièrement sur elle.

— Et quoi donc ?

— Oh, c'était avec un de ces Hœg, je crois bien qu'il s'appelle Sti, un grand, roux, très pâle…

— Merci, je le connais…

— Connaissez-vous aussi l'histoire du poison ?

— Non.

— Ou la lettre ?

— Non, raconte.

— Ah ! c'est une vilaine histoire.

— Eh bien ?

— Oui, ce Hœg était très ami (c'était avant son mariage) oui, le meilleur ami d'Ermegaard Lynow. Elle avait les plus grands cheveux qu'on pût voir, car elle pouvait marcher dessus, et elle était blanche et rose, une délicieuse enfant ; mais lui, il était dur et méchant, disait-on, et il la traitait comme on traite une levrette récalcitrante, et pas comme la douce créature qu'elle était ; mais plus il était dur, plus elle l'aimait, il aurait pu la rouer de coups qu'elle aurait baisé sa main. Oh c'est terrible ce que fait l'amour ! Puis il eut assez d'elle, car il s'était épris d'une autre ; et demoiselle Ermegaard se désolait, pleurait et dépérissait de désespoir. Elle ne put plus y tenir : on dit qu'elle avait vu Sti Hœg passer à cheval sans entrer et qu'alors elle était sortie et avait couru à côté de lui pendant un mille, sans qu'il eût trouvé bon de s'arrêter pour écouter ses prières et ses reproches. Il avait même fini par prendre le galop. Elle en eut un tel chagrin qu'elle avala du poison et qu'elle écrivit à Sti

Hœg qu'elle s'était empoisonnée pour l'amour de lui, qu'elle ne lui serait plus une entrave, et que tout ce qu'elle lui demandait était de venir la voir une dernière fois avant de mourir.

— Et alors?

— Eh bien, Dieu seul sait si ce que disent les gens est vrai; en ce cas il serait le plus noir individu que guettent les feux de l'enfer. Il lui aurait répondu que le contrepoison qui la guérirait sûrement serait son amour à lui, mais qu'il lui était impossible de le lui administrer; toutefois il avait entendu dire que de l'ail dans du lait produisait de très bons effets et il lui conseillait d'en essayer. Voilà ce qu'il répondit. Qu'en pensez-vous? Avez-vous jamais entendu rien de plus honteux?

— Et Mlle Ermegaard?

— Mlle Ermegaard?

— Oui.

— Eh bien, ça ne dépendait pas de lui, mais elle n'avait pas pris assez de poison pour mourir. Elle en tomba cependant si malade qu'elle n'a plus jamais recouvré la santé.

— Pauvre agneau! » fit Marie en riant.

Les jours qui suivirent amenèrent chacun une modification au jugement que Marie portait sur Sti Hœg et par conséquent à leurs rapports.

Il était facile de voir que Sti Hœg n'était nullement un rêveur, par la sollicitude et la promptitude avec lesquelles il écartait toutes les nombreuses difficultés du voyage. Et il était également facile de voir que ses manières aussi bien que ses dons naturels faisaient de lui un homme supérieur aux plus distingués des nobles que l'on rencontrait en route.

Sa conversation était toujours variée et intéressante et différait de celle des autres. On eût dit qu'il avait une façon à lui de comprendre les gens et les choses, et c'était avec un allègre dédain, du moins aux yeux de Marie, qu'il affirmait la prédominance de la bête dans l'homme ou qu'il exposait combien il se cachait peu d'or dans les scories de la nature humaine. L'éloquence froide et passionnée qu'il mettait à prouver combien l'esprit des hommes manquait de suite et de quelle façon tâtonnante, et irraisonnée, caprices du hasard et de l'occasion, les principes nobles et les principes vils luttent dans notre âme, cette éloquence la ravissait ; et elle commençait à se demander si des dons plus rares et des forces plus grandes que ceux des communs mortels ne lui avaient pas été départis. Elle admirait, elle éprouvait même de l'adoration devant cette puissance qu'elle soupçonnait. Et pourtant, en dépit de tout, tapi au fond de son âme, un doute demeurait, latent, jamais réduit au silence, mais ne prenant jamais la forme définitive d'une pensée ; doute obscur, instinctif qui lui murmurait à l'oreille que cette puissance ne savait que menacer et se déchaîner en furie, désirer et ambitionner, était incapable de fondre sur sa proie et de la saisir.

À Lohendorf, à trois milles environ de Vechta, il y avait sur la route une vieille auberge ; Marie Grubbe et sa suite y étaient descendues un peu après le coucher du soleil.

Dans la soirée, quand le cocher et les écuyers se furent couchés dans les communs, Sti Hœg, Marie et deux Oldenbourgeois de la noblesse du pays, deux rustres, se trouvèrent attablés en causant devant une petite table peinte en rouge placée à côté du grand poêle dans la salle du cabaret.

À la longue table sous les fenêtres, et le dos appuyé contre le bord, Lucie, assise au bout d'un banc, tricotait et écoutait.

Sur la table des maîtres, une chandelle, dans un bougeoir de terre jaune, répandait une lueur sommeillante sur les visages et se reflétait dans la rangée des assiettes d'étain au-dessus de la cheminée. Marie avait devant elle un petit pot d'étain avec du vin chaud, Sti Hœg un autre plus grand ; les deux Oldenbourgeois se partageaient la bière, d'un énorme hanap de bois, rempli aussitôt que vidé par un homme ébouriffé, qui, entre temps, somnolait étendu sur un banc au fond de la pièce.

Marie et Sti Hœg auraient bien mieux aimé se retirer dans leurs chambres, car la société n'était point gaie, mais les pièces étaient glaciales et la façon de les réchauffer plus redoutable encore que le froid : le patron y avait monté des espèces de braseros, où l'on brûlait une tourbe du pays si sulfureuse que seuls les gens qui en avaient l'habitude pouvaient respirer autour.

Les Oldenbourgeois n'étaient pas gais : ils se rendaient compte qu'ils avaient devant eux des gens de rang élevé et ils s'efforçaient de s'exprimer aussi élégamment que possible, mais, la bière aidant, leurs langues se délièrent peu à peu et leurs plaisanteries prirent un fort goût du terroir et devinrent de plus en plus lourdes, leurs questions de plus en plus indiscrètes.

Marie commençait à s'agiter, et par-dessus la table, les yeux de Sti Hœg lui proposaient de lever la séance. Le plus blond des deux rustres risqua alors une allusion qui fit se froncer les sourcils de Sti Hœg. Cet air menaçant provoqua une plaisanterie encore plus grivoise qui le fit bondir : il le menaça de lui jeter son pot d'étain à la tête s'il osait encore parler ainsi.

À ce moment, Lucie s'approcha de la table et de la chandelle avec son tricot pour relever une maille qu'elle avait laissé tomber. Le second Oldenbourgeois en profita pour l'attirer sur ses genoux et pour poser sur ses lèvres un baiser retentissant.

Cette hardiesse encouragea le blond, et il jeta le bras autour du cou de Marie.

Instantanément, le pot de Sti lui frappa le front avec une promptitude et une sûreté qui l'étendit par terre où il poussa un gémissement sourd.

Le moment suivant, Sti et le brun se battaient au milieu de la pièce, et Marie et Lucie s'étaient réfugiées dans un coin.

Le valet couché sur le banc se leva d'un bond, lança un appel rauque comme un beuglement par l'une des portes, puis courut rapidement barricader l'autre au moyen d'une forte barre de fer, pendant qu'on entendait violemment fermer la porte de derrière de la maison. C'était la coutume de l'auberge : dès qu'il y avait une rixe, on fermait pour que les gens de dehors ne vinssent pas grossir le nombre des combattants, mais là se bornait l'intervention de l'aubergiste. Une fois les portes fermées, ses gens et lui gagnaient vite leurs lits : ceux qui n'avaient rien vu ne pouvaient ainsi témoigner de rien.

Aucun des combattants n'avait d'arme sur lui. Leurs poings seuls devaient trancher le différend. Ils luttaient, se repoussant et s'attirant, se courbant et tournant en cercles, se poussant contre les portes et les murs, le menton dans l'épaule l'un de l'autre. Enfin ils s'abattirent sur le sol : Sti avait le dessus ; il avait même deux fois cogné la tête de son adversaire contre le carrelage, lorsque, soudain, deux mains vigoureuses encerclèrent son cou. C'était le blond qui s'était ranimé.

Sti étouffait, râlait. Une sorte de paralysie se répandit dans ses membres et ses yeux s'obscurcirent. Le brun l'enlaçait de ses jambes et le tirait par l'épaule ; le blond, les mains autour de sa gorge, lui enfonçait les genoux dans les côtés.

Marie criait et voulait s'élancer au secours, mais Lucie l'avait entourée convulsivement de ses bras et la retenait.

Au moment où Sti allait perdre connaissance, il se jeta en avant d'un dernier effort désespéré, faisant violemment tomber en arrière le brun sur la nuque, pendant que le blond relâchait un peu sa prise et lui permettait d'aspirer un filet d'air. Par un mouvement souple et rapide, Sti se rejeta de côté, puis se relança contre le blond qui glissa et tomba. Il se pencha sur lui, mais reçut un coup de pied au creux de l'estomac qui le fit chanceler. D'une main cependant il saisit la cheville du pied qui l'avait frappé ; de l'autre il attrapa le bord de la haute botte juste au-dessous du genou, leva ainsi la jambe en l'air et l'abattit avec force contre sa cuisse tendue : les os craquèrent dans la botte et le blond s'affaissa évanoui. Le brun, qui n'avait pas encore bougé, poussa à cette vue un hurlement de terreur et roula sous le banc devant la fenêtre. Ainsi se termina l'affaire.

Mais la férocité dont Sti Hœg avait fait preuve à cette occasion avait produit sur Marie une impression extraordinairement profonde; et cette nuit-là, en posant sa tête sur l'oreiller, elle se dit qu'elle l'aimait, et, comme Sti Hœg, les jours suivants, remarquait qu'il y avait, dans ses regards et dans ses manières d'être avec lui, quelque chose de changé en sa faveur, et qu'ainsi encouragé il lui demandait son amour, il reçut d'elle la réponse désirée.

XV

À Paris.

Il s'est passé environ six mois, et le lien d'amour brusquement noué est depuis quelque temps déjà relâché. Marie Grubbe et Sti Hœg ont peu à peu glissé loin l'un de l'autre.

Ils le savent tous deux, mais aucune parole n'a été prononcée. Il y a tant d'amertume et de douleur, tant d'humiliation et de mépris de soi-même dans l'aveu qui s'impose, qu'ils éprouvent le besoin de le retarder.

Sur ce point ils sont d'accord.

Mais dans la façon de porter leur peine ils diffèrent. Tandis que Sti Hœg, en proie à l'abattement, aguerri par la douleur même contre les pointes les plus piquantes de la douleur, tourne dans son chagrin comme un animal en cage, Marie ressemble plutôt à une bête qui s'est sauvée et dont la fuite éperdue traîne sa chaîne et s'en accélère.

Elle cherchait l'oubli.

Or, l'oubli est pareil à la bruyère : il ne pousse que librement, et toute la culture, tout l'entretien, tous les soins du monde n'ajouteraient pas un pouce à sa croissance.

Elle jetait son or à pleines mains ; elle achetait du luxe ; elle étreignait toutes les jouissances que l'or peut acheter, que l'esprit et la beauté et le rang peuvent acheter ; tout en vain.

Sa misère était sans borne, et rien, rien ne pouvait l'en délivrer. Si la séparation d'avec Sti Hœg avait pu amener, sinon un soulagement, du moins un changement dans sa souffrance, cette séparation eût été consommée depuis longtemps ; mais elle n'arrangerait rien, ne changerait rien ; alors autant vivre ensemble que de se séparer. Le salut n'était pas là.

Ils se séparèrent pourtant, et ce fut Sti Hœg qui le proposa.

Ils ne s'étaient pas vus pendant deux jours quand Sti entra dans le salon du somptueux appartement qu'ils avaient loué à Isabelle Gille, la patronne de la *Croix de fer*.

Marie s'y trouvait. Elle pleurait.

Sti secoua tristement la tête et s'assit à l'autre bout de la pièce.

Il lui était douloureux de la voir pleurer et de savoir que chaque parole de consolation de ses lèvres, chaque soupir de commisération, chaque regard compatissant ne feraient que rendre plus amère sa douleur et plus abondantes ses larmes.

Il se leva et s'approcha d'elle.

« Marie, dit-il doucement, d'une voix assourdie, causons et entendons-nous bien une fois encore, et puis séparons-nous.

— À quoi bon?

— Ne parle pas ainsi, Marie. Des jours heureux t'attendent.

— Des jours et des nuits de larmes, oui, une suite interminable...

— Marie, Marie, prends garde aux paroles que tu prononces. Elles blessent si profondément!

— Les blessures causées par des paroles, je les estime peu profondes, et je n'ai nullement l'intention de te les épargner.

— Eh bien, frappe-moi, n'aie plus de pitié. Dis-moi que tu te sens avilie par ton amour. Dis-moi que tu donnerais des années de ta vie pour arracher de ton âme tout souvenir de moi. Traite-moi des noms les plus méprisants que tu connaisses, et tu auras raison. Tu auras raison, si douloureux que ce soit d'en convenir. Car écoute-moi, Marie, et crois-moi si tu peux : bien que je sache que tu as horreur de toi-même pour m'avoir appartenu et que cette pensée te rend malade, je t'aime pourtant, oui, oui, de toute ma force et de tout mon être, je t'aime, Marie.

— Honte à toi, Sti Hœg, tu ne sais ce que tu dis. Et pourtant, Dieu nous pardonne, c'est vrai. Ah, Sti, Sti, pourquoi as-tu cette âme de vilain, pourquoi es-tu ce ver de terre rampant qu'on foule aux pieds et qui ne mord pas? Si tu savais comme je t'ai cru grand, fier et grand, et fort, et tu es si faible! Mais c'est la faute de ta parole qui fait croire à une force que tu n'as jamais possédée, qui semble témoigner d'une âme qui n'a jamais été et qui ne sera jamais la tienne. Sti, ce n'était pas juste : j'ai trouvé de la faiblesse au lieu d'énergie, de misérables doutes au lieu d'espoir, de hardiesse et de fierté. Qu'as-tu fait de la fierté, Sti?

— Je ne mérite pas plus, Marie. Je n'ai jamais cru à ton amour, non, jamais, pas même au moment où tu me le jurais. Ah, j'aurais voulu y croire! Et pourtant j'ai saisi le trésor de ton amour à deux mains et de toute mon âme, et je m'en suis réjoui, angoissé et craintif, comme le voleur de ses vols étincelants, le voleur qui sait qu'on lui arrachera son cher fardeau. Car il viendra un jour, celui qui est digne de ton amour ou que tu en croiras digne, et il n'aura pas de doutes, pas de craintes. Il te pliera comme de l'or pur et posera le pied sur ta volonté, et tu le suivras, humble, liée et joyeuse. Marie, il ne t'aimera pas plus que moi, mais il aura plus de confiance en lui-même, et il reconnaîtra moins ta valeur inappréciable.

— Ah, mon Dieu, vous avez l'air de me dire la bonne aventure, Sti Hœg! C'est votre habitude : votre pensée s'embarque toujours pour des voyages au long cours. Vous êtes comme un enfant à qui l'on a donné un jouet : au lieu de s'en amuser il n'a de cesse qu'il ne l'ait démonté pour voir ce qu'il y a dedans. Vous avez trop à faire de saisir, vous n'avez jamais le temps de tenir.

— Adieu, Marie.

— Adieu, Sti Hœg.

— Je vous demande une chose.

— Laquelle?

— Quand vous partirez, ne dites à personne le chemin que vous prendrez afin que je ne le sache pas… car je ne réponds pas de moi, je serais peut-être capable de vous suivre. »

Impatientée, Marie haussa les épaules.

« Que le Seigneur vous bénisse, Marie, maintenant et toujours. »

Et il partit.

Un clair crépuscule de novembre, avec la lumière bronzée du soleil qui abandonne à regret les petits carreaux scintillants des hauts pignons étroits, s'attarde sur la fine flèche des tours jumelles de l'église, fait étinceler les couronnes et les croix dorées tout là-haut, puis se dissout en air lumineux et s'éteint peu à peu, pendant que la lune a déjà levé son disque plein et poli au-dessus des lignes longuement arrondies des lointaines hauteurs brunes.

Par lambeaux jaunes, bleuissants et violets, les couleurs évanescentes du ciel se reflètent dans l'eau sombre du fleuve qui coule sans bruit ; et des feuilles de saules, d'érables, de sureaux et de rosiers se détachent des arbres et des buissons jaunis, descendent en vol tremblant vers l'eau, où elles sont happées par le courant et emportées le long des murs caducs, devant des escaliers de pierre luisants, dans les ténèbres sous des ponts bas et lourds, autour de pilotis noirs d'humidité, pour réapparaître un instant à la lueur rouge d'une forge, pour tournoyer dans le flot couleur de rouille qui sort des ruisseaux du rémouleur, et enfin pour disparaître entre les roseaux et les bateaux à demi coulés et les cuves immergées.

Un crépuscule bleuâtre étend son obscurité transparente sur les marchés et les places ouvertes où des fontaines voilées jaillit, par des gueules de serpents et des têtes de dragons aux barbes ruisselantes, la courbe fantasque et brisée des jets d'eau. Et cette eau murmure doucement et ruisselle froidement, bouillonne d'une voix assourdie et clapote et forme des cercles qui s'élargissent avec rapidité sur le miroir sombre de la vasque débordante. Un souffle faible passe sur la place : et aux alentours, de toutes les portes ténébreuses, et par les fenêtres noires et dans des rues obscures, d'autres ténèbres regardent les ténèbres.

La lune apparaît, répandant une lueur d'argent sur les toits et les tourelles, et délimitant des champs nets de lumière et d'ombre. Chaque poutre qui avance, chaque enseigne, chaque balustre des balcons se dessine sur les murailles. Tout est découpé en contours noirs et précis : les guirlandes de pierre autour du portail de l'église, saint Georges et sa lance au coin de telle maison, et une plante avec ses fleurs sur le bord de telle fenêtre. Elle éclaire la large rue et se mire dans le fleuve. Pas un nuage au ciel, mais seulement autour d'elle un cercle blanchâtre, un nimbe ; et des milliers d'étoiles.

C'était à Nuremberg, dans la maison appelée l'Hôtel des von Karndorf, située le long de la rue qui monte en pente raide vers le château. Il y avait fête ce soir-là.

On était à table ; on avait bien mangé, bien bu, et on était gai. Sauf un seul, les convives étaient tous des hommes âgés ; et le seul homme jeune n'avait que dix-huit ans. Il ne portait pas de perruque ; ses cheveux étaient abondants, dorés, longs et bouclés. Il avait un joli visage comme une fille, blanc et rose ; ses yeux étaient grands, bleus et calmes.

Remigius le Doré était son surnom, doré non seulement à cause de ses cheveux mais à cause de sa grande richesse, car ce tout jeune homme était le gentilhomme le plus riche de tout le Wald bavarois, d'où il était originaire.

On parlait de la beauté féminine, autour de la bonne table ; et tous étaient d'accord que du temps de leur jeunesse le monde fourmillait de beautés qui éclipsaient toutes celles d'aujourd'hui.

« Et qui d'entre vous a vu la perle ? demanda un gros petit bonhomme au visage fortement enluminé. Qui a vu Dorothée von Falkenstein, des Falkenstein du Harz ? Elle était rose comme une rose et blanche comme un agneau ; elle pouvait joindre ses mains autour de sa taille. Elle aurait pu marcher sur des œufs d'alouette sans les écraser ; mais tout de même elle n'était pas maigre comme vos échalas : elle était bien en chair comme un beau cygne qui nage dans une pièce d'eau, et elle avait aussi la fermeté de la biche qui bondit dans la forêt. »

Ils burent à ce souvenir.

« Dieu vous bénisse tous ! cria un barbon assis au bout de la table. Le monde devient de plus en plus laid, chaque jour ! Nous n'avons qu'à nous regarder nous-mêmes – il promena ses yeux sur l'assistance – et pourtant nous étions de rudes gaillards. Mais où diable, dites-le-moi, dites, où diable ont passé les jolies hôtesses grassouillettes aux bouches souriantes, aux prunelles espiègles et aux petits pieds alertes ? Et la fille du cabaretier aux cheveux si blonds, et aux yeux si bleus ? Que sont-elles devenues ? Est-ce vrai qu'on ne pouvait entrer dans une auberge ou un estaminet, sans trouver leurs pareilles ? Est-ce vrai ? Et maintenant ?

Misère de misère! Qu'est-ce que c'est que ces filles aux dos ronds, aux petits yeux de cochon, que les hôteliers ont élevées? Et d'où sortent ces vieilles sorcières édentées et chauves, aux yeux chassieux, patentées pour faire mourir de terreur de braves gens altérés et affamés? J'ai peur d'entrer dans un cabaret, car je suis sûr que le traiteur a épousé la mort en personne, et quand on est vieux comme moi, c'est là un *memento mori* qu'on aime mieux oublier. »

Il y avait, au milieu de la longue table, un homme de forte taille, le visage plein, bien que jaune comme de la cire. Ses sourcils gris et touffus ombrageaient des yeux clairs et scrutateurs. Il ne semblait pas maladif, mais il avait l'air d'avoir beaucoup souffert, d'avoir de grandes douleurs physiques, et quand il souriait, il avait un pli autour de la bouche comme s'il eût avalé en même temps quelque chose d'amer. Il prit la parole d'une voix douce et assourdie, un peu enrouée :

« La brune Euphémie, de la famille des Burtenbach, marchait d'une allure de reine, plus noble qu'aucune reine. Les tissus les plus lourds de brocart, elle les portait avec l'aisance d'une robe d'intérieur, et les chaînes et les bijoux, autour de son cou et sur sa poitrine et dans ses cheveux, tombaient comme les guirlandes de baies sauvages que les enfants se font en jouant dans les bois. Personne n'était comme elle. Lorsque les autres jouvencelles brillaient sous leurs atours, pareilles à de superbes châsses d'or, avec des chaînes d'or et des roses de pierres précieuses, elle faisait penser à la beauté, à la fraîcheur et à la légèreté d'une bannière de fête qui flotte au vent. Personne n'était comme elle, et personne ne l'est.

— Si, si! j'en sais une qui lui est supérieure! » cria le jeune Remigius en se levant d'un bond.

Ardent, il se pencha au-dessus de la table, appuyé sur une main pendant que l'autre brandissait un gobelet luisant dont le vin débordait et coulait sur ses doigts et son poignet et tombait en gouttes transparentes de ses manchettes de dentelles. Ses joues brûlaient, ses yeux étincelaient, et il parla d'une voix incertaine.

« La beauté! dit-il. Êtes-vous tous aveugles, ou personne d'entre vous n'a-t-il vu la dame danoise, Mme Marie? Ses cheveux sont comme les épis d'un champ où le soleil brille; ses yeux sont d'un bleu d'acier; ses lèvres, rouges comme le sang de la vigne. Il y a dans l'ensemble de sa beauté quelque chose qui parle à l'âme, comme les jours de fête quand on entend la musique jouer dans le clocher de l'église; il y a de la tristesse dans ses yeux clairs, et un sourire sans espoir sur les lignes de sa bouche. »

Il était tout ému et les larmes lui montaient aux yeux. Il voulut parler encore, mais il ne le put et demeura debout, luttant contre son émotion. Son voisin de table lui donna une tape amicale sur l'épaule et le fit se rasseoir et vider une coupe avec lui, et la gaieté générale le reprit. Et ce n'étaient que chants, rires et allégresse.

Ainsi donc, Marie Grubbe était à Nuremberg.

Depuis sa séparation d'avec Sti Hœg, elle avait voyagé pendant près d'un an et s'était enfin établie là.

Elle avait beaucoup changé depuis le jour où elle avait figuré dans le ballet au jardin de Frederiksborg. D'abord elle atteignait sa trentième année, et sa liaison malheureuse avec Sti Hœg avait fortement agi sur elle. Elle avait quitté Ulrik Frederik. Dans les rêves de sa première jeunesse, l'homme qu'une femme devait suivre devait être pour elle comme un dieu sur la terre, et elle devait, avec un amour humble, accepter de ses mains le bien et le mal, selon sa volonté. Et voilà que, dans un moment d'aveuglement, elle avait pris Sti pour ce Dieu, Sti qui n'était même pas un homme. Elle y pensait toujours. Chaque faiblesse en lui, chaque mouvement d'irrésolution indigne d'un homme, elle les ressentait comme une honte indélébile, une tache sur elle-même. Elle se dégoûtait à cause de ce pauvre amour et qu'elle appelait de noms injurieux. Elle avait perdu la foi en elle, la confiance en sa propre valeur. Sa vie était terminée. Un coin tranquille pour reposer sa tête lasse, ne jamais la relever : c'était là tout son rêve.

Tel était son état d'esprit en arrivant à Nuremberg. Le hasard la mit en rapport avec Remigius ; et l'adoration, profonde mais discrète, de cette fraîche jeunesse, sa foi joyeuse et le bonheur que lui donnait cette foi, furent pour elle comme la rosée sur une fleur brisée : elle ne se redresse pas, mais elle ne se fane pas ; elle déploie encore au soleil ses fins pétales colorés, et embaume et brille de toutes les forces vitales qui lui restent. Elle ressentait un soulagement à se voir pure et blanche et non souillée dans les pensées d'un autre ; et c'était presque le salut de savoir qu'elle éveillait chez un ami une confiance joyeuse et de nobles aspirations qui, pour celui-là, étaient une richesse. Il était doux et réconfortant d'épancher, en images vagues et en paroles obscures, ses tristesses dans un cœur qui, lui-même libre de soucis, souffrait avec volupté chacune de ses souffrances à elle, reconnaissant d'être admis à partager des tristesses qu'il sentait sans les comprendre, mais qu'il partageait. Oui, il était doux de se plaindre quand on voyait ses chagrins susciter du respect et non de la pitié : ils devenaient comme un sombre et somptueux manteau jeté sur les épaules, un diadème scintillant comme des larmes.

Marie commençait peu à peu à se réconcilier avec elle-même, lorsqu'un jour Remigius en promenade, désarçonné par son cheval, fut traîné, les pieds dans les étriers, et tué.

À cette nouvelle, la douleur de Marie fut sourde et sans larmes. Elle resta, des heures durant, muette, le regard fixe, inanimé. On ne pouvait obtenir d'elle qu'elle s'occupât à quoi que ce fût ; elle ne voulait même pas qu'on lui parlât. Si quelqu'un passait outre, elle l'éconduisait d'un geste las de la main et d'un petit mouvement de la tête.

Cet état dura longtemps. Cependant son argent s'épuisait, il lui en restait à peine de quoi payer son retour. Lucie ne se lassait pas de le rappeler à sa maîtresse.

Enfin elles partirent.

En route, Marie tomba malade, et elles durent s'arrêter. Lucie fut forcée de vendre les riches costumes, l'un après l'autre, et les bijoux précieux suivirent.

Arrivée à Aarhus, Marie ne possédait guère que les vêtements qu'elle avait sur elle.

Servante et maîtresse se séparèrent ; Lucie retourna près de Mme Rigitze, Marie à Tjele.

C'était au printemps 1673.

XVI

Une fois de retour à Tjele, Marie Grubbe y resta auprès de son père jusqu'en 1679, où elle épousa le conseiller de justice de Sa Majesté Royale, M. Palle Dyre, avec qui elle vécut sans événements jusqu'en 1689.

C'est une période qui commence avec sa trentième année et se termine avec sa quarante-sixième, soit seize longues années bien accomplies.

Seize longues années, passées dans les occupations mesquines de tous les jours, dans les humbles devoirs d'une monotonie assoupissante, et qu'aucun rapport de confiance et d'intimité ne réchauffait, qu'aucun bien-être, aucune douceur n'éclairait. D'éternelles disputes pour rien, des reproches criards pour d'insignifiants oublis, des récriminations âpres par-ci, des railleries grossières par-là : ce fut tout ce que ses oreilles entendirent. Et chaque jour terne de l'existence se monnayait en écus, sous et liards ; chaque soupir était un soupir sur une perte ; chaque souhait, un souhait de gain, chaque espoir, un espoir de bénéfice. Et de la maussaderie partout; du travail sans répit dans tous les coins; une avarice sordide toujours aux aguets. Telle était la vie que vivait Marie Grubbe.

Dans les premiers temps, il lui arrivait souvent, au milieu du bruit et de l'activité, d'oublier tout autour d'elle et de se laisser emporter par des rêves de beauté, changeants comme les nues, riches comme la lumière.

Il y en avait surtout un.

C'était le rêve du château dormant caché sous les roses.

Ah! le calme jardin du château! La paix profonde dans l'air et dans les ramures, et, pareil à une nuit sans ténèbres, le silence épandu partout. Le parfum s'y était assoupi dans les clochettes des fleurs, la rosée sur les souples aiguilles des brins d'herbe. La violette y dormait, la bouche entrouverte sous le sceptre recourbé des fougères, et des milliers de bourgeons sur le point d'éclater s'étaient laissé emporter par le sommeil en pleine fièvre du printemps. Elle entrait dans la cour du château : les rosiers grimpants roulaient sans bruit par-dessus les toits, le long des murs; des houles vertes portaient comme une écume silencieuse la pâle clarté de milliers de roses. De la gueule béante des lions de marbre montait un jet d'eau, pareil à un arbre de cristal aux ramures fines comme une toile d'araignée, et, près de l'eau dormante de la vasque en porphyre, un page se frottait les yeux pour chasser le sommeil.

Elle se rassasiait le regard de cette beauté reposante dans la cour silencieuse, où les pétales de roses qui jonchaient le pavé cachaient sous leurs monceaux de neige parfumée les larges marches du perron de marbre.

Pouvoir se reposer, quand les jours calmes descendent sur vous, heure par heure, sentir tous les souvenirs, tous les espoirs, toutes les pensées s'écouler de votre âme, quel rêve!

C'était dans les premiers temps; mais l'imagination se lasse de s'élancer sans cesse vers le même but, abeille enfermée qui se heurte à la vitre.

Comme un noble et bel édifice tombé aux mains des barbares qui le négligent et le ruinent en rasant toutes les flèches hardies, en brisant les fines dentelles de pierre et en couvrant sous des couches de chaux mortelles la splendeur des fresques, ainsi Marie Grubbe, négligée, se ruina pendant ces seize années.

Son père, Erik Grubbe, était devenu vieux et délabré, et l'âge, qui avait rendu ses traits plus tranchants et plus repoussants, avait aussi aiguisé et développé ses défauts de caractère. Il était maussade, intraitable, opiniâtre jusqu'à l'enfantillage, atrabilaire, extrêmement soupçonneux, rusé, déloyal et avare. En vieillissant, il avait toujours Dieu à la bouche, surtout quand un animal était malade ou que la récolte s'annonçait mal. Marie ne pouvait l'aimer ni l'honorer; elle avait même pour lui une âpre rancune, car c'était par des promesses jamais tenues, par des menaces de la chasser de Tjele et de la déshériter, qu'il l'avait poussée au mariage avec Palle Dyre. Elle avait accepté cette union dans l'espoir de se soustraire à l'autorité paternelle, espoir déçu d'ailleurs, car Palle Dyre et Erik Grubbe avaient convenu d'exploiter ensemble Tjele et Nœrbækgaard qui, sous réserve, avait été donné en dot à Marie; et comme Tjele était le plus important des deux domaines, et qu'Erik Grubbe n'avait plus la force de s'en occuper, il en résultait que les nouveaux mariés vivaient plus souvent sous le toit d'Erik que sous le leur.

Palle Dyre, fils du colonel Claus Dyre de Sandvig et de Krogsdal, plus tard de Vinge, et de sa femme Edele Rodtsteen, était un petit homme au cou très court, avec des mouvements vifs et un visage décidé, un peu défiguré par une large tache de vin qui s'étendait sur toute sa joue droite.

Marie le méprisait.

Aussi mesquin, aussi avare qu'Erik Grubbe, mais capable, intelligent, travailleur, courageux, il manquait absolument du sens de l'honneur : il escroquait et trompait les gens quand il le pouvait, n'avait jamais honte, même pris sur le fait, se laissait injurier comme un chien s'il pouvait en tirer un sou de bénéfice ; et, quand un ami ou un parent le chargeait d'une vente ou d'un achat ou d'une commission quelconque, il n'hésitait jamais à profiter de cette confiance pour s'assurer un avantage. Bien que son mariage eût été en principe une « affaire », il était fier d'être marié avec la femme divorcée du gouverneur de Norvège, mais sa conduite envers elle ne s'en ressentait point. Ce n'est pas qu'il fût jamais, à proprement parler, grossier, ni violent ; mais il était de ces gens qui, contents d'eux-mêmes et conscients de leur correction, ne peuvent s'abstenir d'imposer leur supériorité aux gens moins heureusement lotis et qui, avec une naïveté désagréable, s'érigent en exemples. Or, Marie avait contre elle son divorce et le gaspillage de son patrimoine maternel, graves irrégularités.

Tel était l'homme qui vivait entre elle et son père à Tjele ; aucune de ses qualités ne pouvait faire espérer qu'il y rendrait la vie moins morne et plus douce. Ce ne fut en effet que discordes et disputes, humeur revêche de part et d'autre, bouderies mutuelles.

Marie s'hébétait ; ce quelque chose de gracieux, de fleuri et d'embaumé qui, jusque-là, avait couru dans la trame de sa vie, en arabesques riches mais indisciplinées et souvent bizarres, se perdait, disparaissait. Une grossièreté de pensées et de paroles, un esprit d'esclave qui nie tout ce qui est beau et noble, et un solide mépris d'elle-même, voilà ce que ce long séjour à Tjele lui avait apporté.

Et encore autre chose : une sensualité épaisse, un désir ardent des bonnes choses de la vie, un amour de la bonne chère, des sièges confortables et des lits moelleux ; un besoin voluptueux de parfums violents et capiteux et de luxe sans goût, sans beauté : tous désirs pauvrement contentés, ce qui d'ailleurs n'en diminuait pas l'attrait.

Elle avait pris de l'embonpoint mais elle avait pâli ; il y avait une indolence paresseuse dans tous ses mouvements. Son regard, d'ordinaire étrangement vide et inexpressif, avait parfois des lueurs bizarres, et elle avait l'habitude d'imprimer à ses lèvres un sourire fixe et banal...

Nous sommes en l'an seize cent quatre-ving-neuf. C'est la nuit, et l'écurie de Tjele est en feu.

Les flammes avides apparaissent et disparaissent dans la fumée épaisse et brune, éclairant toute la cour et les bâtiments des communs, les murs blancs du corps de logis, jusqu'aux frondaisons sombres du jardin. Les valets de la ferme et des gens accourus se passaient des seaux d'eau ou le feu allumait des lueurs. Palle Dyre courait partout, les cheveux en l'air, un râteau rouge à la main, tandis qu'Erik Grubbe s'était jeté en prières sur un vieux coffre à avoine sauvé du feu. Il suivait anxieusement les progrès de l'incendie et poussait des gémissements chaque fois qu'une flamme réussissait à se dégager et à s'élancer triomphalement dans un tourbillon d'étincelles.

Marie était là, elle aussi ; mais ses regards n'allaient pas au feu.

Elle regardait le nouveau cocher qui conduisait les chevaux effrayés hors de l'écurie et de la fumée. Les montants de la porte avaient été hâtivement démolis et l'ouverture agrandie du double de sa largeur ordinaire ; et de cette brèche béante il faisait sortir les chevaux deux à la fois, les tenant un de chaque main. Les bêtes vigoureuses, affolées par la fumée, ruaient et se jetaient violemment de côté, dès que la lumière incertaine et aveuglante frappait leurs yeux, et le cocher semblait risquer d'être écartelé ou piétiné entre elles ; mais il ne les lâchait point et ne tombait pas ; il baissait de force leurs naseaux vers la terre, et suivait leur course folle moitié courant et sautant, et moitié entraîné à travers la cour jusqu'à la porte du jardin, où il les lâchait en liberté.

Il y avait de nombreux chevaux à Tjele, et Marie eut longuement l'occasion d'admirer cette haute figure d'acteur qui, dans des poses variées, se mesurait avec les bêtes fougueuses, tantôt presque suspendu en l'air, sou-

levé par un étalon qui se cabrait, tantôt se rejetant en
arrière, les pieds comme enracinés dans le sol, tantôt les
excitant et les entraînant par bonds et par élans, et toujours avec ces mouvements souples, tenaces, élastiques,
d'homme très fort.

Les courtes culottes et la chemise grisâtre de toile
écrue, où les lueurs de l'incendie répandaient des reflets
jaunâtres et des ombres fortement dessinées, faisaient
merveilleusement ressortir les formes superbes de ce
jeune corps et s'accordaient dans une beauté simple à son
visage coloré, à sa bouche fraîche ombragée de duvets
blonds et fins et à ses grands cheveux clairs et bouffants.

Ce jeune géant de vingt-deux ans se nommait Sœren
Sœrensen Mœller et on l'appelait Sœren maître-valet.

Les chevaux furent tous sauvés, l'écurie brûla jusqu'aux
murs de fondation. Le feu éteint, les gens s'en allèrent
faire un petit somme.

Marie Grubbe regagna son lit ; mais elle ne put dormir.
Ses pensées vagabondaient et la faisaient rougir parfois,
et parfois s'agiter, comme effrayée d'elle-même.

Elle se leva enfin.

Elle eut en s'habillant un sourire de pitié méprisante
pour elle. En général, les jours de semaine, sa mise était
négligée, malpropre, presque misérable ; mais, à l'occasion, elle ne s'attifait que davantage, d'une façon
d'ailleurs plus voyante que distinguée. Ce jour-là elle mit
une robe bleue, fanée, vieille mais propre, se noua autour
du cou un petit fichu de soie rouge, et tira de son armoire
une petite coiffe simple et gracieuse ; puis elle se ravisa et
en choisit une autre dont la bordure à ramages jaune et

marron et le bavolet de faux brocart d'argent juraient avec le reste du costume. Palle Dyre supposa qu'elle se rendait à la ville pour bavarder au sujet de l'incendie, et il pensa qu'elle n'aurait point de cheval pour y aller. Mais elle resta à la maison, sans cœur au travail. Il y avait en elle une étrange agitation qui lui faisait lâcher à chaque instant une occupation pour une autre. Elle finit par descendre au jardin où soi-disant elle se proposait de remettre en ordre ce que les chevaux avaient dévasté dans la nuit. Mais elle ne jardina guère, car la plupart du temps elle resta assise sous la tonnelle, les mains sur les genoux et les yeux fixés devant elle.

Son inquiétude ne la quittait point ; au contraire, elle augmentait de jour en jour. Elle prenait du goût pour de longues promenades solitaires dans la campagne et au bois de Fastrup. Son mari et son père lui en faisaient des reproches : elle ne leur répondait même pas.

Ils conclurent qu'il valait mieux la laisser tranquille, du moins tant que le travail ne pressait pas.

Huit jours après l'incendie, elle se dirigeait un après-midi, comme d'ordinaire, vers Fastrup et suivait le bord d'un fourré à hauteur d'homme, formé par des cépées de petits chênes et des églantiers, quand soudain elle aperçut Sœren le maître-valet étendu tout de son long à la lisière du taillis, les yeux fermés comme s'il dormait. À quelques pas de lui gisait une faux, et l'herbe était coupée sur une certaine étendue.

Elle resta longtemps immobile à regarder ses grands traits réguliers, sa large poitrine qui respirait profondément et ses mains hâlées à grosses veines, jointes au-dessus de la tête. Mais Sœren n'était qu'assoupi. Il rouvrit subitement les yeux et la regarda. Il eut un sursaut de terreur à l'idée que « les maîtres » l'avaient trouvé dormant au lieu de faucher. Mais il y avait dans le regard de Marie quelque chose qui l'ébahit, et ce ne fut qu'un moment après, quand toute rougissante elle fit une réflexion sur la chaleur et se détourna pour partir qu'il reprit ses sens, bondit, saisit la pierre à fusil, et la faux, et se mit en devoir d'en repasser le tranchant avec une ardeur qui faisait résonner l'acier dans l'air chaud et vibrant.

Puis il se mit à faucher l'herbe comme s'il y allait de sa vie.

Enfin, voyant Marie s'engager dans le bois, il s'arrêta et resta un moment, les bras appuyés sur la faux, à la regarder disparaître. Puis, d'un coup, il jeta la faux et se rassit, les jambes écartées, la bouche ouverte, les mains appuyées à plat sur l'herbe. Il resta ainsi dans un muet saisissement, étonné de lui-même et de ses propres pensées. Il avait l'air d'un homme tombé du haut d'un arbre.

Sa tête lui semblait trop pleine ; il était comme en rêve. Si, par hasard, quelqu'un lui avait jeté un sort ! Jamais il ne s'était senti aussi bizarre. Il y avait un bouillonnement dans sa tête, ses pensées allaient et venaient : il ne pouvait y mettre de l'ordre. C'était étrange la façon dont elle l'avait regardé ! Et elle n'avait pas fait d'observation parce qu'il dormait au milieu de la besogne. Tout droit, de ses yeux clairs, elle l'avait regardé si doucement et si… Elle l'avait regardé comme faisait la Trine… Madame elle-même. Madame elle-même ! On connaissait l'histoire de la dame de Nœrbækgaard qui s'était enfuie avec son

271

garde-chasse. C'était peut-être ainsi qu'elle l'avait regardé pendant qu'il dormait... Madame elle-même! Lui, Sœren, pourrait-il être l'ami d'une grande dame comme madame? Il ne comprenait plus rien. Était-il malade? Une tache rouge brûlait comme du feu à chacune de ses pommettes; son cœur battait, se serrait et il respirait péniblement... Il se mit à tirer sur un petit plant de chêne, mais assis, il ne pouvait arriver à le déraciner; il se leva et l'arracha de terre, puis le jeta, saisit enfin sa faux et se remit au travail avec une espèce de rage.

Les jours suivants, il arriva fréquemment que Marie et Sœren se rencontrèrent, car il avait de la besogne à la maison, et chaque fois, il fixait sur elle un regard malheureux, égaré, interrogateur, comme s'il lui demandait le mot de l'étrange énigme qu'elle avait jetée dans son chemin. Mais Marie ne le regardait que furtivement, puis détournait la tête.

Sœren se sentait tout honteux; il avait en outre une peur terrible que ses camarades ne s'aperçussent de quelque chose. Il n'avait jamais éprouvé que des sentiments simples et clairs : aussi cet état d'âme le rendait-il inquiet. N'allait-il pas devenir fou? On ne savait jamais comment la folie entrait chez les gens. Il se promettait de n'y plus penser, mais en vain. Il était furieux contre lui-même, incapable de se soustraire à ces idées dont, en son for intérieur, il ne désirait pas trop être débarrassé, car sa vie deviendrait alors si vide et si triste! Il ne se l'avouait pas, car chaque fois qu'il réfléchissait sérieusement à la folie qu'il nourrissait, il en éprouvait une honte brûlante qui lui rougissait les joues.

Une semaine après le jour où elle avait trouvé Sœren endormi, Marie était assise sous un grand hêtre qui s'élevait au milieu d'une bruyère dans la forêt de Fastrup. Elle était assise, le dos appuyé au tronc de l'arbre, un livre ouvert sur ses genoux, mais elle ne lisait pas ; elle regardait gravement devant elle, puis vers le ciel où un oiseau de proie planait en cercles glissants au-dessus d'une mer onduleuse de verdure. L'air lumineux, ensoleillé, vibrait du susurrement monotone et assoupissant de myriades d'insectes invisibles. Les parfums sucrés et trop doux des fleurs jaunes du genêt, l'odeur amère des feuilles des bouleaux surchauffées par le soleil se mêlaient aux exhalaisons de terreau humide et de forêt et aux senteurs d'amande de la blanche ulmaire qui poussait dans la combe.

Petits oiseaux des bois.

murmurait Marie d'un ton plaintif,

> *Que vous estes heureux,*
> *De plaindre librement vos tourmens amoureux !*
> *Les valons, les rochers, les forests et les plaines*
> *Sçavent également vos plaisirs et vos peines.*

Elle resta un moment comme cherchant la suite, puis elle reprit le livre et lut d'une voix basse et découragée :

> *Vostre innocente amour ne fuit point la clarté,*
> *Tout le monde est pour vous un lieu de liberté,*
> *Mais ce cruel honneur, ce fléau de nostre vie,*
> *Sous de si dures lois la retient asservie.*

Elle referma le livre d'un coup sec et récita presque en criant :

> *Il est vray je ressens une secrète flame*
> *Qui malgré ma raison s'allume dans mon âme*
> *Depuis le jour fatal que je vis sous l'ormeau*
> *Alcidor, qui dançoit au son du chalumeau[1].*

Sa voix était descendue peu à peu, et ces derniers vers, elle les récita très bas et sans expression, presque machinalement, comme si son imagination, à l'accompagnement du rythme, lui représentait une autre image.

Elle pencha la tête en arrière et ferma les yeux. Il était si étrange, si angoissant, à son âge, de se sentir émue des mêmes aspirations oppressantes, des mêmes rêves pleins de pressentiments, des mêmes espoirs inquiets qui avaient agité sa jeunesse! Mais dureraient-ils plus que la brève floraison d'automne qu'une semaine de soleil fait naître, floraison tardive qui pour ses fleurs use la dernière force de la plante et la laisse affaiblie, épuisée, en proie à l'hiver? Elles étaient pourtant mortes, ses aspirations ; elles avaient dormi, muettes, dans leur tombe. Que lui voulaient-elles maintenant? Pourquoi, au lieu de reposer en paix, se redressaient-elles les avec une forme de vie mensongère et lui rejouaient-elles le jeu de la jeunesse?

Ces pensées qui lui passaient par la tête ne l'affectaient cependant pas très profondément : c'étaient des pensées pour ainsi dire imaginées, fort impersonnelles, comme un raisonnement emprunté à un étranger, car Marie ne mettait nullement en doute la force ou la durée de sa passion, qui la remplissait si entièrement et qui était si irré-

---

1. *Les Bergeries* de Racan.

sistiblement réelle qu'elle ne laissait aucune place aux réflexions.

Sœren aurait-il le courage de lui parler d'amour? Elle en doutait. Ce n'était en somme qu'un paysan... Elle se représentait sa crainte servile des maîtres, sa docilité et son obéissance de chien, son respect obséquieux et humilié. Elle pensait à ses habitudes vulgaires et à son ignorance, à son langage de rustre, à ses vêtements grossiers, à son travail rude, à son corps rompu aux fatigues et aux peines et à son appétit vorace. Et elle mettrait quand même la tête sous le joug, elle aimerait tout cela, elle accepterait le bien et le mal de cette main brune... Dans cet abaissement même il y avait une étrange volupté qui d'un côté tenait à la sensualité grossière, et de l'autre à ce qu'il y a de plus noble et de meilleur dans la nature de la femme.

Mais telle était l'argile dont elle était pétrie.

Quelques jours plus tard, Marie s'occupait dans la buanderie à brasser de l'hydromel pour utiliser le miel des ruches endommagées par l'incendie.

Elle se tenait près de l'âtre et regardait vers la porte où des centaines d'abeilles, qu'attirait l'odeur du miel, bourdonnaient et tournoyaient, dorées et illuminées par le soleil qui entrait à flots.

À ce moment Sœren apparut. Il revenait avec une voiture vide après avoir conduit Palle Dyre à Viborg.

Il aperçut Marie, se hâta de dételer, de remiser la voiture et les chevaux, et il revint ensuite se promener dans la cour, les mains aux poches de sa longue redingote de cocher, et les yeux obstinément fixés sur ses hautes bottes.

Soudain, il pivota sur le talon et se dirigea résolument vers la buanderie, balançant ses bras, fronçant les sourcils et se mordant la lèvre, en homme qui se force d'aller au-devant d'une explication désagréable, mais inévitable. Il s'était en effet juré d'en finir, depuis Viborg ; et une gourde oubliée dans la voiture par son maître lui avait donné du courage.

Il ôta sa casquette en entrant, mais il ne dit rien. Gêné, empêtré, il passait machinalement son doigt sur le bord de la cuve.

Marie lui demanda enfin s'il avait un message pour elle de la part de son mari.

Non.

Sœren voudrait-il goûter la bière, ou préférait-il un rayon de miel ?

Merci, oui... non, mais merci quand même, ce n'était pas cela qui l'amenait.

Marie rougit et eut un serrement de cœur.

Il avait à demander quelque chose ? Qu'il le demande !

Eh bien, et sauf le respect dû à madame, il voulait lui dire qu'il devait être hors de son bon sens, car éveillé comme endormi, madame était toujours dans ses pensées, il n'y pouvait rien.

Mais c'était très bien de la part de Sœren.

Il ne savait pas si c'était bien, car en pensant à madame, il n'était pas à ce qu'il faisait. D'ailleurs ce n'était pas de la façon qu'elle croyait : il pensait à elle avec ce qu'on appelle amour.

Il la regardait inquiet en faisant cette déclaration ; il parut découragé, mais Marie lui répondit qu'il n'y avait pas de mal, que c'était ce que le pasteur disait qu'on devait à son prochain.

Non, ce n'était pas ainsi qu'il aimait… Ce n'était sans doute pas la peine, poursuivit-il d'une voix qui tremblait et comme pour lui chercher querelle. Une grande dame comme elle avait probablement peur de toucher à un pauvre gars comme lui, quoiqu'un paysan fût bien un homme, lui aussi, et n'eût point de l'eau ni du lait dans les veines, pas plus que les autres. Il savait bien que les gens de la haute le prenaient pour une espèce à part ; mais c'était bien à tort, vu que ces gens-là mangeaient et buvaient et dormaient et faisaient tout exactement comme le plus simple des pauvres diables de paysans. Il ne pensait pas que madame pût éprouver plus de dommage, s'il lui donnait un baiser sur la bouche, qu'elle n'en éprouverait du baiser d'un grand seigneur… Oh, elle n'avait pas besoin de le dévisager ainsi parce qu'il était un peu libre en lui parlant ; il ne se souciait plus de ce qu'il disait ; elle pouvait si elle le voulait se plaindre de lui au maître, cela lui était égal ; car en sortant de la buanderie ce serait pour aller se jeter dans l'écluse du meunier ou pour se mettre une corde autour du cou.

Pourquoi parlait-il ainsi ? Elle n'avait jamais eu l'idée de le dénoncer : elle ne toucherait mot à personne de ce qu'il disait.

Ah, elle n'en avait pas eu l'idée ! Y croirait qui voudrait. Mais qu'importe ! Elle lui avait déjà fait beaucoup de mal, puisque c'était sa faute s'il voulait se tuer, car il l'aimait trop.

Il s'était effondré sur le petit banc et restait là à regarder

Marie avec une expression de profonde tristesse dans ses doux yeux sincères; et ses lèvres tremblaient comme s'il luttait contre ses larmes.

Marie ne put s'empêcher d'aller à lui et de poser une main compatissante sur son épaule.

Il n'aimait pas cela, il savait qu'en le touchant de la main et en murmurant quelque chose en elle-même, elle l'envoûterait et lui ôterait tout son courage. Mais elle pouvait bien s'asseoir un moment à côté de lui, tout paysan qu'il fût, puisqu'il serait mort avant le soir.

Marie s'assit.

Sœren lui coulait des regards en dessous et s'écartait un peu pour qu'elle prît place; puis brusquement il se leva.

Eh bien, il s'en allait. Il faisait ses adieux à madame et la remerciait de ses bontés. Voudrait-elle se charger d'un souvenir pour sa cousine Ane qui était servante à la maison?

Marie lui prit la main. Sœren voulut la retirer, car il fallait qu'elle le laissât partir.

Non, non. Il resterait, il n'y avait personne au monde qu'elle aimât comme lui.

Oui, elle disait cela de crainte qu'il ne revînt après sa mort! Mais elle pouvait être tranquille, il n'avait point de haine contre elle. Et maintenant il la priait de le lâcher.

Il retira violemment sa main d'entre les siennes et se précipita hors de la buanderie. Marie courut derrière lui à travers la cour; mais il eut le temps de s'enfermer dans la chambre des valets.

« Ouvrez-moi, Sœren, ouvrez-moi; sinon j'appellerai du monde! »

Sœren ne répondit pas mais il se mit à entourer le loquet d'une ficelle tout en maintenant la porte du genou et de l'épaule. La menace d'appeler au secours ne l'émut pas car il savait tout le monde occupé à la fenaison.

Marie frappait à la porte de toutes ses forces.

« Mon Dieu, Sœren! cria-t-elle. Viens, viens. Je t'aime autant qu'on peut aimer, Sœren, je t'aime, je t'aime, je t'aime. Ah, il ne le croit pas! Que vais-je faire, mon Dieu. Que je suis malheureuse! »

Sœren ne l'écoutait pas. Il était passé dans une petite pièce contiguë, où lui et le garde-chasse avaient leurs lits.

« Sœren, Sœren, laisse-moi entrer! ouvre-moi… Non, non, il ne m'entend pas. Il se tuera et je n'y peux rien. Dieu tout-puissant, aidez-moi. Sœren, Sœren, ouvre-moi. Je t'ai aimé depuis le premier jour que je t'ai vu. Tu ne m'écoutes pas? Il n'y a personne au monde que je chéris comme toi, personne, personne, Sœren! »

— Est-ce vrai au moins? fit Sœren d'une voix rauque, presque méconnaissable, tout près de la porte.

— Dieu soit loué! Oui, oui, oui, Sœren, c'est vrai, je le jure. Je t'aime du fond du cœur. Ah, Dieu soit loué! »

Sœren avait déficelé le loquet et la porte s'ouvrit.

Marie se précipita dans la pièce et se jeta à son cou. Elle sanglotait et riait.

Sœren demeura interdit, penaud.

« Le ciel soit loué que tu sois vivant! cria Marie. Qu'est-ce que tu pensais faire? »

En parlant elle regardait curieusement autour d'elle la petite pièce avec ses lits défaits où des édredons déteints, des paillasses éventrées et des gros draps sales de toile grise étaient jetés pêle-mêle.

Mais Sœren ne répondit pas. Il la regardait d'un œil de reproche, puis enfin :

« Pourquoi ne l'as-tu pas dit plus tôt ? fit-il enfin.

— Pardonnez-moi, Sœren, pardonnez-moi ! » sanglota Marie en se pressant contre lui avec des yeux suppliants, qui cherchaient les siens.

Sœren se pencha sur elle étonné et l'embrassa. Il était comme abasourdi.

« Ce n'est pas de la comédie ni une vision ? » murmura-t-il comme à lui-même.

Marie secoua la tête en souriant.

« Ah ! diable, qui aurait jamais pensé une pareille chose ?... »

☆

Au début, les rapports entre Marie et Sœren furent très secrets ; mais peu à peu, comme les voyages fréquents de Palle Dyre à Randers et ses séjours prolongés dans cette ville en qualité de commissaire royal les rendaient imprudents, les domestiques de Tjele furent au courant de ce qui se passait, et les amoureux une fois découverts n'essayèrent plus de rien cacher, mais ils vécurent ouvertement comme si Palle Dyre avait été à l'autre bout du monde et non pas à Randers. Quant à Erik Grubbe, ils ne se souciaient nullement de lui. Lorsqu'il menaçait Sœren de son gros bâton, Sœren ripostait en le menaçant du poing ; et quand il essayait de faire entendre raison à

Marie en la grondant, elle se moquait de lui et répondait par un flot de paroles dénuées de sens qu'il n'entendait pas, car il était devenu très dur d'oreilles, et elle parlait sans élever la voix. D'ailleurs, à cause de ses rhumatismes et de sa tête chauve, il portait encore un bonnet dont les grandes oreilles, boutonnées sous le menton et collant à sa tête, ne lui rendaient pas l'ouïe plus fine.

Que Palle Dyre ne fût pas averti, ce n'était point la faute de Sœren, car dans l'ardeur de son jeune amour, il ne reculait devant rien. Même lorsque Palle était à la maison, il n'hésitait pas, au crépuscule, ou même dans ses moments de loisir, à monter dans l'appartement des maîtres, chez Marie ; et seul l'escalier favorable du grenier avait empêché plus d'une fois qu'il ne fût découvert.

Ses sentiments à l'égard de Marie étaient très variables ; parfois il s'imaginait qu'elle était fière et qu'elle le méprisait, et alors il se faisait capricieux, despote, absurde, et il la traitait plus rudement et plus brutalement qu'il ne l'eût voulu, pour voir ses soupçons anéantis devant la grande docilité et la grande douceur qu'elle lui témoignait. La plupart du temps il se montrait cependant bon et raisonnable et facile à diriger ; seulement il fallait que Marie prît bien garde de ne pas se plaindre de son mari ou de son père, car, à entendre ses doléances, il devenait comme fou, jurant d'assommer Palle Dyre ou d'étrangler Erik Grubbe ; et il fallait ensuite qu'elle usât de tout son pouvoir et qu'elle eût recours aux prières et aux larmes pour l'apaiser et le faire renoncer à la vengeance.

Mais de toutes les circonstances susceptibles de troubler les rapports entre Marie et Sœren, rien n'était plus efficace ni plus continu que les railleries des domestiques. Ils voyaient d'un œil mauvais cet amour qui donnait à l'un des leurs une situation injustement avantageuse et, en l'absence du maître, une influence imméritée. Aussi harcelaient-ils Sœren de toutes les façons, au point qu'il se sentait souvent prêt à tout quitter, à s'enfuir ou à se tuer.

Les femmes étaient naturellement les plus cruelles.

Un soir, on coulait des chandelles à Tjele. Marie, debout près d'une cuve à moitié remplie de paille où s'enfonçait le chaudron de cuivre plein de suif, trempait les mèches, et Ane Trinderup, la cousine de Sœren, les faisait égoutter dans une terrine de terre jaune. La cuisinière apportait et remportait les plateaux, et enlevait les chandelles quand elles étaient devenues assez grosses. Assis devant la grande table, Sœren regardait faire. Il portait un bonnet de drap rouge, soutaché d'or et orné de plumes noires. Une cruche à bière en argent était posée devant lui, et il mangeait de la viande froide qu'il découpait avec son couteau en petits carrés sur une assiette d'étain. Il mangeait lentement et posément, prenait entre temps une gorgée de bière, et répondait aux petits signes souriants de Marie par un mouvement lent de la tête.

Était-il bien assis?

Comme ci comme ça.

En ce cas, Ane irait chercher un coussin pour mettre sur le banc.

Ane obéit, mais non sans faire à l'autre servante des grimaces derrière le dos de Marie.

Sœren ne prendrait-il pas un morceau de gâteau?

Ce n'était pas de refus.

Marie alluma un rat de cave et alla chercher le gâteau. Elle resta assez longtemps absente.

À peine eut-elle quitté la pièce, les deux servantes s'esclaffèrent comme d'un commun accord. Sœren jeta sur elles un regard furieux.

« Ah, mon petit Sœren, dit Ane, en imitant la voix et les intonations de Marie. Sœren ne voudrait-il pas une serviette pour essuyer ses jolis doigts ? Et peut-être un petit tabouret sous ses pieds ? Et voit-il assez clair pour manger à la lumière de cette seule grosse chandelle ? Hein, petit Sœren ? Il y a une belle robe de chambre à ramage dans la chambre du patron : faut-il aller la chercher ? Elle irait bien avec ce beau bonnet rouge. »

Sœren ne daigna pas répondre.

« Ah, nous et nos pareils, nous sommes des gens du commun qui aimerions beaucoup entendre de jolis discours galants, et monsieur sait en faire, croyez-moi, Trine, car sa bonne amie lui a fait cadeau d'un beau livre de compliments, et un noble seigneur comme lui ne peut manquer de savoir ses lettres et de savoir lire dans tous les sens. »

Sœren donna un violent coup de poing à la table, et regarda Ane avec fureur.

« Sœren, commença l'autre, je te donnerai une pièce fausse pour un baiser. Je sais bien que ta vieille t'a habitué à recevoir du rôti et de la bière et d'autres bonnes choses... »

À ce moment Marie rentra et posa le gâteau devant Sœren, mais il envoya l'assiette à l'autre bout de la table.

« Fais sortir ces deux-là ! » cria-t-il.

C'était difficile, car le suif se refroidirait.

Que lui importait ?

Marie renvoya les deux domestiques.

D'un geste violent, Sœren arracha son bonnet et le lança loin de lui. Il écumait de rage. C'était la faute de Marie. Avait-elle besoin devant ces deux perruches de lui apporter à manger comme à un cochon qu'on engraisse ? Il ne voulait pas non plus devenir la risée des gens avec ces bonnets de comédien qu'elle lui fabriquait. Tout cela aurait une fin. C'était lui, l'homme. Il n'accepterait plus de se laisser choyer. Ce n'était pas ainsi qu'il avait voulu leurs rapports. Il serait celui qui commanderait et elle obéirait ; il serait celui qui donnerait et elle recevrait. Il savait bien qu'il n'avait rien à donner. Mais si elle ne voulait pas accepter la vie dure avec lui, il fallait se séparer. Il ne pouvait plus y tenir : elle s'abandonnerait tout à fait et s'enfuirait avec lui et ne resterait pas toujours la Madame de la maison à qui il devait du respect. Elle serait pareille à lui, traitée comme lui, elle mènerait la même vie de chien que lui, et ainsi il pourrait être bon pour elle, et mériter des remerciements, et elle le craindrait et elle n'aurait d'autre appui au monde que lui.

À ce moment on entendit un bruit de roues et une voiture entra dans la cour. Comme c'était sans doute Palle Dyre lui-même qui arrivait, Sœren se sauva.

Dans la chambre des domestiques les trois valets étaient assis sur leurs lits, et le garde-chasse se tenait debout.

« Voici M. le baron ! fit l'un en guise de salut.

— Taisez-vous. Il vaut mieux qu'il n'en sache rien, s'écria l'autre avec une sollicitude feinte.

— Oui, murmura le premier, je ne voudrais pas être dans sa peau pour tout l'or du monde. »

Sœren, mal à l'aise, regardait autour de lui et s'assit enfin sur un coffre.

« Ce doit être une mort douloureuse », murmura celui qui jusque-là avait gardé le silence.

Le garde-chasse fit un signe de tête grave et soupira.

« De quoi parlez-vous ? » demanda Sœren d'un air détaché.

Personne ne répondit.

« Est-ce par là ? demanda le premier en se passant un doigt lentement à travers la nuque.

— Chut ! fit le garde-chasse en fronçant les sourcils.

— Si c'est de moi que vous parlez, s'écria Sœren, ne restez pas là à vous tortiller, mais dites ce que vous avez à dire.

— Oui, Sœren, répondit gravement le garde-chasse en appuyant sur chaque mot. Oui, c'est de toi. Mon Dieu, quel malheur !... (il s'interrompit et sembla se plonger dans de sombres rêveries.) Sœren ! reprit-il enfin en s'essuyant le nez, tu joues gros jeu : tu risques ton cou. Laisse-moi t'avertir ! (il parlait comme un livre.) Quitte le mauvais chemin, car là c'est le gibet et le pilori qui t'attendent (il tendait le doigt vers le manoir).

Ici, une vie et un enterrement chrétiens (et avec un geste ample en demi-cercle, il porta le doigt dans la direction des écuries). Car il y va de ta tête, c'est la punition selon la loi sacrée, penses-y, Sœren.

— Oh, dit Sœren d'un ton de défi, qui est-ce qui me dénoncerait ?

— Hum, reprit le garde-chasse, d'une voix sentencieuse

et comme si l'on arrivait à un fait nouveau qui aggravait les circonstances. Qui te dénoncerait! Sœren, Sœren! »

Il quitta soudain le ton de cérémonie, et s'écria :

« Tu es aussi un imbécile, un fameux imbécile! Courir après une femme déjà vieille, et cela quand on risque tout! Si au moins elle était jeune! Non, laisse-la donc tranquille. Il y a, Dieu merci, d'autres femmes qu'elle. »

Sœren n'avait ni l'envie ni le courage de leur expliquer qu'il ne pouvait vivre sans Marie Grubbe ; il était honteux lui-même de cette passion folle. Aussi préféra-t-il désavouer son amour.

« Oui, ce serait de la sagesse, c'est sûr, dit-il. Mais d'autre part, on a certains avantages.

— C'est bel et bien, répondit le garde-chasse. Mais c'est gagner de l'argent la corde au cou. Ce n'est pas désagréable de recevoir des cadeaux de vêtements et d'argent, et c'est bon de s'étirer au lit et de se dire malade pour se faire envoyer du vin et du rôti et d'autres bonnes choses ; mais on est trop nombreux ici, et un jour ou l'autre tout se découvrira et c'en sera fait de toi.

— Oh, ils ne laisseront jamais les choses aller si loin.

— Crois-tu? M'est avis que les deux vieux ne demandent qu'à se débarrasser d'elle ; et ses sœurs et beaux-frères ne sont pas gens à intervenir, si on la déshérite.

— Laisse-les faire. Que diable! Elle m'aidera.

— Elle pourrait peut-être avoir trop à faire pour elle-même. Elle a eu trop d'histoires pour que personne lui prête même de quoi ensemencer un lopin d'avoine.

— Eh bien, soit, fit Sœren en se levant et en gagnant la pièce intérieure ; homme menacé vit parfois longtemps. »

Depuis ce jour, Sœren entendait partout et à tout propos de sinistres allusions à la potence et au pilori et aux tenailles ardentes, et, pour soutenir son courage vacillant, il eut recours à l'eau-de-vie. Comme Marie lui glissait souvent des pièces, la sobriété ne lui était jamais imposée. Les menaces perdaient d'ailleurs peu à peu leur effet, mais il devenait plus prudent, se tenait davantage parmi ses pareils et cherchait moins souvent les occasions de voir Marie.

Comme Noël approchait, et que Palle Dyre restait chez lui, les rendez-vous entre Sœren et Marie cessèrent complètement. Et, pour faire croire aux autres domestiques que tout était rompu, Sœren se mit à faire la cour à Ane Trinderup. Il réussit en effet à donner le change à tout le monde, y compris Marie, mise pourtant au courant de son projet.

Le troisième jour de Noël, pendant que maîtres et serviteurs étaient presque tous partis pour l'église, Sœren jouait avec les chiens près du corps de logis, lorsque soudain il s'entendit appeler par la voix de Marie qui semblait venir de dessous la terre. Il se retourna et aperçut le visage de sa maîtresse dans le soupirail de la cave au sel, presque au ras du sol.

Elle était pâle, éplorée, et ses yeux regardaient, farouches et angoissés, sous des sourcils douloureusement froncés.

« Sœren, supplia-t-elle, que t'ai-je fait pour que tu ne m'aimes plus?

— Mais je t'aime. Ne comprends-tu pas qu'il faut que je sois sur mes gardes, car ici on ne demande qu'à me perdre. Ne me parle pas, et laisse-moi m'en aller si tu ne veux pas ma mort.

— Ne mens pas, Sœren. Je vois clair. Mais je ne te souhaite pas de mal pour cela, car je sais bien que je ne suis pas de ton âge, et tu as toujours eu un penchant pour Ane ; seulement tu as tort de me le laisser voir, c'est cruel. Ne crois pas que je veuille m'imposer à toi, car je sais trop combien cela te coûterait cher et combien la vie nous serait dure et pénible et laborieuse. Ni l'un ni l'autre, nous n'avons à souhaiter d'être unis, et cependant je ne puis pas ne pas y songer.

— Mais je ne pense pas à Ane. Je ne veux d'elle ni pour rien ni pour de l'argent. Je n'aime que toi au monde ; laisse-les t'appeler vieille ou jeune ou n'importe quoi.

— Je ne te crois pas, Sœren, malgré la meilleure volonté.

— Tu ne me crois pas ?

— Non, Sœren, non. Je voudrais être dans mon tombeau ici et n'avoir qu'à fermer le soupirail et à me laisser aller au sommeil dans l'obscurité.

— Mais je veux que tu me croies !

— Jamais. Et tu ne pourrais rien faire qui me persuadât.

— Tu me rends fou avec tes histoires. Et tu le regretteras, car dussé-je même être brûlé vif ou torturé, je te le prouverai. »

Marie secoua la tête et le regarda d'un long regard triste.

« Eh bien, coûte que coûte et tant pis ! » cria Sœren, et il partit en courant.

À la porte de la cuisine il s'arrêta pour demander où était Ane et apprit qu'elle était au potager. Il passa dans la chambre des valets et y prit un vieux fusil chargé appartenant au garde-chasse. Puis il courut au potager.

Ane coupait des choux lorsque Sœren l'aperçut. Elle en avait déjà plein le tablier, et elle était en train de souffler dans ses doigts gourds pour les réchauffer. Lentement Sœren se glissa près d'elle, les yeux attachés sur le bas de sa jupe pour ne pas voir sa figure.

Soudain Ane se retourna et vit Sœren; ses regards sombres, son fusil et son pas furtif lui firent peur et instinctivement elle lui cria:

« Laisse-moi, Sœren, laisse-moi! »

Il épaula son fusil, Ane se sauva éperdument à travers la neige en poussant un cri perçant et sauvage.

Le coup partit. Ane poursuivit sa course; puis, tout à coup elle leva la main vers sa joue, poussa un nouvel appel de terreur et s'affaissa.

Sœren jeta loin de lui le fusil et courut vers la maison. Le soupirail était fermé. Il se précipita à la grande porte d'entrée, traversa tout l'appartement jusqu'à ce qu'il trouvât Marie.

« C'est fini! murmura-t-il, pâle comme un mort.

— Qu'est-ce qui est arrivé?

— Je l'ai tuée.

— Ane? ah, Seigneur Dieu, qu'allons-nous devenir! Cours, Sœren, cours seller un cheval et sauve-toi, sauve-toi, prends le gris! »

Sœren disparut. Peu de moments après il franchit la porte de la cour au galop.

Il était à peine parti que Palle Dyre et les gens rentraient de l'église. Le maître demanda immédiatement où Sœren allait de ce train.

« Il y a quelqu'un qui est blessé et qui gémit au jardin », répondit Marie.

Elle tremblait comme une feuille et pouvait à peine se tenir sur ses jambes.

Palle Dyre et un des hommes transportèrent Ane à la maison. Ses cris s'entendaient au loin ; mais le danger n'était pas grand : le fusil avait été chargé de plombs pour chasser le renard. Quelques-uns lui avaient traversé la joue et d'autres s'étaient logés dans son épaule. Mais comme elle saignait fort et se lamentait, on envoya une voiture à Viborg pour chercher le médecin.

En attendant, Palle Dyre la questionna et apprit toute l'histoire des rapports de Sœren et de Marie.

En sortant, il fut entouré par les domestiques qui tous voulaient lui raconter ce qu'il savait déjà. Palle refusa de les écouter, disant que c'étaient des commérages et des bêtises. Cette histoire venait fort mal à propos : le divorce, l'instruction, un procès, des frais, tout cela l'effrayait. On devait pouvoir étouffer l'affaire. Quant à la question morale, l'infidélité de Marie, elle lui était presque indifférente : peut-être même y aurait-il un bien à en tirer en ce sens que cela lui donnerait plus de prise sur sa femme et vraisemblablement sur Erik Grubbe, qui ferait l'impossible pour obtenir qu'il n'y eût pas de scandale.

Or, après avoir parlé avec Erik Grubbe, il ne savait plus que croire. Le vieillard était fort agité et avait déjà lancé quatre hommes à cheval sur les traces de Sœren avec l'ordre de le prendre mort ou vif, ce qui n'était certes pas la bonne façon de garder le secret sur la tentative de meurtre.

Le lendemain au soir, trois d'entre eux rentrèrent : ils s'étaient emparés de Sœren près de Dallerup où son cheval s'était abattu, et l'avaient conduit à Skanderborg où il était sous les verrous. Le quatrième valet s'était égaré et ne rentra que le surlendemain.

À la mi-janvier, Palle Dyre et Marie se réinstallèrent à Nœrbækgaard, car à Tjele la présence de Marie empêchait que l'oubli se fît. Mais, à la fin de février, l'affaire revint sur le tapis, car un scribe arriva de Skanderborg pour savoir si Sœren, qui s'était évadé, n'avait pas paru dans la contrée. Le scribe était venu trop tôt : ce ne fut que quinze jours après son départ que Sœren se risqua une nuit à venir frapper à la fenêtre de Marie à Nœrbækgaard. La première chose qu'il lui demanda ce fut des nouvelles d'Ane ; et il parut fort soulagé en apprenant qu'elle était remise. Il se tint caché dans une cabane abandonnée au milieu de la lande de Gassum ; et il vint ensuite souvent chercher de l'argent et des provisions. Aussi bien Palle Dyre que les gens du domaine connaissaient ses visites, mais du moment que le maître n'y attachait pas d'importance, les domestiques ne s'en occupaient pas.

À l'époque de la fenaison, Palle et Marie retournèrent à Tjele, où Sœren n'osait pas se montrer. Cette circonstance, jointe aux éternelles tracasseries et aux reproches de son père, finirent par exaspérer Marie au point qu'elle prit un jour son père à part et, oubliant tout respect, l'accabla de récriminations offensantes et injurieuses. À la suite de quoi Erik Grubbe adressa, au mois d'août, une supplique au roi. Après s'être longuement étendu sur les torts de sa fille, il terminait ainsi :

À cause de ces circonstances, de sa mauvaise conduite et de sa désobéissance, je suis forcé de la déshériter, et je prie très humblement et très respectueusement Votre Majesté Royale de vouloir bien m'y autoriser et de le ratifier, et je supplie Votre Majesté Royale de me faire en outre la grâce de donner l'ordre royal au préfet M. Mogens Scheel de procéder à une enquête sur ses rapports avec moi son père et avec son mari et sur sa mauvaise conduite, à tel effet qu'elle soit incarcérée à Borringholm à nos frais pour empêcher que la colère divine ne tombe sur elle, malheureuse créature désobéissante, objet de l'horreur de tous, et pour assurer son salut. Si je ne m'étais vu poussé à cette extrémité, je ne me serais pas permis de faire cette demande, mais je vis dans l'espoir très humble et très respectueux que Votre Majesté Royale daignera, en sa gracieuse bonté, m'exaucer, me répondre et m'aider, ce que Dieu récompensera. Je vis et meurs, Le très humble et très obéissant serviteur et fidèle sujet de Votre Majesté Royale,

ERIK GRUBBE

Tjele, le 14 août 1690.

Le roi fit demander une explication à Palle Dyre, et il en résulta que, Marie Grubbe ne se conduisant pas envers lui comme une épouse respectable, il suppliait, en qualité de mari outragé, le roi de faire annuler le mariage sans procès.

Cette demande ne fut point agréée. Les époux furent séparés par un jugement du 23 mars 1691.

Erik Grubbe n'obtint pas non plus gain de cause dans sa demande de déshériter et de faire reléguer Marie. Il dut se contenter de la voir prisonnière à Tjele sous la surveillance de quelques paysans pendant la durée du procès. Il aurait dû d'ailleurs être le dernier à lui jeter la pierre.

Immédiatement après l'arrêt, Marie Grubbe quitta Tjele, un pauvre ballot de hardes sous le bras. Elle rejoignit Sœren sur la lande; et elle eut en lui son troisième mari.

XVII

Un mois plus tard, un soir d'avril, il y avait foule devant le portail de la cathédrale de Ribe. C'était l'époque du synode, et, tant qu'il durait, une très vieille coutume voulait que, trois fois par semaine, on ouvrît et on allumât l'église à trois heures du soir afin que les gens de qualité et les honorables bourgeois de la ville pussent venir se promener sous sa nef et entendre aux orgues un habile organiste. Les gens du commun devaient se contenter d'écouter du dehors.

Parmi eux se trouvaient Marie Grubbe et Sœren.

Leurs vêtements étaient pauvres et déguenillés ; et ils avaient l'air de gens qui ne mangent pas tous les jours à leur faim, ce qui était en effet probable, car leur métier n'était guère lucratif. Dans une taverne entre Aarhus et Randers, Sœren avait rencontré un pauvre Allemand malade qui, pour quelques pièces, lui avait vendu un petit orgue de Barbarie très fatigué, un vieux costume de jongleur et un petit carré de tapis râpé. Ainsi outillés, Marie et lui s'en allaient de foire en foire : Marie tournait la manivelle et lui, vêtu de ses loques bariolées, debout sur le tapis râpé, soulevait, lançait en l'air et rattrapait de gros et lourds poids et de longues barres de fer qu'il empruntait à quelque marchand.

C'était une foire qui les avait amenés à Ribe.

Ils se tenaient près du portail de la cathédrale, et une lueur faible, pour ainsi dire fanée, venant de l'intérieur, tombait sur leurs visages pâles et sur le sombre grouillement des têtes derrière eux. Le beau monde arrivait un à un, par couples ou par groupes, causant, souriant courtoisement jusqu'au seuil de l'église, et là, soudain, les traits se figeaient en gravité et les démarches ralentissaient.

Sœren eut envie de voir de plus près ce qui se passait à l'intérieur.

Ils ne risquaient en somme que d'être chassés. Marie eut un mouvement de recul à l'idée qu'elle pourrait être expulsée d'un endroit où de braves bourgeois entraient librement, et elle retint Sœren qui l'entraînait : mais tout à coup elle se ravisa et se poussa en avant, entraînant à son tour son compagnon, et cela sans prudence ni ménagement, bien au contraire, comme désireuse de se faire remarquer et chasser. Il n'y eut par hasard personne pour les arrêter ; et ils s'engageaient déjà dans la haute nef éclairée et remplie lorsqu'un bedeau les aperçut ; après un rapide coup d'œil oblique et terrifié, il se précipita au-devant d'eux, les mains tendues, d'un geste qui les balayait avec indignation. Il les repoussa ainsi jusqu'au seuil. Là il s'arrêta un instant en regardant la foule d'un œil réprobateur comme s'il lui reprochait l'inconvenance de ce qui venait de se passer. Puis il se retira lentement et regagna son poste.

La foule accueillit les expulsés avec des rires stridents et des huées, qui faisaient grogner de colère Sœren, mais Marié dévisageait effrontément les gens : elle avait tendu volontairement la joue au soufflet que la société respectable est prête à donner d'une main prompte aux gens comme Sœren et ses pareils.

Dans une des auberges les plus simples d'Aarhus, la veille de la foire de Saint-Olaus, quatre hommes jouaient aux cartes.

L'un des joueurs était Sœren. Son partenaire, un bel homme aux cheveux noirs et au teint mat et bruni, prestidigitateur de son métier, était généralement appelé Jens Nedenom. Les deux autres joueurs étaient les propriétaires en commun d'un ours galeux ; tous deux très laids : l'un avait un bec de lièvre et s'appelait Salmand le Montreur d'ours ; l'autre, borgne et grêlé, se nommait Rasmus Kig. Ils étaient assis au bout de la longue table qui courait sous la fenêtre, et où étaient posées une chandelle et une cruche sans anse. De l'autre côté de la salle, un comptoir traversait la largeur de la pièce, et une mince chandelle, supportée par un entonnoir renversé, éclairait faiblement une rangée de grosses bouteilles carrées sur une planche clouée au mur du fond. Cette planche supportait aussi quelques mesures et une dizaine de verres ainsi qu'une grande lanterne. Dans le coin, près du comptoir, Marie Grubbe tricotait et sommeillait alternativement. Le coin opposé était occupé par un homme qui se tenait penché en avant les coudes sur les genoux.

Les joueurs, ayant fini leur partie, comptaient les marques, quand la porte s'ouvrit et livra passage à un homme d'une mise soignée et cossue. Il s'installa à l'autre bout de la table, mais en passant devant les joueurs il avait salué en portant sa canne à pomme d'argent au bord de son chapeau et en disant un bonsoir poli.

« Bonsoir! » répondirent-ils tous les quatre en crachant par terre d'un commun mouvement.

Le nouveau venu sortit un paquet de tabac et une longue pipe de terre, la bourra, puis cogna de sa canne contre la table.

Une bonne aux pieds nus lui apporta un réchaud avec quelques braises et une forte cruche de grès à couvercle d'étain. L'homme tira de sa poche de petites pincettes de cuivre, saisit une braise qu'il posa sur sa pipe, mit la cruche devant lui, s'appuya le dos contre le mur, but, s'installa aussi confortablement que possible.

« Combien peut coûter un paquet de tabac comme celui que vous avez là? demanda Salmand, bourrant de son côté une petite pipe avec du tabac qu'il prenait dans une blague en peau de phoque.

— Douze shillings, répondit le nouveau venu, en ajoutant comme pour s'excuser d'une pareille prodigalité : mais il est très doux pour la poitrine.

— Et comment vont les affaires? continua Salmand en allumant sa pipe.

— Pas mal, merci ; on se fait malheureusement vieux.

— Oui, interjecta Rasmus, seulement vous n'avez pas besoin, vous, de chercher à attirer les clients : on vous les amène.

— C'est vrai, répondit l'homme avec un sourire, pour cela c'est un bon métier, et on ne s'use pas la langue à faire l'article aux gens ; car ils sont bien forcés d'accepter ce qui leur arrive ; ils ne peuvent ni choisir ni faire les difficiles.

— Et ils ne demandent jamais rien par-dessus le marché, reprit Rasmus ; ils se contentent de leur dû.

— Dites donc, maître Herman, demanda enfin d'une voix basse Sœren qui jusque-là avait écouté la conversation, est-ce qu'ils crient beaucoup ?

— Heu, il est certain qu'ils ne rient guère.

— Oh ! c'est un horrible métier !

— Et pourtant je compte sur vous pour m'aider.

— Vous comptez sur nous ? répéta Rasmus en se redressant d'un air menaçant.

— Je ne compte pas précisément sur vous, mais je suis à la recherche d'un aide qui pourrait me donner maintenant un coup de main et qui me succéderait un jour : voilà.

— Combien le payerez-vous ? demanda Jens en réfléchissant.

— Quinze dalers par an en argent comptant, le tiers des vêtements qui nous reviennent de droit et un mark sur chaque daler de taxe.

— Qu'est-ce que c'est que cette taxe ?

— C'est la taxe sur mon travail. J'ai cinq dalers pour fouetter, sept dalers pour chasser quelqu'un à coup de verges de la ville, quatre pour le chasser de la commune, et autant pour marquer au fer rouge.

— Mais pour le travail plus important?

— Ah, par malheur il se présente plus rarement, mais c'est huit dalers pour couper une tête, c'est-à-dire, avec la hache, car avec le sabre c'est dix; mais il peut bien se passer six ou sept ans sans qu'on vous le demande. Pour pendre, c'est quatorze dalers, dont dix pour le travail proprement dit et quatre pour descendre le corps du gibet. Pour mettre à la roue, c'est sept. Qu'est-ce qu'il y a encore? Pour rompre les bras et les jambes selon la méthode allemande et mettre à la roue, on en donne quatorze. Pour tenailler avec des tenailles rouges, je reçois deux dalers par prise. C'est tout.

— Et c'est difficile à apprendre?

— Le métier? Non, mais il faut de l'exercice et le coup de main, comme dans tous les métiers.

— Je crois que je veux bien venir avec vous. »

Les voisins de Jens s'écartèrent un peu de lui.

« Voici des arrhes, répondit le bourreau pour le tenter encore en étalant quelques belles pièces d'argent sur la table.

— Réfléchissez avant de vous décider, lui conseilla Sœren.

— Réfléchir et mourir de faim, attendre et mourir de froid, ce sont deux couples d'oiseaux qui vont bien de compagnie, répondit Jens, et il se leva. Je vous fais mes adieux comme honnête et respectable citoyen, continua-t-il en tendant la main à Sœren.

— Dieu vous garde! » répondit Sœren.

Jens prit ainsi congé de tout le monde, même de Marie et de l'homme du coin qui dut lever la tête un moment. Puis il alla à son nouveau maître qui prit un air solennel, posa sa pipe sur la table et dit :

« Moi, maître Herman Kœppen, exécuteur des hautes œuvres de la ville d'Aarhus, je t'embauche devant ces témoins, afin que tu sois apprenti, et fasses œuvre d'apprenti, pour la plus grande gloire de Dieu, pour ton propre avantage, et pour le bien du métier juste et équitable de bourreau. »

Pendant ce discours pompeux qui semblait lui faire le plus grand plaisir, maître Herman posait dans la main de Jens les pièces d'argent, les arrhes. Puis il se leva, se découvrit, s'inclina, et demanda si ces messieurs voulaient lui faire l'honneur d'accepter en qualité de témoins un gobelet de bière. Ne recevant pas de réponse, il répéta son invitation en ajoutant qu'il les priait de boire *entre eux* à la santé de leur ci-devant compagnon.

Les trois hommes se regardèrent, encore indécis, puis acceptèrent d'un signe de tête.

La bonne aux pieds nus apporta un bol grossier et trois cruches vertes ornées d'étoiles rouges et jaunes. Après avoir posé le bol devant Jens et les cruches devant Sœren et les deux montreurs d'ours, elle retourna chercher un grand broc de bois, dont elle remplit d'abord les cruches des trois hommes honorables, puis le bol de Jens, et versa le reste dans le gobelet qui appartenait en propre à maître Herman.

Rasmus tira à lui la cruche et cracha par terre, les deux autres suivirent son exemple, puis ils restèrent tous indécis, personne ne voulant être le premier à boire. En ce moment Marie Grubbe se leva et s'approcha de Sœren. Elle lui chuchota quelque chose à l'oreille, à quoi il répondit en secouant la tête. Elle essaya encore de lui parler, mais il ne voulut pas l'écouter. Elle resta un instant hésitante, puis elle saisit la cruche et jeta le contenu par terre en disant qu'elle ne supporterait pas qu'il bût ce qu'offrait le bourreau. Sœren bondit, se leva et, la saisissant par le bras, il la jeta à la porte en lui ordonnant de monter chez elle. Puis il commanda un verre d'eau-de-vie et regagna sa place.

« Eh bien, si ma vieille avait osé faire ça… fit Rasmus en buvant.

— Ce qui est sûr et certain, ajouta Salmand, c'est qu'elle peut se féliciter de n'être pas ma femme, je lui aurais donné autre chose à faire qu'à gaspiller les présents de Dieu.

— Vois-tu, Salmand, objecta Rasmus, ta vieille à toi n'est pas une grande dame de la race des nobles ; c'est une pauvresse pareille à nous. Aussi reçoit-elle des coups quand elle les a mérités, comme c'est l'habitude chez nous, pauvres gens du commun. Si elle avait été un être de la noblesse comme celle-là, tu n'aurais vraisemblablement pas osé insulter son noble dos en lui assénant des coups, t'aurait-elle même craché à la figure.

— Le diable m'emporte si je l'aurais laissé faire ! Non, non, elle serait la fille de l'empereur que je l'aurais rossée quand même. Comment ? Cette satanée poupée s'imagine donc être d'une autre espèce que nos femmes à nous pour oser venir ainsi rendre son mari la risée de la compagnie ! Quel mal cela lui aurait-il fait si tu avais bu à la santé du compagnon ? Non, écoute, Sœren, si tu m'en crois, sois le maître (et il fit en l'air le geste de fouetter quelqu'un) sans ça tu n'en tireras jamais rien de bon de toute éternité.

— Ah, s'il osait ! railla Rasmus.

— Attention à ce que tu dis, petit Rasmus, menaça Sœren, où je pourrais te montrer sur ton dos ce que je sais faire. »

Là-dessus il sortit de la salle.

Monté près de Marie, il ferma leur porte d'un coup de pied, puis il se mit à défaire la corde qui attachait leur pauvre ballot de hardes.

Marie, assise au bord du grabat qui leur servait de lit, le regardait.

« Es-tu fâché contre moi, Sœren ? demanda-t-elle.

— Tu t'en apercevras à tes dépens.

— Prends garde, Sœren ! Personne ne m'a encore donné de coups depuis que j'ai eu l'âge de raison. »

Il ne l'écoutait pas.

« Pour l'amour de Dieu, Sœren, ne me bats pas ! Ne porte pas la main sur moi, tu le regretterais. »

Mais Sœren la saisit violemment par les cheveux et la cingla. Elle ne cria pas, mais gémit, étendue par terre.

« Voilà », fit Sœren, et il se jeta sur le lit.

Marie ne bougeait pas. Elle ne se comprenait point.

Elle demeurait dans la même position, s'attendant à voir naître en son cœur une haine furieuse contre Sœren, une haine qui ne pardonne pas ; mais la haine ne venait pas. Il n'y eut en elle qu'une profonde tristesse, intime et douce comme le deuil d'un espoir éteint... Comment avait-il eu le cœur de la battre ?

XVIII

En mai 1695, Erik Grubbe mourut, âgé de quatre-vingt-sept ans.

L'héritage fut réparti entre ses trois filles ; mais il n'y en eut pas beaucoup pour Marie, car le vieillard, avec des reconnaissances de dettes fictives, au détriment de Marie et en faveur des deux autres, avait trouvé le moyen de soustraire à la succession la majeure partie de sa fortune.

La part qui revenait à Marie fut cependant assez grande pour les transformer, elle et son gueux de mari, en gens respectables et, s'ils avaient su utiliser raisonnablement leur argent, ils en auraient tiré un petit revenu sûr jusqu'à la fin de leurs jours. Malheureusement, Sœren se fit maquignon, et en très peu d'années, leur petit pécule fondit. Il en était resté juste de quoi acheter le bac et la maison du passeur dans l'île de Falster.

Au début, ce fut une vie très dure, et Marie vieillit beaucoup. Mais par la suite elle ne s'occupait guère que du petit débit de bière adjoint à la patente du passeur. Ils vivaient au total très heureux ensemble, car Marie continuait d'aimer son mari plus que tout au monde, et si parfois, ayant bu un coup de trop, il la battait, cela importait peu, car elle savait enfin que c'était la coutume dans la classe de la société où elle s'était laissé inscrire. Il lui arrivait bien encore de s'insurger et de s'impatienter, mais elle s'apaisait vite en se disant que le même Sœren qui était dur et méchant avait une fois failli tuer quelqu'un par amour d'elle.

Les gens qu'on avait à passer étaient pour la plupart des paysans, des marchands de bestiaux et de chevaux, mais quelquefois il y avait aussi des hobereaux. Ainsi un jour Sti Hœg se présenta. Marie et son mari ramaient. Sti Hœg avait pris place à l'arrière et put ainsi causer avec Marie qui était plus près de lui. Il l'avait immédiatement reconnue, et ne manifesta aucun étonnement. Marie dut le regarder à deux reprises pour le reconnaître, car il était très changé. Son visage était rouge et gonflé, ses yeux larmoyaient, et sa mâchoire inférieure pendait, comme si les coins de la bouche étaient paralysés ; ses jambes étriquées supportaient un gros ventre ballant ; bref, tout son aspect montrait les traces d'une vie d'excès abrutissants, ce qui était d'ailleurs la vérité depuis que Marie et lui s'étaient quittés.

« Est-ce lui, demanda-t-il en indiquant d'un geste de la tête Sœren, est-ce lui que j'avais prédit comme mon successeur ?

— C'est lui, répondit Marie avec un peu de lenteur, car elle avait envie de ne pas répondre.

— Et il est plus grand que... que je ne l'étais ? demanda-t-il encore en redressant sa taille.

— Il n'y a pas de comparaison, Votre Seigneurie, répondit Marie avec un accent de rusticité feinte.

— Eh bien, voilà ce que c'est... Nous en avons rabattu nous deux, comme d'ailleurs tout le monde ; et plus que nous n'aurions pensé, vous d'une façon, moi d'une autre.

— Mais Votre Seigneurie est assez bien, je pense ? demanda Marie avec la même simplicité feinte.

— Assez bien, répéta-t-il en souriant, assez bien, ou plutôt à demi mal ; mais vous auriez raison de dire que c'est bien assez pour moi. Et vous-même, Marie ?

— Merci, nous avons la santé, et, en trimant à fendre l'âme, nous avons le pain de tous les jours et une goutte d'eau-de-vie avec. »

On accostait, et Sti Hœg leur dit adieu.

« Mon Dieu, dit Marie en le suivant d'un regard de pitié, à celui-là on a rudement rogné les ailes et la crête. »

Monotone et paisible, le temps passa pour le passeur et pour sa femme, avec le travail de tous les jours et le gain de tous les jours. Peu à peu, à force de peiner et de se priver, ils étaient arrivés à améliorer leur condition : ils avaient des gens pour assurer le service de passage, ils faisaient un peu de commerce ; ils avaient ajouté un étage à leur vieille maison. Ils virent la fin du siècle et les deux premières années du siècle suivant ; et Marie eut soixante ans, et elle en eut soixante-cinq, et elle restait alerte et active, assidue au travail et joyeuse comme si elle avait toujours été du bon côté de la cinquantaine, mais le jour même de son soixante-huitième anniversaire, au printemps de 1711, il arriva que Sœren, dans des circonstances fort suspectes, tua d'un coup de fusil accidentel un patron de navire de Dragœr et fut arrêté et mis en prison.

Ce fut un dur coup pour Marie. Sa longue incertitude quant à l'issue de l'affaire, car l'arrêt ne fut prononcé que l'année suivante au mois de juin, et sa crainte que l'ancienne histoire du meurtre d'Ane Trinderup ne revînt sur le tapis, la vieillirent beaucoup.

Un jour, au début de cette triste période d'attente, Marie était sortie pour recevoir les passagers du bac qui accostait. Il y en avait deux : le premier, un compagnon artisan, occupa toute son attention en refusant de montrer son livret qu'il prétendait avoir déjà montré aux passeurs lorsqu'ils l'avaient accepté à bord. Elle dut le menacer de lui faire payer taxe entière s'il ne prouvait pas son droit au demi-tarif en sa qualité de compagnon en voyage ; et il finit par céder. Ce ne fut qu'alors que Marie remarqua le second passager, un petit homme maigre qui, pâle et tremblant encore du mal de mer, s'enveloppait frileusement de son grand manteau vert foncé et se tenait appuyé à un bateau tiré hors de l'eau. Il demanda d'un ton maussade si l'on pouvait lui donner un logis, et Marie offrit de lui montrer ce dont on disposait.

Elle le conduisit à une petite pièce qui, outre le lit et une chaise, contenait une barrique d'eau-de-vie avec un entonnoir dans un plat creux, quelques bonbonnes de vinaigre et de mélasse, et enfin une table aux pieds peints en blanc avec un dessus en mosaïque représentant des scènes de l'Ancien Testament. L'étranger remarqua que trois des scènes montraient Jonas sortant de la gueule de la baleine et, en y posant la main, il affirma qu'il attraperait sûrement un rhume de cerveau si jamais il avait l'imprudence de se mettre à lire les coudes sur la table.

Il répondit aux questions de Marie qu'il avait quitté la capitale par crainte de la peste et qu'il se proposait de rester ici tant que cette épidémie sévirait : il ne prenait que trois repas par jour, ne supportait pas la salaison ni le pain frais. Il était magister, boursier au collège de Borch et s'appelait Holberg, Ludvig Holberg.

Magister Holberg était un homme très tranquille, d'un aspect extraordinairement juvénile : au premier coup d'œil on lui aurait donné dix-huit ou dix-neuf ans, mais en observant sa bouche et ses mains et l'expression de sa voix, on se rendait compte qu'il devait être considérablement plus âgé. Il se tenait à l'écart, parlait peu et comme à contrecœur. Il ne détestait nullement la société, à condition toutefois qu'on le laissât tranquille et qu'on ne l'entraînât pas dans la conversation. Lorsque le bac amenait des voyageurs ou que les pêcheurs revenaient de la pêche, il prenait plaisir à les regarder et à écouter de loin leurs paroles. En général il aimait beaucoup voir travailler les gens, que ce fût à la charrue ou aux meules de foin ou aux bateaux et aux filets, et, si un homme faisait preuve d'une force peu commune, il souriait d'aise et soulevait les épaules avec un soupir de satisfaction. Au bout d'un mois, il commençait à s'approcher de Marie Grubbe ou plutôt il lui permettait de s'approcher de lui et souvent, par les calmes soirées d'été, ils restaient à causer ensemble pendant une heure ou deux dans le petit débit dont la porte ouverte donnait sur le détroit brillant, au-delà duquel l'île de Moen s'estompait dans une brume bleue.

Un soir, leur connaissance étant relativement ancienne, Marie lui raconta son histoire et termina sur ses angoisses au sujet de Sœren.

« Je vous avoue, répondit Holberg, qu'il m'est impossible de comprendre comment vous avez pu préférer un pauvre gueux de valet d'écurie à un parfait gentilhomme comme Son Excellence le Gouverneur, réputé maître des belles manières et du savoir-vivre, oui, considéré même comme le modèle de tout ce qui est galant et aimable.

— Il aurait été aussi plein de perfections que le livre intitulé *École des belles mœurs à la mode*, cela n'aurait pas pesé sur mes sentiments du poids d'une plume, attendu que j'avais pour lui un tel dégoût et une telle aversion que je ne pouvais supporter sa vue. Et vous savez combien est invincible un pareil dégoût : on aurait les vertus et les principes d'un ange que l'aversion s'en l'emporterait quand même. Mais pour mon pauvre mari actuel, j'ai été prise d'un sentiment si soudain et si inattendu que je ne saurais l'expliquer que par une attraction naturelle et à laquelle on ne résiste pas.

— Voilà ce que j'appellerai bien raisonner! Nous n'avons qu'à fourrer toute la morale du monde au fond d'un sac et à l'envoyer au diable et à vivre selon les désirs de notre cœur, car il n'y a point d'immortalité au monde qu'on ne puisse décorer du nom d'attraction naturelle et irrésistible; et il n'existe pas de vertu qu'on ne puisse ainsi répudier, car l'un a de l'aversion pour la sobriété, l'autre pour la véracité, le troisième pour la pudeur, et comme vous me déclarez qu'il est impossible et inutile de lutter contre ce dégoût, celui qui l'éprouve reste donc toujours innocent. Voyons, petite mère, vous êtes trop éclairée pour ne pas reconnaître que c'est là déraisonner. »

Marie ne répondit pas.

« Vous ne croyez donc pas en Dieu, petite mère, poursuivit le magister, et à la vie éternelle?

— Dieu merci, oui, j'y crois, je crois en Notre Seigneur.

— Et l'éternel châtiment et la récompense éternelle, petite mère?

— Je crois que chacun vit sa propre vie et meurt sa propre mort, voilà ce que je crois.

— Ce n'est pas une croyance. Croyez-vous à la Résurrection?

— Et comment ressusciterai-je? comme la jeune fille innocente que j'étais en faisant mon entrée dans le monde, ne sachant rien, ne connaissant rien, ou comme j'étais jadis lorsque, favorite du roi, honorée et jalousée, je faisais l'ornement de la Cour? Ou ressusciterai-je comme la pauvre vieille Marie la passeuse? Et dois-je répondre, moi, des péchés commis par l'enfant et la femme ardente, ou l'une d'elles répondra-t-elle pour moi? Pouvez-vous me le dire, monsieur le magister?

— Mais vous n'avez pourtant eu qu'une âme, petite mère?

— Croyez-vous? fit Marie en s'absorbant dans ses pensées. Permettez-moi de vous parler bien franchement, reprit-elle après un moment, et répondez-moi franchement aussi. Croyez-vous que celui qui toute sa vie durant a péché contre son Dieu et Créateur mais qui, à la dernière heure, à l'article de la mort, confesse ses péchés d'un cœur sincère et contrit, et se repent et se remet aux mains de Dieu avec confiance et foi, croyez-vous qu'il soit plus agréable à Dieu que celui qui lui a également désobéi et déplu, mais qui, des années et des années durant, s'est efforcé de faire son humble devoir, portant tous les fardeaux sans murmurer, et sans jamais pleurer dans les supplications et le repentir les erreurs de sa vie passée? Croyez-vous que celle qui a vécu comme elle a cru devoir vivre sans espoir de récompense et sans en implorer, croyez-vous que Dieu la repoussera et la répudiera, même si elle ne lui a jamais adressé une parole de prière?

— C'est une question à laquelle personne n'ose répondre », dit le magister.

Puis il se leva et partit.

Peu après il quitta l'île.

L'année suivante, au mois d'août, le jugement fut prononcé contre Sœren le Passeur; il était condamné à trois ans de travaux forcés dans les fers à Bremerholm.

Ce fut long, pour lui qui souffrait, plus long encore pour celle qui attendait; mais les trois années finirent par s'écouler.

Sœren retourna chez lui, mais la captivité et les durs traitements avaient brisé sa santé, et Marie ne l'eut pas soigné une année qu'on le conduisit au tombeau.

Pendant encore une longue, très longue année, Marie eut à subir la vie. Puis elle tomba subitement malade et mourut. Elle n'avait pas eu pendant toute sa maladie l'usage de sa raison, et le pasteur ne put ni prier avec elle ni l'administrer.

Un jour d'été ensoleillé on l'enterra à côté de Sœren, et sur les eaux luisantes du détroit et sur les champs de blé doré s'en allait l'hymne chanté par le pauvre cortège indifférent, sans pensée, las de chaleur.

> *Détourne ton courroux de grâce, Seigneur Dieu,*
> *Et les verges sanglantes qui nous frappent si durement,*
> *Brandies dans le feu de ta colère*
> *À cause de nos péchés.*
>
> *Car si selon nos péchés nombreux*
> *Tu nous punissais comme la justice l'exige,*
> *Tout s'écroulerait et tomberait,*
> *Tout et tous.*

FIN

Repères

7 avril 1847. Naissance à Thisted, dans le Jutland, Danemark.

1868. Ayant été durant toute sa jeunesse passionné par la littérature et par les sciences, particulièrement les sciences naturelles, il hésite, au moment de choisir une carrière, mais décide de devenir botaniste et suit des cours de sciences naturelles à l'université de Copenhague.

1872. Parallèlement, il a cependant commencé à écrire et publie son premier recueil de nouvelles : *Nogens et autres nouvelles.*

1876. Atteint de tuberculose, il a dû renoncer à sa carrière scientifique. Il publie *Madame Marie Grubbe.*

1880. Second roman : *Niels Lyhne.*

1882. Second recueil de nouvelles.

30 avril 1885. Mort à Thisted.

Après sa mort parurent encore quelques textes en prose et un recueil de poèmes : *Chants de Guerre.* Ainsi qu'en 1893, son essai : *Darwin, sa vie et son enseignement.* Stefan George et Rainer Maria Rilke l'admiraient beaucoup. On dit même que Rilke apprit le danois pour pouvoir lire Jacobsen, qui est considéré comme le plus grand prosateur danois.

TABLE DES MATIÈRES

Composition, maquette : L'Aventurine

Achevé d'imprimer
en mars 1999
sur les presses de l'imprimerie Maury
à Malesherbe - France
Dépôt légal 2e trimestre 1999